# 嫁に浮気されたら、大学時代に戻ってきました！

園業公起

角川スニーカー文庫

24608

口絵・本文イラスト／黒兎ゆう
口絵・本文デザイン／AFTERGLOW

## プロローグ　嫁の浮気の顚末について

Prologue

Yomeuu

嫁に浮気された。

最初は信じられなかった。俺の嫁はいつもニコニコして優しかった。だから発覚した時は何かの間違いだと思った。だけど事実だった。

「本当にごめんなさい……」

謝るくらいなら最初からしないで欲しかった。嫁の浮気相手は彼女の大学時代のイケメンハイスペック元カレ。ダサい旦那(だんな)よりも昔の燃える恋を思い出してしまった。そんな何処にでもありそうなありふれた話。

「でも別れたくないの……お願い……私の傍にいてください……あなたのそばにずっと居たいの……」

嫁は言い訳の類を一切しなかった。そして浮気したくせにまだ俺といたいと言った。まったく理解ができなかった。女はみんなこうなんだろうか？　モテない俺は嫁以外の女と付き合ったことがない。だから彼女が何を考えているかわからなかった。

「何でもします。お金なら全部あげます。どんなふうに扱われてもいい。あなたが他の女と遊んだってかまわない。だけど傍に、傍にいさせて……」

わけがわからなかった。浮気するっていうことは向こうの方が好きだってことだ。それに間男は嫁を略奪する気満々だった。不倫によって社会的名声が毀損(きそん)しても気にしてなかった。相場の何倍もの慰謝料さえ提示してきた。それどころか今後の俺の出世なんかも口利きしてやるとさえ言ってきた。はっきり言って破格だと思う。まともな思考の持ち主なら嫁と別れて慰謝料を受け取って第二の人生を歩む気になるくらいの好条件。嫁だって俺よりもかっこよくてお金持ちな間男の方がいいに決まってる。実際とても美人な嫁ならイケメン間男と並べばお似合いだと誰でも言うだろう。誰も損しない。むしろそれこそが正しいとさえ思える。なのに。

「私はあなたを愛してるの！　あなたの傍がいいの！　あなたじゃなきゃいや！　あなたといっしょがいいの！　ずっといっしょに！　いっしょにいたいの！」

この女はヤバいんだと思った。きっと浮気してバレて混乱していたんだと思う。だけど時間をおいても答えは変わらなかった。嫁は俺と別れることを拒絶した。もちろん法律はそれを許さない。俺から離婚を言い出せば、時間はかかっても必ずいつかはそうなるのだ。だがまったく話は進まなかった。別居を選んでも嫁は俺の行く先々についてきた。黙って引っ越してもすぐに探し当ててきた。勝手に俺の部屋に入って隣に寝てる。ふざけた生活。

俺は一切会話しなかった。俺は嫁を無視し続けた。だけど嫁はいつも日常の些細な話ばかりを繰り返していた。馬鹿馬鹿しい生活。間男はいつも俺のところにやってきて、嫁を渡せとオラついてくる。嫁は間男を無視し続ける。ギスギスした生活。

「ねぇ声を聞かせて。お願い。あなたの声が聞きたいの」

　そんな元気はなかった。

「ねぇ。なんでもするから。だから……許して。ううん。ごめんなさい。許してなんて言える立場じゃないよね。ごめんね。でもね。傍にいたいの。あなたの隣だけが私の居場所だから」

　俺は参っていたと思う。まだ愛してるんだか、愛していないんだか。好きだけど嫌いで。付き纏われても求められることが嬉しくて憎くて。頭の中はグチャグチャだった。俺は結婚して幸せになったはずだ。なのに嫁の過去が俺の幸せを壊してしまった。俺には大層な過去がない。嫁を脅かすような素敵な元カノどころか女友達さえいない。あっちは元カレいっぱい。モテモテ。引く手あまた。嫁が俺を捨ててもきっと嫁以上の女に愛されることはないってわかってた。だけど嫁は間男のところに行っても幸せになれて。こんなの理不尽だって思った。だから俺は口を滑らせてしまったんだ。

「俺はもうこの先に幸せが見えないんだ」

「……ごめんなさい。私にできることがあるなら言って。なんでもするから」

「ならさ。君も幸せを諦(あきら)めてよ」

「別れて欲しいってこと？　……わがままだけどそれはいやなの。お願い傍にいたいの。あなたに出会えたから、私は私を取り戻せたの。だからこれからだって一緒にいたいの……」

「なあ君の幸せが俺の傍にいることだっていうならさ。それを証明してくれよ。そうしたら俺はきっと君を許せるんだと思うんだ」

俺はいったい何を言ってしまったんだろう。自分でも何を言っているのかわからなかった。とにかく彼女が憎くて嫌いでだけど未練だらけでもう幸せになれなくて。

「うん。わかった。私がどれくらいあなたが好きか。あなたを愛してるか。今から証明してあげる」

どうせロクな方法じゃない。せいぜい抱きしめるとか、キスするとか、セックスとか。女の体を使えば何とでもなるんだろ？　そう思ってるんだろ？　って俺は思ってた。違ったんだ。

「見て。私は愛を証明できるよ。あなたが私の傍にいないなら、こんな命もういらないの。だから見てて。私を見てよ。ずっとずっと私を忘れないで。大好き。愛してるよ。あなた」

嫁は俺の目の前で自分の胸をナイフで一突きしてみせた。彼女は何も躊躇(ためら)わなかった。

穏やかな笑みを浮かべたまま、俺を見詰めながら、彼女はあっさりと死んでしまった。何の余韻も予兆もない死だった。俺はただただ茫然としてしまった。俺を愛してくれた唯一の女は永遠に失われてしまったのだ。その後は特に記憶がない。間男が泣きながら俺をボコボコにした。義両親に泣きながら罵られた。友人すべてを失った。仕事くらいは残ったが、やる気も何もあったものではなかった。酒に溺れるつまらない日々だけが残った。そして俺は茫然自失のまま街を彷徨っているときに。

「お前みたいなクズさえいなければ、彼女は幸せになれたのに」

ただそんな言葉だけが聞こえた。気がついたら目の前に誰かがいて。そして胸に痛みを感じて。真っ赤になっていて。

「俺が全部悪かったのか……そんなの理不尽だ……」

そしてそのまま倒れて、俺は死んだ。

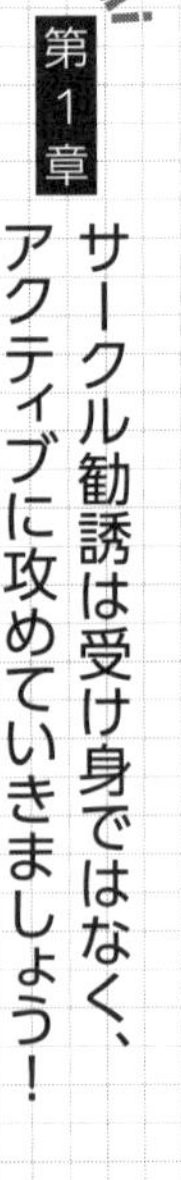

# 第1章　サークル勧誘は受け身ではなく、アクティブに攻めていきましょう！

Chapter.1
Yomeuwa

　死んだはずなのに、俺は何処かで目を覚ました。周囲を見回すと、そこがかつて大学時代から嫁と同棲するまで俺が過ごした部屋であることに気がついた。走馬灯の類なのかと思ったが、視界はちっとも揺れたりはしない。クリアなままだ。だけどぴぴぴとちゃぶ台の上のスマホのアラームが鳴っているのに気がついた。ただこの音は何世代か前のアラームだ。表示されているのは俺が大学に入った年。そして入学式の前日だった。まさかと思った。すぐに俺は洗面台に飛び込む。鏡を覗き込むとそこには若かりし頃の俺の姿があった。

「ははっ！　なにこれ……あはは！　夢なのか!?　戻ってきたのか!?　はは、ははは！」

　タイムリープ。あまりにも馬鹿馬鹿しい事態に笑いが止まらなかった。ひとしきり笑って落ち着いた後、ふっと思った。

「やり直せるのか？　人生を……」

　これはもしかしたらチャンスなのかもしれないと思い始めていた。俺の人生は嫁と付き合って結婚した瞬間までがピーク。だけど嫁にとっては数ある男の一人でしかない。たまたまいい年でタイミングが良かったから、俺と結婚したのだろう。

「でも大学からやり直せるなら、俺は嫁と結婚しなくてもすむんじゃないか？　あんな不幸は避けられるんじゃないだろうか？」

台所の床に寝そべって天井を見ながら呟く。それは俺の偽らざる本心だ。

「俺の通う学部には嫁もいる。だけどどうまく立ち回れば出会うことさえないだろう。だって大学は広いんだから。向こうだって知り合いでもない俺にわざわざ興味も持たないだろう。そうすれば不幸は避けられるはずなんだ」

この時代からやり直せるなら、俺は嫁よりもずっといい女と幸せになれる。そんな希望が湧いてくる。

「今の俺には未来の知識と社会人スキル。それに大学デビューに必要な知識がある」

前世？　あるいは一周目？　とでも言えばいいのか？　陰キャオブ陰キャな俺は一周目の大学生活は地味なものだった。勉強はできたし、誰もが羨む大手企業にも入れた。だけど青春的なイベントとはまるで縁がなかった。

「今の俺ならできる。いや、やらねばなるまい！　もう！　理不尽だけはいやだ！　俺は！　俺は！　俺は！　大学デビューするぞぉぉおぉぉ!!!!」

叫んで飛ぶように起き上がり、俺は部屋を飛び出した。俺は必ず幸せな未来を掴む！

そのためにはなんだってしてやる！

「絶対お前よりもいい女を見つけてやる！　そして絶対に！　絶対に！　幸せになってやるんだぁあああああああああああ！」

雄たけびを上げながら俺は街を駆ける。刺されて空っぽになっていたはずの俺の胸は、今や期待でいっぱいだった。

*

大学デビューに必要なこと。まずは外見。どんな奴でもまず美容室に行くことを思いつくと思う。間違いではない。だけど男だったら理容室をちゃんと選ぶべきだ。俺は渋谷の街にあるオシャレ系の理容室に飛びこみカットとシェービングをしてもらった。そして店を出てすぐに俺は原宿の竹下通りの先にある『裏原』に向かった。セレクトショップが立ち並ぶここで、服を買った。コツは上から下まで一つの店で揃えることだ。それを5セット買った。すげぇ金になったが、これも先行投資である。3セットでも良かった気がするが、ここはバッファーを入れておくのがいいだろう。そして家に帰って、俺は机の上にノートを広げた。

「大学における青春のキー。それは『サークル』……！」

大学といえば？　ここで研究と答える人は真面目だと思うし好ましい。だけど多くの人はやっぱり『サークル』と答えるのだろう。

「サークルは人間社会の縮図。あるいは軍隊型組織の模倣。そこには必ず『カースト』が存在する」

中学高校のスクールカーストに苦しめられた人間は沢山いるだろう。大学に行けばそこから解放されるなんていう淡い夢を抱いて勉学に勤しむ低カースト陰キャは多い。かく言う俺もそのたぐいだ。だが実際は違う。むしろカースト意識は大学において、なお残酷なまでに加速していくのだ！

「ここで未来の知識だ。俺には各サークルメンバーの人間関係の知識がある。それを利用する」

俺は前の世界で毎年、教授に頼まれて各サークルとの折衝を任された。そこで各メンバーの人間関係やカーストをしっかりと目に焼き付けてきたのだ。ＰＣをネットにつなぎイベサーやテニサー、飲みサー、インカレ系のお遊びサークルなどのＳＮＳを開き、記憶にある人間関係をノートに書き写していく。そして写したその各種データをＰＣに入っているロジカルシンキング用のフレームワークのソフトにぶち込んで、『キーパーソン』を浮かび上がらせる。

「なるほどね。こいつらがキーパーソンだな。見つけたぞ、ターゲット!!」

各ＳＮＳより顔写真をダウンロードし、それを印刷してノートに貼り付けていく。そして『大学人間関係相関ノート』は完成した！

「あとは明日(あした)の入学式で行動に移すのみ！　くくく、あーははは！」

　俺は高笑いをする。戦争は準備がすべてだという。ならば勝利はほぼ確定したも同然！明日が楽しみだ！

＊

　俺の通う大学、国立皇都(こうと)大学の入学式は武道館(ぶどうかん)で行われる。ここは新入生や各サークルの呼び込み、なんかで大変な賑(にぎ)わいを見せていた。ウチの大学は日本で一番偏差値が高いので、マスコミなんかもやってきていた。俺はその風景を近くにあるビルの屋上から双眼鏡で覗いていた。振袖(ふりそで)や袴(はかま)姿の新入生に、私服のチャラそうで雰囲気イケメン未満の先輩たちが果敢にチラシを配っていくのが見えた。

「ああ、可愛い子にイベサーのキョロ充共が群がっちゃってまぁ。どうせイケメン先輩に喰(く)われちゃうのにねぇ。あわれあわれ。……おっと見つけた！」

　俺は昨日定めた『ターゲット』の先輩が一人でサークルの群れから離れていくのを見つけた。そいつは武道館前から離れていき、コンビニの方へ歩いていく。狙い通りだ！　俺はビルの屋上から離れてそいつが向かったコンビニに向かう。そしてコンビニまでやってきて中を窺う。ターゲットの先輩が、かごにありったけのチューハイを入れていくのが見えた。大学生ってのはとかく酒を飲みたがる。どうせこの後近くの公園でプチ打ち上げと称して飲み会をするのだろう。そしてターゲットがパンパンになった袋を持って外に出た瞬間を狙って俺は、さりげなく彼にぶつかった。

「うぉ！」

「うわっ！」

先輩はよろけて袋から少なくない数の缶チューハイが地面に落ちてしまった。俺はすかさずそれを拾い集めて先輩に渡す。

「ごめんなさい！　緊張しててぶつかっちゃいました！」

俺は綺麗（きれい）に先輩に向かって頭を下げた。先輩は朗らかに。

「ああ、君新入生なんだ。いや、いいよいいよ！　俺もちょっとチューハイ入れすぎたし！　おあいこってことで！」

「ありがとうございます！　でも重くないですかそれ？　お詫（わ）びってのもあれですけど、片方持ちますよ！」

そう言って俺は先輩が左手に提げていたチューハイとつまみとがパンパンに詰まった袋をささっと奪う。すると先輩は感心したように。

「君優しいね！　いいね！　いいね！　そういう他人へのリスペクト感かっこいいよ！　じゃあお願いするわ！」

　そして俺と先輩はサークルのメンバーがいるところまで一緒に歩いていく。

「そのネイビーのスリーピーススーツかっこいいね。新入生ってみんな黒のリクルートスーツじゃん？　俺あれってどうかと思うんだよね」

「これ母が買ってくれたんですよ！　入学式ならきれいにしなきゃ駄目って！　ちゃんとこれ着て先輩や可愛い子とセルフィー撮って来いって！　あはは！」

　嘘つきました。母はこんなスーツを買い与えてくれるほどセンスのいい人じゃない。セルフィーなんかも求めてない。セルフィーを撮るのは俺の策略故にだ。

「まじか！　はは！　いいお母さんだな！」

「どうっすか！　先輩セルフィー一枚！」

「いいぞ！　いぇーいー！」

「いぇーい！」

　俺と先輩はコンビニ袋を持ちながら、肩を組んでスマホで写真を撮る。

「俺にもその写真くれよ」

「おーっけーっす！」

　ここでさりげなくアカウントを交換して先輩に今の写真を送る。そして先輩と話しているうちにサークルが陣取っているところまでたどり着いた。

「ここがうちのサークルよ！　おーいみんな！　紹介したいやつがいるんだけど‼」

先輩がサークルメンバーを呼び集める。これが俺の狙いだ。思わず口元が緩むのを感じる。この先輩はこの大学最大のインカレイベサーのナンバー3だ。まめな性格であり、面倒見がよく、段取りがうまく、サークル代表の信頼もあつく、メンバーたちからも頼られている縁の下の力持ち。こういう人間からメンバーたちに向けて直接紹介される新入生というポジション。それが俺の狙いだ。

「あっ、どうも！　新入生の常盤奏久です！　かなひさは奏と久しいって書くので、カナタって気安く呼んでください！　ご指導ご鞭撻よろしくお願いいたします！」

サークルの先輩たちがクスクスと笑っている。だけどそれはとても好意的なものだった。

「ご指導ご鞭撻って硬いな！　はは！　リラックスリラックス！　カナタはさっき俺が荷物重そうにしてたらさりげなく助けてくれたんだぞ！　いい奴だぜ！　よろしくしてやって！」

「へぇいいやつじゃん！」「俺一年の時そんなヨユーなかったわ！」「よく見れば顔もカッコいいね」「でも女ウケより男ウケ系なハリウッド顔？」「何それ……？　ソース顔の進化形？」

みんな口々に俺について話している。いずれもいい反応だった。受け入れられたと見ていいだろう。

「おっと！　捕まえちゃって悪かったな！　これチラシ！　絶対に新歓来いよ！　なんかオリエンテーションとか授業とか困ったら俺に連絡してくれ！　借りは絶対返す！　あはは！」

　なかなかいい人だった。俺はひとしきり歓待を受けた後、あっさりと解放された。顔がつながった。俺の青春を輝かせるための第一歩はこうして成功をおさめたのだった。

*

　武道館の近くに来た時、隅っこの方で女子たちのキンキンした冷たい声が聞こえた。俺だけじゃなく周りもそれに気づいていた。

「あんたそのカッコなに？　言ったよね？　うちらの高校の名誉を守れって！　なんで私服で入学式に来てるの？」

「はぁ？　見なさいよ。ちゃんとフォーマル系なんですけど！　てか大学の入学式に何着てこうと自由でしょ！　バカじゃないの？」

　三人のスーツ姿の女子が一人のちょっと場違いなファッションの女の子を囲んでいた。明るい金髪をフリルのゴテゴテしたリボンでツーサイドアップにしていた。そしてピンクの袖やら襟やらがふりふりなブラウスに黒のネクタイ。膝丈の黒のスカート、厚底靴。ニーハイ。まごうことなき地雷系です。そのうえ目には青のカラコンまで入れていた。化粧もそうだ。顔立ちはすごく綺麗だけど、メンヘラ感半端なく仕上げてる。すごく派手です。

「ざけんな！　うちらの高校は名門進学校なんだよ！　何なのその恰好！　うちの学校がどんな不良校に思われるかわかってんの！　迷惑なのよ」

「はぁ？　たかがこの程度で何？　毎年六十人もこの学校に来てるんだから一人くらいあたしみたいなのがいても良くない？」

「とっとと着替えてきなさいよ！　もしくはこのまま帰るとか！」

「いやよ。出るのもめんどくさいけど、帰るのだってめんどくさいの。もういい？　行っても」

その時だ、スーツの女子の一人が手を持ち上げているのが見えた。そして怒りに震える声で。

「あんたってほんと！　高校の頃から生意気!!」

あれはまずい。多分女子がたまにやる相手の胸への突っ張りの準備だ。俺は思わず体が動いてしまった。

「うぐっ！」

「え？」

地雷系女子の前に立ち、その突っ張りを腹で受け止めた。そこそこ痛い。思わず庇って
しまった。計画にない行動。だけどキラキラ青春を送るなら、これくらいはできないとい
けない。そう思ったんだ。

突然割って入ってきた俺のことをスーツの女子たちは怪訝な目で睨んでいる。

「ちょっと、あんた大丈夫？」

地雷系ファッションの女子は心配そうに俺の顔を覗き込んできた。青い瞳と目が合った。
それはとても綺麗な煌めきだった。だけどずっとそれを見続けてはいられない。

「ああ、大丈夫。それよりも……」

俺はスーツ女子たちの方に目を向ける。できるだけ厳しい顔になるように心がけながら。

「いくらなんでも手を出すのは駄目なんじゃないかな？　君たちの出身高校はそういうの
オーケーなの？」

「ぐっ。でもそいつが悪いのよ！　女子はみんなスーツで出るのがうちの伝統なのに！
そいつがそれを破ったのよ！」

よくある女子の裏ルールってやつだな。紺のソックスは第二学年以上しか穿けないみた
いなのを校則とは別に女子たちの空気が決めるやつ。卒業後もそれが有効なケースは初め
て見た。きっと歴史の長い名門でかつ皇都大学に毎年何十人も送り込むような学校なんだ
ろう。俺はそういう進学校出身ではないからよくわからないが、卒業後もそういう学校は

学閥的なネットワークがあるらしいし、さもありなんかな。

「ばかばかしい。卒業しても井戸端会議なの……」

うしろにいる地雷女子がそう呟いた。たとえが酷いが同感である。

「ツーかあんた何よ！　何でそいつ庇うのよ！　何様のつもり!?　騎士気取りかよ！　ダセェんだよ！」

「お前らの方が百倍だせぇんだよ。たかが服装くらいで目くじら立てやがって。周り見てみろ！　女子はみんな着飾ってるぞ！　お前らみたいなリクルートスーツなんて逆に浮くわ！」

まあ地雷系ファッションの女子の方がもっと浮いてるけど。それは言わないでおく。

「ありえないんだけど！　なんでそんなキモいやつを庇うの？　あり得ないんだけど！学校じゃいつもボッチだった不良女助けるとかあんたマジでキモいわ！」

スーツ女子がイキってくるのすげぇうざい。残り二人もクスクスと笑ってる。

「なるほどね。お前らまだ高校時代のカースト引きずってんのね！　おーけーおーけー！わかったわかった！」

イジメてもいい奴＝キモい奴。キモい奴助ける奴＝キモい奴。故にスーツ女子共から見ると俺は格下の男ってことになる。バカだなって思う。それが通用するのは教室が自由から隔離するための檻であり、外の世界から守るための柵である中学高校時代までだ。大学はもっともっとシビアなのだ。それを教えてやろう。俺は地雷女子の腰に手を当てて引き寄せる。

「きゃっ！　ちょっといきなりなに⁉」

地雷女子の耳もとに囁く。

「ぎゃふんと言わせたいだろ？　なら俺に身を委ねてろ。いいな？」

「……へぇ……自信あるんだ……いいよ。やってみせてよ、ふふふ」

「じゃあ俺が合図をしたら……」

俺は地雷女子に指示を出す。地雷女子はそれに笑みを浮かべて頷いてくれた。

「なにこそこそしてんの！　そういうところがキモいんだよ！」

「俺はキモくないし、この子もキモくない。ていうかお前らあれだろ？　この子に嫉妬してんだろ？」

「んなわけねぇだろ！　ざけんな‼」

スーツ女子たちが激高して顔を真っ赤にしてる。図星だ。この地雷女子、容姿だけならカーストトップに行けそうだけど、多分変わり者だから浮いてしまったのだろう。それをいいことにこいつらはこの子をターゲットにした。間違いなく動機は嫉妬だろう。綺麗過ぎる顔はそれを見る者に劣等感を抱かせる。だから攻撃して必死に排除しようとするのだ。スーツを着させたいのも、地味な服装で少しでもこの子の美しさを隠してしまいたいからなぞる。

だ。だけどそれこそが武器だ。俺は地雷女子の腰に回していた手の指で彼女の背中を少し

「んっ。くすぐったい……」

少し身を捩（よじ）ったがすぐに彼女は俺の指示を実行し始める。

「うっ！　ぐすっ！　うぇえ、ぴえ――――――――ん！」

地雷系女子は泣き顔を作って俺の胸に抱き着いた。ちゃんとポロポロと涙を流してる。

てかそこまでしろとは言ってないんだけど……まあいい。むしろより優位になった。なに

せ彼女は泣いていても、とても美しいままだから！

「お前ら最低だな！　寄ってたかって一人に暴言をぶつけるなんて！」

周りに聞こえるように大声で怒鳴り、俺は地雷系女子の頭を優しく撫（な）でる。

「はっ？　泣いてるから何？　私たちも女なんだけど。女の涙が女に効くわけないじゃん。

ウケるし！」

それがわかってないんだよな。女の涙は武器だ。その証拠に。

「なになに？　けんか？」「なんか女の子が泣いてる」「あの子のカレシかな？　庇ってん

のかっこよくない？」「いじめられてんの？　かわいそすぎるし」「女の子泣かすとかちょ

っとねぇ……」「カップル相手にオラついてんのキモくない？」

周りからひそひそと声が聞こえ始める。そしてどんどん俺たちの周りに人が集まり始め

た。皆俺たちに好意的、逆にスーツ女子たちには侮蔑的あるいは敵意のような視線を向けている。スーツ女子たちはいきなりの空気の変化にオロオロと戸惑っている。

「お前たちはここが高校の延長のままだと錯覚してた。お前たちの母校ならこの子は永遠にいじめられっ子のままだろう。お前たちみたいな気の強い女子がオラつくだけで男子たちもきっとお前たちに従うだろう。だけどここは大学なんだよ。一歩中に入れば見知らぬ奴だらけ。どいつもこいつも道徳的な世論を気にしてんだよ。そんなところでガキ臭いだせぇマウント取ってたら、すぐにコミュニティから排除されるぞ！」

スーツ女子たちは顔を青くしている。うちの大学に入れるんだから馬鹿じゃない。もう理解したのだろう大学のルールを。ここは気が強いだけではやっていけない世界なのだ。もっとスマートな立ち振る舞いで味方と世論を盛り上げないとあっという間に悪者にされて排除される。そんな世界なのだ。

「いますぐに俺たちの目の前から消えろ。これは警告だ。ここで皆にお前たちの顔を覚えられると厄介だぞ。新歓には出禁になるだろうし、何処のサークルもお前たちを入れてくれなくなる。だからみんながお前たちの顔を覚える前に消えろ。賢さが残ってるならすぐ消えろ」

「「「ひっ……」」」

スーツ女子たちはすぐに俺たちの目の前から姿を消した。きっと入学式にも出ずに家に帰るのだろう。それがいい。今ここに残ってもきっといいことはないのだから。今ならまだやり直しもきく。そして俺も地雷系女子を抱えたまま、その場を後にした。

＊

人混みから離れた俺と地雷系女子は木陰で一息ついていた。

「あんたやるわね。驚いちゃった。あたしを驚かせるなんて大したもんよ。ありがとう、とても楽しかったわ！　ふふふ」

地雷系女子は朗らかに笑みを浮かべる。感謝されたのは嬉しい。だけど俺の心はピコンピコンと警告音を鳴らしていたのだ。

「そうっすか。じゃあ俺はこれで失礼するね」

そう言って会釈してから、彼女の前から去ろうとする。しかしすぐにスーツの袖を摑まれてしまった。

「ちょっと！　なんでいなくなろうとするの？　こういうときは、助けた恩を押し売りしながら、連絡先を奪ったり、デートの約束を強制したり、ラブホに連れ込もうとしたりするもんじゃないの？　あたしみたいな美少女とは二度と出会えないわよ？」

お前が普通の女子ならデートの約束くらいは取りつけようとしたと思う。だけどどう考えてもこの女、変な奴だ。俺はキラキラ青春を送り、幸せな結婚をするために生きることにしたのだ。さっきもこいつメッチャ楽しんでたしね、こんなメンヘラ臭がするヤバそうな女は嫌です。外見だけなら嫁と同格だろうけど、中身が得体のしれない女は駄目です。関わり合いたくない。

「大学生なんだから自分のことを美少女って言うのやめろよ。もう大人なんだよ、少女じゃないの」

「はぁ？　あたしまだ処女だけど？」

「どんな聞き間違いだよ!?　そんなこと言ってねぇし聞いてねぇよ！　お前は俺がそれを聞いて喜ぶ奴だと思ってんの!?　ひどくない!?」

「てかあんたあたしに興味ないの？　下心があるから助けるんでしょ？　漫画やラノベで男心はそうだって知ってるんだけど」

「学ぶ資料が間違ってる！　そんなんで男心を学ぶな！　さっきのは反射的に体が動いただけ」

「へぇ。つまりあんたはあたしに興味がない。つまりB専なのね。ごめんなさいね。あたしはあんたの欲望を満たしてあげられないわ……憐(あわ)れんであげる、ふふ」

「B専じゃないっつーの。やっぱり変な奴だぁ！」

徹頭徹尾自己中なのがすごい。むしろこいついじめられて当然なのでは？　助けたの間

違ってたかな？

「ねぇB専。そろそろ式が始まるし、一緒に行きましょう」

「いや、俺は一人でいいし」

「あんた、あたしを助けたくせに最後まで面倒を見ない気？　あたしを今ここで一人にしたら、『さっきは泣かされてたね、可哀そうだね！　話聞くよ！』って輩が集まって来るわよ。そして気がついたらあたしはラブホテルに……。大学に入ったと思ったら、男があたしの中に入ってくるなんて！」

「ははっ！　想像が豊か過ぎるね。しかも下ネタがえげつない！」

「正義の味方なら最後まで女の面倒を見るべきよ！　さあ！　あたしを入学式にエスコートしなさい！　あと偉い人たちがスピーチしてると退屈だから隣で面白い話もして！　退屈はきらい！」

「……断るってのは？」

「断ったら思い切り泣いて、あんたを正義の刃でずたずたにする」

「女の子ってズルい！　わかったわかった。入学式は一緒に出るよ」

「そう！　よろしくね。あたしは綾城姫和(あやしろヒメーナ)。微妙な距離感を覚えたいなら綾城さんと、媚(こ)びてワンチャン狙いならヒメちゃんと呼びなさい」

めの音が伸びてるように聞こえたけど気のせい？　まあ下の名前で呼ぶことはないだろ

う。どうせ今日だけの付き合いだ。

「それワンチャン絶対ないよね。綾城って呼ばせてもらうよ。俺は常盤奏久。お好きにどうぞ」

「わかったわ。B専インポかなちゃん」

「おいざけんな！　インポじゃねぇし！　あとかなちゃんもやめろ！」

インポはマジでやめて欲しい。一周目のとき俺は嫁の浮気のせいでインポになった。あれはマジで辛かった。勃起薬を飲まなきゃいけないという苦しみは筆舌に尽くしがたいものがある。二周目のこの世界で若返ったら治ってくれてまじでよかった。

「さあ行くわよ、常盤。遅刻は避けないとね！　ふふふ」

俺の抗議をスルーして、ご機嫌そうな笑みを浮かべて綾城は歩き出した。

「しょうがないやつだなぁもう」

俺も綾城の隣を歩き、入学式の会場へと俺たちは入ったのだった。

*

入学式はどうしてこう退屈なのだろうか？　学長をはじめとするおっさんたちのつまらない話。ゲストのつまんねー話。

「本当つまらないわね。受験戦争を勝ち抜いた先にこんな光景が広がってるなんて悲しいわね」

「それな。うちって国立大学じゃん？　ここの会場費用だって元をたどれば多分税金だぜ。返してほしい」

お隣に座る綾城も退屈そうにしている。俺たちはさっきから適当なお喋りばかりしていた。綾城は頭の回転が速く皮肉屋だから話していてなかなか楽しかった。だがそれも長くは続かなかった。

「次に新入生代表、葉桐宙翔さんの入学スピーチです」

壇上に一人の男子学生が立った。顔はいいし、ガタイも良いけど、自信に満ち溢れた表情にはどことなく尊大な印象を覚える。

「なにあいつ？　偉そう。あいつが今年の入試首席？　あんなのに負けたのかあたしの成績。もっとちゃんと勉強しとけばよかったわ」

綾城は葉桐のことをどことなく嫌そうな顔で見ていた。綾城も自信家っぽいところがありそうだし、相性が悪そうだ。

『今日この日をこの場所で過ごせることは私の人生にとって大きな誇りであります。この場所には今、将来の日本、ひいては世界をリードしうる可能性に満ちた若者たちが集まっているのです。その幸運を……』

どうでもいいお綺麗な言葉の羅列。建前のパレード。謙遜に見せかけた自慢。そんな空疎な言葉に満ちたスピーチだったが、会場のウケはよかった。葉桐にはカリスマのようなものがあったのだ。

「あらあら。将来は政治家にでもなれそうなお口の上手さね。でもなんか情熱が足りない感じがするわ。空っぽな虚栄心みたいな香ばしさ」

「……なかなか人を見る目があるね」

「ん？　そう？　あたしの人物評当たってるの？　てかあいつのこと知ってるの？」

「……顔を合わせたことはある。向こうは知らないだろうけどね」

「そうなの。ふーん」

綾城は俺をどこか怪訝そうな目で見ているが、それ以上は踏み込んでこなかった。意外に気を使える子のようだ。地雷系なのは見た目だけなのかもしれない。こういう時女性経験が嫁しかない俺には女の良し悪しを見抜く目がないのがとても惜しい。そう思った。

入学式が終わって会場の外に出ると再び新歓の呼び込みが盛り上がっているのが見えた。ざわめく人々の間を俺たちはゆっくり歩いていく。

「あんた何処のサークル入るの？」

「テニサーとイベサーとか意識高い系、それに趣味として美術サークルだな」

「いっぱいやる気なのは欲張りね。でもいいんじゃない。ヤリサーに行きたいとか言い出さないだけましよね」

「んなとこ行きたくないよ。薄汚すぎる。もっとときめきとか煌めきとかそういうのを大事にしたいね。そういう綾城は？」

「あたしはそうね。ファッション研究とか、女子女子した趣味のところに行きたいわ。それと社会問題とかを扱う真面目系なやつとか。あとはテニスも興味あるけど、夜のダブルスばかりに誘われそうなイメージしかないからパスかしら？」

「お前はすぐに下ネタに走るね！　困るからやめて！　テニサーも出会い系みたいのから、趣味として楽しむやつまであるからゆっくり見ればいいさ」

「まあそうね。時間はあるしね。ところでさっきからすごく見られてる気がするんだけど、気のせい？」

　言われてみるとなんか俺たちの方を見ている人たちが多い。どことなくひそひそと話しているような感じ。だけど悪意や見下すような感じじゃない。むしろ好奇心みたいな？

「お前のメンヘラっぽい恰好のせいじゃない？　まあ可愛いけどＴＰＯには合ってない」

「お褒め頂きありがとう。でも見られてるのはあたしじゃなさそうよ。みんなどことなく憧れ感ある視線だもの。人があたしを見るときは嫉妬かパンダを見るような目だもの」

「パンダと嫉妬は両立するのか？　でもそうだな、俺のこと見てるな？　なんで？」

「もしかして……あっやっぱり」

綾城はスマホで何かを検索して、その結果を俺に見せてきた。ＳＮＳの画面だ。そこにはさっき俺が先輩と撮ったセルフィーが載っていた。

皇都大学新聞
新入生特集第一弾
常盤奏久くん！
新入生と先輩の仲良しな自撮りです！
このハリウッド顔の一年生くんは先輩のことをさり気なく気取りなくかっこよく颯爽と助けちゃったんだって！　将来のミスター皇都大学候補!?

ハリウッド顔ってなんだよ……？

「あんた速攻有名人になったのね。やるわね」

「うーん。プチバズするなんて思わなかった。ちょっと照れるな。へへへ」

セルフィーは後で同級生相手に俺ってもう先輩と仲良しなんだぜマウント取るために用意してたものだったんだけど。こういう方向にバズるとは。ていうかあの先輩俺のことをまじで気に入ってくれたみたいだな。

「ねぇねぇ。ちょっといいかしら？」

「なに？」

「さっきみたいに腰に手を回してちょうだい」

「え？　なんで？」

「いいからやりなさいな」

綾城さんったら俺の返事も聞かずに、こっちに身を寄せてきた。仕方がないので言われた通りに腰に手を回す。すると綾城は自撮り棒を伸ばして、俺たちをスマホで撮った。そして撮れた写真を見せてくる。

「見て見て！　いい感じじゃない？　これ使っていいでしょ？　雰囲気しかイケメンになれないバカ共が口説いて来たらこれ見せつけるの！　絶対いいお守りになるわ！　ふふふ」

綾城さんなんか楽しそう。それに水を差すのは無粋だと思った。

「そりゃよかった」

「そうでしょ。ふふふ。あたし、この男のセフレなのって言えば、皆きっと青い顔して屈辱に震えてくれるわよね。ふふ」

「やめて！　俺のイメージが地に落ちる！　ただのフレンドにしておいてよ！　そこは！」

「えーどうしようかなぁ？　んー？」

　メッチャ俺のことを煽ってくる綾城は年相応に可愛らしいものだった。こういうじゃれ合いははじめてで、とても胸が温まって素敵な気持ちになった。だけどそれは長くは続かなかった。

「すみません。ちょっといいですか？」

　どことなく体の芯まで響くような甘い声が後ろから聞こえてきた。反射的に体がブルッと震えるのを感じた。振り向くとそこに一人の女がいた。煌びやかな桜柄の振袖を着ているとても美しい女。心臓が嫌な音をたてはじめる。

「あんたなに？　あたしたちおしゃべりしてるんだけど？」

　綾城は口を尖らせて、不機嫌な声を上げる。振袖の女はその態度にちょっと困っているようだった。

「うん、ごめんなさい。でもちょっとそっちの男の子に声をかけたくて」

　女が俺の方に目を向けた。やはりとても綺麗な顔だった。灰が烟ったような不思議な茶髪に同系色の瞳。その色がこの女に幽玄というか儚さというかそういった神秘的な美貌を与えている。相も変わらず美しすぎた。

「え？　逆ナン？　プチバズすごいわね。こんな美人も釣れるなんて。現代社会ってどうかしてるわ」

「え？　いや、逆ナンとかじゃないよ。お、おほん！　えーっとね。常盤奏久くん。これから一年生だけで交流のお食事会をするんだ。どうかな？　今日は新歓もないし、学部とか学科とか関係なく横のつながりを作っていこうっていう趣旨なんだけども……」

　よく見たらこの女がやってきた方向に美男美女の新入生集団がいた。彼らの距離感を見るとお互いに初めての顔合わせのようだ。だけどどことなく誇らしそうにしている。多分誰かが今さっき纏め上げた集団だろう。美男美女ばかり集めたスペシャルチームで周りから羨望の目を集めてる。俺はそのチームに誘われたわけだ。ある意味光栄な話だ。

　その集団の中にあの『葉桐宙翔』さえいなければ……！

　俺は思わず奥歯を強く噛み締める。じゃないと体が反射的に動いてとんでもないことをしでかしかねない確信があった。そして目の前の女は続ける。

「駄目かなぁ？　たしかにいきなり誘われたら戸惑う気持ちもわかるよ。けどこの会を纏めてる宙翔は面倒見がいいからちゃんと馴染めるよ！」

　そう。目の前の女は葉桐宙翔のことを下の名前で呼ぶ。この時期の彼と彼女はいわゆる幼馴染という奴だった。家は隣同士、両親同士も仲が良く、まるで兄妹のように育ったそうだ。小中高と同じ空間と時間を過ごしたかけがえのない絆が二人にはあった。このまま放っておけば、ゴールデンウィークが過ぎた後に二人は恋人同士になる。誰もが羨む理想のカップル。いまはまだ友達同士。

「それはわかったけど、あんたは誰？　お誘いするならちゃんと名乗ったらどう？」

「あっ！　いけない！　そうだったね！　私の名前は……」

言わなくてもいいんだ。だってよく知ってるから。聞きたくない。忘れられないことを思い出してしまうから。あまり考えないようにしていた。彼女もまたうちの大学に通っていることを。

「五十嵐理織世（いがらしりりせ）」

女は優し気な笑みを浮かべてそう言った。その笑顔を俺はかつて短い間だったけど独占していたんだ。だってこの女は一周目の世界で俺の『嫁』だった女なのだから。

「へぇそう。よろしくね。あたしは綾城姫和」

「ヒメーナ？　ヒメちゃんって呼んでもいい？」

「嫌よ。あたしのことはヒメーナさまと呼びなさい」

「なんかすごく偉そうだよこの子！　お人形さんみたいにかわいいのにすごく尊大すぎる!!」

綾城のペースに巻き込まれていく嫁は相変わらず朗らかに笑っていた。この頃の彼女のことを俺はよく知らない。遠くから見ているだけだったから。俺と嫁が付き合いだしたのは大学を卒業してしばらくたってからだった。だからどことなく知らない女のように見える。

「なんだなんだ。理織世。手こずってるのかい？　手を貸そうか？」

「あっ宙翔！　いやぁあはは。なんか振り回されちゃってね。大学ってやっぱりすごいところだね。変わった人ばっかり！　うふふ」

嫁は舌をペロッと出してお茶目に笑う。俺はそんな顔を知らない。大人な嫁しか俺は知らないんだ。でもそんな嫁のことを知っている奴が今、目の前にいる。

「やあはじめまして。僕は……」

「自己紹介なんかいいわ別に。さっき偉そうに壇上から囀ってたでしょ？」

綾城はどことなく怪訝そうな目を葉桐に向けている。その眼圧に葉桐は少し戸惑っていた。

「囀る……？　アハハ……君は変わりものなんだね。アハハ……」

「でしょ！　だから私もすっかり呑まれちゃって！」

「誰とでも仲良くなれる理織世が戸惑うのもわかったよ。で、どうかな？　君たち。僕たちと一緒にちょっとしたパーティーをしようよ」

爽やかに笑う葉桐は確かに魅力的に見える。周囲の女性たちの中には葉桐に憧れのような目を向ける者が沢山いた。いいね。とってもとっても羨ましいね。この笑みでこいつは！　この間男は、俺の大事なものを奪って壊したのだ！

「もう会場はとってあるんだ。綺麗なところでね、御飯も美味しいんだよ。きっと楽しんでくれるはずだよ！　来てくれるよね？」

こうして俺は最も憎い男と、最も愛していた女と再会してしまったのだ。

＊

何とも間の抜けた話だ。大学デビューにかまけて嫁と間男のことをすっかり思考の外に置いてしまっていた。出会ってしまった時にどうすればいいのかを考えていなかった。

「なあ君たちの学科はどこだい？」

目の前に立つ間男こと葉桐は笑みを浮かべてそう尋ねてきた。

「あたしは法学部法曹養成学科」

驚いた。綾城は文系のトップ学科の所属らしい。でも皮肉屋で頭が回るこの子には似合っているようにも思える。

「へぇすごいね。将来はウチの大学でもエリート中のエリートなんだね。なら横のつながりって大事だと思わない？　今のうちに作っておけばきっと将来の大きな財産になるよ」

「そうね。それは否定できなそうね」

「そうそう。僕も医学部医学科だけど、これからの時代は専門だけじゃなくて学部学科を横断的に網羅する必要があると思うんだ。そのためのパーティーだ」

ナチュラルに学部マウントかましてくる葉桐にイラつく。この男は国内最難関最高偏差値の皇都大学の医学部に首席で入った化け物だ。受験エリートの頂点。皇都大学じゃ共通試験の点数と本試の点数、それに学部学科で微妙なマウントを在学生同士で取り合うのが日常的に見られる。そういうところが本当に鼻につく。でも嫁が浮気（うわき）しても無理からぬことだと思う。俺の仕事と医者なら多くの女は医者を選ぶだろう。

「あらそう。将来はお医者様ですか。お偉いこと。そう言えば常盤は何処の学部なの？」

そう言えば話してなかった。というかそれをこの男の前で口にするのが嫌だった。絶対に医学部医学科には序列としては勝てないのだから。それを綾城の前で言うのも、嫁の前で言うのも嫌だった。俺は一つ溜息（ためいき）をついて。

「工学部建築学科だよ」

さらに付け加えると俺は浪人してる。現役時代に美大に入ろうとして落ちて、自分の芸術センスに見切りをつけたから建築学科に進んだ。だから言いたくなかった。ストレートで医学部に入るような奴と比較すると惨めだ。

「え？　うそ！　すごい偶然だね！　私も建築学科だよ！」

落ち込む俺に対して、嫁が嬉（うれ）しそうな声でそう言った。またしても痛恨のミスだ。一周目の在学中は全くと言っていいほど嫁と絡みがなかったから忘れがちだが、嫁も同じ学科なのだ。

「へえ。君は理織世と同じ学科なんだね。はは。僕の幼馴染はちょっとポンコツだからサポートしてあげてくれ。あはは」

「幼馴染？　リアルで聞いたの初めてね。ってことはあなたたちは付き合ってるの？」

綾城が興味あり気に尋ねる。……聞きたくねぇ……。個人的にはとても耳を塞ぎたい話だ。

「えー別にそんなんじゃないって。でも宙翔のことはかけがえのない人だって思ってるよ。ふふふ」

嫁は朗らかに笑ってそう答える。

「ああ、僕らはお互いに強い絆で結ばれてるって信じてるよ。あはは」

葉桐も爽やかに笑って言う。二人はどことなくいい雰囲気で穏やかに見つめ合う。かけがえのない人。築き上げた強い絆。結婚以上に優先される関係性。それってもうね？　ん、理不尽かなって。俺には最初から勝ち目なかったんじゃん。

「そうなの。ふーん。つまりあれね。傷つかないためのキープ、都合のいい男って奴なのね。あたしも欲しくなってきたわ、幼馴染。憧れるぅ」

場の空気が凍った。葉桐は口を一文字に引き結んでいる。嫁は引き笑いのまま止まっている。

「いやいやいや！　ちょっと待って！　何でそんな風に言うの!?　宙翔は都合のいい男な

んかじゃないよ！」

　嫁は綾城に唇を尖らせて必死に抗議する。だけど綾城はどこ吹く風だ。

「そう？　でもあなたたち体の関係もないんでしょ？　なのに男女が一緒にいる？　無理でしょ。絶対に無理。体を交えてさえ一緒にいられないことがあるのに、ましてやセックスもなしにお互いを繋ぎ止められるの？　あたしには疑問ね」

「そんなことないよ！　男女の間だって友情は存在するよ！」

「そうね。するかもね。つまりあなたにとって友情を上回らない魅力しかその男にはないし、その男相手に発情することを止められないくらい強く思ってるわけでもない。本当に強い絆を生み出すのはなりふり構わない愛じゃない？　あたしはそう思う。それはエゴイスティックに相手を求める強い情動以外にはないのよ。例えば恋とか性欲とかね。あなたたちは良好な関係ではあってもそれは互いを激しく求めるものではないのよ。異性同士の友情とは求めあう価値のない者たちの慰めでしかないわ。そんなつまらない感情は都合のいいものでしかないでしょ？　違う？　激しく求めあうなら互いに都合は悪いもの」

　なんか一理も二理もありそうな含蓄のあるトークが綾城の口から出てきた。嫁は額に手を当てて考え込んでいる。

「うっ……え……でも私たちはずっと一緒で仲良くやってきてて」

「あたしの屁理屈で惑う程度の関係ならそんなもんでしょ」

ぴしゃりと綾城は吐き捨てる。まだこいつとは短い付き合いだが、さっきのじゃれ合いを邪魔されたことに怒ってくれているようだ。それは俺の胸を確かに温めてくれるものだった。

「それ以上の侮辱はやめてくれ」

葉桐が嫁を庇うように前に立つ。

「綾城さん、君のこともパーティーに誘うつもりだったけど駄目だ。僕は理織世を守るって決めてるんだ。君のような意地悪な人は誘いたくない」

「そう。別に頼んでないのだけどね。勝手に誘って勝手にやめて。忙しい人ね」

そう言って綾城はそっぽを向いた。だけど口元には笑みが張り付いてる。

「常盤君。余計なお世話かもしれないけど、そういう子と仲良くするのはやめた方がいい。他人を訳もなく傷つけるような人はクズだよ。仲良くする価値はない」

お前がそれを言うのか？　俺から嫁を奪ったくせに？　俺は一生分以上の傷を負って人生さえ失ったのに？

「常盤君。その子は放っておいて、僕たちのパーティーに参加しなよ。大切な幼馴染が通う学科の人とは話しておきたいし、君のためにもなる」

「あの後ろの連中がか？」

俺は葉桐の後ろの方にいる美男美女共に目を向ける。実にイケてる集団だ。各学科から選りすぐったまさしく陽キャの王国民。目の前の間男君がその王国の王様なんだろう。嫁はさながら王妃様かな？

「そうだよ。各学科から光る人材を見つけて声をかけたんだ。みんな僕の考えに賛同してくれた。お互いに助け合って高め合う素敵な仲間たちだよ。特別な人たちだ」

そうか三つ子の魂百までとはこのことか。間男は浮気バレした時に俺のことをひたすらこんな調子で責め続けた。曰く釣り合ってないだの。曰く自分は特別だの。曰くお前のような『下』とは違うだのと。

「俺にはお前が言っていることが一つも響かねぇ。何一つ賛同できない。綾城はクズじゃない。変人だがおもしれー女だ。仲良くする価値しかない」

「あら？　庇ってくれるの？」

俺は綾城に笑みだけ向ける。だけどそれだけで多分綾城には俺の気持ちは伝わったと思う。彼女は優し気に笑って頷いてくれた。

「それに俺は大学デビュー系元陰キャなんだよ。だからああいうキラキラチャラチャラした連中が大嫌いだ。俺以外のリア充など視界に入れたくない」

一周目の世界。嫁と出会うまで俺の世界は色がなかった。俺は顔もいいし、頭の出来も良かったが、致命的に性格が悪かった。周りとうまく馴染めない。だからいつもキラキラしている人たちが羨ましくて仕方がなかった。全部壊れればいいって思ってた。だけど嫁と付き合って結婚して世界はすごく素敵な場所なんだと知った。他の人々の幸せを憎むことをせずに済むようになった。

「そしてだ。そもそもあいつら顔以外に何の素養もないだろ。違うか？」

俺は確信があった。葉桐はおそらく純粋に見栄えだけを重視して選んでおり、その中でも頭のいい奴は恐らく『仲間』に入れてないと。

「……そんなことはないよ。彼らには光る才能がある。むしろ才能がある人を集めたらたまたま顔が良かっただけなんだよ」

「じゃあ誰か連れてきてその才能を証明してくれないか？」

葉桐の顔が青白く冷たくなった。俺を静かに睨んでる。あの美男美女どもはこの男が忠実な家臣にするために集めた駒だ。見栄えのいい臣下はその上に立つ王様を輝かせてくれる。才能はむしろ邪魔だ。王様のことを玉座から蹴落としかねないのだから。

「彼らのことを疑うなんて君は酷いやつだな！　人助けを率先してやるようないい人だと思ったのに！　残念だよ！　君を誘うのはやめておこう。君は僕達の仲間には相応しくない」

逆切れされた。つまり図星だ。あいつらは顔だけがいい見掛け倒しだ。そんな奴らの仲間になんか死んでもならない。それは俺の青春をドブに捨てるのと同じ愚行でしかないのだ。

「ねぇ宙翔」

　俺と葉桐が睨み合う中で嫁が声を出した。

「なんだい理織世？」

「常盤君が言ってることは本当なの？　あの人たちは一年の中でも才能があるすごい人たちだから交流するんだって言ってたよね？」

　俯く嫁はどこか悲し気にそう言った。

「そうだよ。僕が嘘なんてついたことあるかい？」

「……そうだよね。うん。宙翔は嘘をつかないよね。……でも」

　嫁は顔を上げて俺のことを見詰めてきた。灰が烟るような茶色の瞳がとても美しく、そして優しげに見えた。

「理織世？　どうかしたのか？」

「ううん。なんでもないよ。もう行こう。二人とも喧嘩は駄目だよ。もうやめよう。宙翔、みんなのところに戻ろ。そろそろ時間でしょ？」

「ああ、そうだね。もう行こうか。この人たちと付き合うのは時間の無駄だ」

　葉桐は俺たちに背を向けてお仲間たちの方へ戻っていった。

「……ごめんね、常盤君。次はちゃんとお話ししようね」

　嫁は悲しそうに微笑んでから、葉桐の方へと向かっていった。そして彼らはゾロゾロとお食事会とやらをするためここから離れていった。

「綾城。これから暇？」

緊張がどっと抜けて自然とその言葉が出てきた。

「夜までだったら暇よ。夜は父とお食事なの」

「じゃあそれまで俺と遊びに行かね？」

「あら！　いいわね！　どこ行くの？」

「さあね。その場のノリとテンション次第かな。あはは」

「まあ計画性のないことね、面白そう。うふふ」

俺たちは笑いながら入学式会場を後にした。その日は夜まで大いに遊んだ。それはきっとキラキラした青春だったと胸を張って言えるものだったのだ。

# 第2章 オリエンテーションで出来る友達とはわりと長続きしない

Chapter.2 Yomeuu

　オリエンテーションと言えば、友達づくりのチャンスだとみんな思ってる。でもここで友達が出来ても後で行われる学科飲みとかで気が合った人と友情が深まることの方が多い。だからオリエンテーションサボっちゃダメかな？　だってこの学科には……。

「常盤(ときわ)君、隣いいかな？」

　オリエンテーションしょっぱな。教室の隅っこの方に陣取ってシラバスを確認していたら、嫁に話しかけられた。かけられてしまった。

「建築学科は女子も多いから女子グループのところへ行った方がいいぞ。俺といても別に楽しくはないよ」

　当然俺は気まずい。同じ学科だから顔を合わせるのは仕方がないとは覚悟していた。だけどまさか向こうから話しかけてくるとは思わなかった。俺は入学式で嫁の幼馴染系間男とこの二周目の世界ですら揉(も)めているのにだ。

「別にそんなことないと思うんだけど……だめかな？」

「……うっ……好きにしてくれ……」

　ウルウルとした瞳で頼まれると断りづらい。というか断れなかった。かつては短くとも結婚生活という名の嫁のＡＴＭを経験した身である。体は反射的に嫁の願いを叶えようとしてしまうのかもしれない。あるいは嫁の機嫌を損ねるとややこしいしめんどくさいという経験から来る習性なのか。

「なあ、あの子」「すげぇ美人だな」「知らないの？　確かあの子読モだよ」「チアの全国大会にも出てたよね」「あの顔でウチの大学にも入れるとか完璧すぎだろ」「でも同じ学科ならワンチャンある？」「誰か声かけてこいよ！」

　周りからひそひそとした声が響いてくる。みんな嫁に注目してる。当然だ。百人が百人とも美しいと認める顔の持ち主だ。それに不思議な瞳や髪の色で神秘性のような印象さえ周囲に与えてる。後にはミスコンで圧倒的優勝も果たしてみせた。ここまでくるともはや美貌という名の暴力かもしれない。そして逆に俺はそんな嫁の隣にシレッといるもんだからどことなく男子からは敵意を抱かれているように思える。

「ねぇ常盤君はどの授業取るの？　大学って単位さえ満たせばいくつ取ってもいいし、サボってもいいんだよね？　高校とは全然違うんだねぇ。ついこの間まで言われた通りの時間割だったのが嘘みたいだよね」

「俺浪人だから高校のこともうよく覚えてないんだわ」

嫁に話しかけられた俺は話の腰を折ってみた。現役生と浪人はやっぱり最初のうちは断絶がある。そのうち誰も気にしなくなるけど、今は気になるだろう。

「え？　年上なんだ……ですか。ごめんなさい、私ずっとため口きいてました」

いきなり敬語に変わった。本気で申し訳なさそうな顔をしている。これはちょっとまずい。俺相手なら是非ともこの調子で接して欲しいけど、他の浪人生相手にこの態度はあかん。同学年ならため口が基本なのだから。

「同じ学年相手なら敬語は使わない方がいいぞ。浪人も現役も学年で区切られるのが大学なんだからな」

「そうなんです……そうなんだね。よかった。うん。なんか壁が出来たみたいでびっくりしちゃった。えへへ」

嫁はほっとして、可愛らしい笑みを浮かべている。本当に可愛い女だと今でも思う。若いころの嫁をこんなに近くで見ることはなかった。いつも遠くから見るしかなかった。だから彼女のハーフアップの三つ編みは思っていたよりも細いんだと今更ながらに気がついた。それに気がついた時どうしようもないほどの落ち着きのなさを感じた。だから俺は席を立った。

「ちょっと一服してくる」

「え？　でも常盤君タバコの匂いしないよね？　吸うの？」

「自販機でコーヒー買うのが好きなの。じゃあね」

俺は理由をつけて席を離れた。そしてオリエンテーションが始まるギリギリまで校舎の一階にある自販機の前で好きでもない缶コーヒーを飲んで過ごした。時間ギリギリに戻ってくるとすでに嫁の周りには男子を中心に人だかりができていた。こっそりと近づいてカバンと資料を回収し嫁から遠い席に着き直す。そしてすぐに講師がやってきてオリエンテーションが始まった。

オリエンテーションは退屈だった。俺は二周目なので大学のルールはすでに全部わかってる。なんなら楽な授業なんかも当然知ってるのだ。休み時間のたびに嫁は俺の方を見ていたが、すぐに人に囲まれるのでこっちに近寄ってくることはなかった。そして昼休みになった。今日のオリエンテーションはこれで終わりだ。午後からは自由。嫁が男子たちに食事に誘われている間に俺はすぐに教室から脱出して、教室から遠くにある学食の方へ向かった。皇都(こうと)大学駒場(こまば)キャンパスは広い。学食もいくつか点在している。俺が行ったのはお高めのメニューが並ぶ店。むしろ学食か？　ってくらいにはオシャレなところ。教授たちよりもキャンパス近くに住むマダムたちの方が利用しているだろうってところだ。

「あら？　奇遇ね。こんなところで会うなんて。もしかしてあたしのストーカーなのかしら？」

屋外の席に綾城(あやしろ)がいた。相も変わらずメンヘラ臭漂う地雷系ファッションだった。中二病の時期なのか、今日は黒ベースのパーカーと黒のスカートにピンクのブラウスを合わせている。今日の髪型は短めのツインテール。リアルの女がすると痛いやつにしか見えないが、綾城は驚くほど可愛く見えた。

「ストーカーじゃないよ。ちょっと遠出してみたかっただけさ。そういうお前はどうしてこの店？　ここはお前の学科の講義棟からも遠いだろう？」

俺は綾城のテーブルについて、メニューを開く。他の学食の二倍から三倍くらいの値段が並んでる。

「学食の安っぽいメニューじゃあたしの舌は満足できないの。だからここに来た……って本当は言いたいのだけど。逃げてきたわ」

綾城はパスタを上品にフォークで掬って口に運ぶ。不思議と絵になっている。

「野郎どもか？」

ウェイターを呼んで、クラブハウスサンドのセットを頼んだ。千円もするが、嫁から逃げる費用と考えれば安いような気がしてくる。なにせ一周目じゃ嫁から逃げ回るために俺は十回も引っ越したのだから。なお全部場所を突き止められたので全くの無駄だった。

「そう。男たちの厭らしい飢えた目と女たちの卑しい嫉妬の目から逃れてきたのよ。みんな一目見ただけであたしに夢中になっちゃうんだもの嫌になるわね。何のために大学に来てるのかしらねあいつら？　出会いが欲しいならマッチングアプリでも使えばいいのに」

「むしろ現代じゃ大学なんて遊ぶために行く場所だよ。俺なんかそうだよ。まさしくね」

今の俺は青春をいかに楽しく過ごすか、魅力的な女と出会うかしか考えてない。本質的には綾城に集っている男共と変わりはしないだろう。

「そうでしょうね。でもあんたは勉強好きな方でしょ？　違う？」

「ああ、好きだね。そのことに嘘をつく気はないかな。ここに来たのも最高の建築が学べるからだ」

「そう。目的意識があるのはいいことよね。大学に行くならそうあるべきよ。今度あんたが建築に進むことにした切っ掛けを教えてちょうだいね」

「今聞けばいいじゃん。別に構わないけど」

「あんたが話したら、あたしも法学部に進んだ理由を言わなきゃフェアじゃない。悪いけどそれはまだ話したくないの。理解してちょうだいな」

「まあ話したくないなら聞かないけどね。本当に変な奴だな」

「ふふふ」

口に手を当てて笑う仕草がとても上品に見えた。この子はカッコこそ変だがやっぱり育ちが良さそうな印象を受ける。だんだんと気になってきてしまうのはきっと俺に女性経験が足りないからだろう。関わってしまった女にはすぐに好意を抱いてしまう。セカンド童貞マインドはなかなかにキモいかも知れない。そしてすぐに俺のランチも届いた。二人ですごす昼食はなかなかに楽しい。青春って感じ。

「ところであんた土曜日暇？」

「うん？　今のところは暇だけど」

「あたし行こうと思ってるサークルあるのよ。その新歓あるんだけどついてきてちょうだい」

　驚いた。女性から飲みのお誘いってもしかすると一周目含めても初めてかも知れない。嫁は付き合う前は一切自分から何かを提案してくることはない女だった。もっとも新歓だから色気のある話ではないけども。誘われたことそのものが嬉しかった。

「いいよ。一緒に行こうか。場所は？」

「下北よ。あそこいい街よね。高校の頃はよく買い物に行ったわ」

「確かにいい街だよな。何よりもあの街の特色は駅と商店街との繋がり方にあると思う。混沌とした街並みはたしか戦後の闇市に起源があるそうだ。最近は再開発で綺麗になってきているけども、以前の駅周辺の猥雑さにはある種の美が間違いなく宿っていた。すべての要素は独立しているのにも拘わらず、それらすべてはきっと同じイデオロギーを背景として確固とした存在が実存を証明し即時的かつ……」

　夢中になって都市構造の歴史と哲学について話している俺の口にそっと綾城の人差し指が当てられてしまった。唇に触れる彼女の指は柔らかかった。そのせいでそれ以上喋ることが出来なかった。

「ストップ。夢中になって話すあんたの顔は可愛かったわ。でもね、話の中身はわけわかんなくてちょっとキモいわ。ふふふ」

「むむ。これからがいいところなのに……」

「うふふ。むくれないの。でもよかった。あんたにはお遊び以外にちゃんと好きなモノがある。それが知れてよかったわ。また聞かせてね。でもちゃんとわかりやすくしなきゃ駄目よ？」

「わかった。善処するよ」

自分の話を聞いてくれる女がいる。それはきっと何物にも代えがたい幸せの形だ。かつて嫁も俺の話を優しくニコニコと聞いてくれた。その思い出は今綾城と過ごすこの時と同じくらい幸せなものだった。嫁以外にも俺の話を聞いてくれる人がいる。それを知れただけでも今日はとても幸せな一日だった。

＊

オリエンテーションの間、俺は嫁に極力近づかないようにしていた。だけど同じ教室の中にいてそれを続けるのはやはり無理があった。

「常盤君。今日はみんなでご飯に行こうよ。私、学科の人全員とちゃんとお話ししたいんだ」

最近の嫁は自分に群がる人だかりから何かを学習したらしく、毎日学科の違うメンバーとランチするようにローテーションし始めた。『オリエンテーション中に全員と話したい』という建前をつけたのが正直に上手いと思った。普段はのほほんとノー天気なくせに俺を追い詰めるときだけはなぜか知恵が働くようだ。

「いや俺は、家に作り置きがあるから……」

それでも俺は当然断る。何をしゃべっていいかマジでわからんし、嫌な思い出がよみがえってきてムカムカして不快なのだ。

「そっかー。じゃあ今日は私も学食はやめて家に帰って食べるよ。うん、ざんねんだねー」

嫁が哀し気にそう言った時だ、嫁の後ろにいた今日のランチメンバーたちが恐ろしく鋭い目で俺を睨(にら)んだ。理由はよくわかる。これを逃したら嫁と一緒にめしを食える機会は多分永遠に回ってこないかも知れない。そう思えば必死にもなる。そして直感した。ここでこのランチを断ったら、俺に学科での居場所はなくなると。

「よく考えたら作り置きは夜食べればいいんだよな！　学食行こうか！　あはは！　あははははは！」

「そっかー！　よかったぁ！　今日の日替わりは何かなぁ？　楽しみだね、うふふ」

もうやけくそだった。俺は結局ランチへと連れていかれることになったのだった。

俺と嫁を含めた八人ほどのグループで学食にやってきた。学食はいつも混雑している。ウチの大学は結構学生数が多い。だからピークの時は席を早く取らないといけない。だけどね、うちの嫁は生まれついてのお姫様なのだ。

「ああ……今日は人が多いね……座れないのかなぁ……」

嫁は落ち込んでいた。見るからに憐(あわ)れな顔をしている。だけど美人だ。これはこれで絵になる。つまり……。

「あの！　俺たちもうめし食べ終わったからここ使って！」

近くの席に座っていた運動部系っぽい先輩たちが急いでめしをかっ喰らって俺たちのために、というか嫁のために席を空けてくれた。

「え！　ほんとですか！　うわぁありがとうございます！　いい先輩たちがいてくれてほんと私嬉しいです！」

「いやそれほどでもないよ！　俺経済学部金融政策学科二年の佐藤(さとう)」「俺法学部政治学科二年の田中(たなか)！」「俺文学部英米文学科三年の鈴木(すずき)！」「俺工学部機械電子学科三年の斎藤(さいとう)！」「俺……（以下省略）」

　ワンチャン狙って名乗っていく先輩たち。こんな憐れな自己紹介見たことないよ。嫁は無邪気に喜んでるけど、きっと一分後には忘れてるだろう。先輩たちは照れた笑顔で学食を去っていった。そして空いたテーブルに俺たちはついた。おのおのカウンターからランチメニューをトレーに載せて持ってきて。嫁は俺の隣に普通に座ったのだった。一瞬空気が凍った。理系は女子が少ない。だからこのグループ、嫁以外は全員男子である。オタも陰キャも陽キャもチャンプルしてる共通点のない集団なのに全員が全員、俺を冷たい目で睨んでる。すごいね、人類は共通の敵がいれば団結できるんだよ。その敵になりたくなかったから嫁を避けてたのに！　本当にこいつナチュラルに俺に追い込みかけてきやがる！

「ねぇねぇ皆はどうしてこの大学を志願したの？」

嫁は実にオリエンテーション期間に相応しい話題を振り始めた。男子たちは皆競って嫁にうちの大学に来た理由を話し始める。それらは全部どうしようもないくらい自慢話だった。学校一の秀才だったと宣う陰キャ。勉強できなかったんだけど本気出したら受かっちゃったわー！　とかいう陽キャ。建築の研究で歴史に名を残すとかイキっちゃうオタ。親の建築会社を継いで事業拡大するとか宣う意識高い系ボンボンなどなど。どうしてこう男が女にする話は退屈なんだろうか？　クッソつまんねー。

「ねぇ常盤君。さっきから静かだね？　ずっと学科の皆と交流してなかったし緊張してる？　可愛いところあるね、ふふふ」

どことなく母性的な印象を受ける微笑みはとても綺麗だった。それを向けられることは幸せなんだろう、本来ならば。実際周りの皆はぽけーっと魅了されている。だけど俺にはこの女の美しさは毒なのだ。この女が綺麗で可愛らしければばらしいほど、裏切りの事実が俺を惨めにするのだから。

「別に。そんなわけじゃないよ」

「そうなの？　じゃあどうしてこの大学に来たのか話してよ」

嫁は俺の顔を覗き込んでくる。俺の知っている嫁の顔は今よりもずっと大人だった。今はまだ子供のようなあどけなさがある。俺はこの時代の嫁を知らない。知らないことがどうして悔しいんだろう。だから突き放してやることにした。

「美大に落ちたからここに来た。建築はなんだかんだと美術と関わり合いが深い。少しでも美術っぽいことをやりたかった。それなら一番いいところに行くべきだ。ただそれだけだよ」

周りの男子たちが少し苛立っているのを感じた。なにせ皇都大学は日本トップの大学なのだ。滑り止めで来るところではないのだ。俺は美大志望崩れ。今でも本音じゃ美大に行きたかったなと思う日があるのだ。

「そうなんだ。変わってるね……」

嫁は何とも言い難い微妙な表情をしていた。これでいい。そのうち俺はいずれ嫁の興味の外に落ちるだろう。そう思って安堵していた時だ。

「理織世？　今日はここで食べてたのかい？」

「あっ。宙翔。やっほー」

声のする方を振り向くとそこには葉桐がいた。周りには医学部の男子学生たちがいた。みんな嫁のことをデレデレと見ている。

「みんな、紹介するよ。彼女が僕の幼馴染の理織世、五十嵐理織世だ」

葉桐は医学部の連中に嫁のことを紹介している。あれは間違いなくマウント行為だ。葉桐にはこんなにも美しい女と親しくする力があると誇示している。遠からず医学部もこいつの手に落ちるのだろう。恐ろしいほどに政治が上手い。

「五十嵐理織世です。よろしくお願いします」

嫁は立ち上がって医学部の連中に綺麗に礼をした。その所作の美しさは医学生たちを確かに魅了していた。暴力だ。美の暴力。嫁の持つ暴力を葉桐は完全にコントロールしきっている。固い絆。二人の強固な繋がり。そのうちに恋に変わる甘い繋がり。勝てるわけがない、そう納得してしまう。

「理織世の同期生の皆さん。僕の幼馴染のことよろしくお願いしますね。理織世は少し抜けてるところがあるから助けてあげてください」

「もう！　私はそんなおまぬけさんじゃないのに！　宙翔ったらいつも私を子ども扱いするよね」

嫁は照れ笑いを浮かべていた。口では文句を言っても表情は明るいものだった。気軽に冗談を言い合える仲。俺と一緒にいた頃の嫁は物静かでいつも穏やかに笑ってた。自分から何かを言い出すことはあまりない穏やかな女だったのに。

「だって子供のころから一緒だしね。小さいころから変わらないよ君への思いはね。ふふふ」

葉桐は爽やかな笑みを浮かべてそう言った。それは気安くて確かに人に好かれそうな笑顔だったのだ。俺はそうは思わないけど。

「ところで理織世。これから僕たちは広告研究会と外に食べに行くんだけどどう？」

「え？　でも私今食べてる途中……」

いきなりの誘いに嫁は困惑している。それに嫁はランチをまだけっこう残してる。

「君の夢の女子アナになれる近道だよ。今日はテレビ局でプロデューサーを務めるＯＢがわざわざ来てくれるんだってさ。チャンスだよ。顔を売りに行こう。大丈夫、僕がちゃんとサポートするからね！」

大学を出た後、嫁は東京の大手民放の女子アナになった。当然その美貌故に大人気となりニュース番組や有名人のインタビュー、バラエティでひっぱりだこだった。テレビで見ない日がないレベル。

「さあ行こう。ごめんね、皆さん。理織世の将来のためなんです。許してほしい」

葉桐は俺たち建築学科の野郎どもに頭を下げてきた。だけど敗北感を抱いていたのはこっち側だ。葉桐は嫁がどこへ行くのかをコントロールできる。男として嫁ととても近しいと皆が理解した。そう、俺は勝てない。

「じゃあ行こうか理織世！」

「あっ……ごめんね……」

嫁は俺にそう言った。その顔は申し訳なさそうに歪んでいた。あの時と同じ顔。裏切りがバレた時と同じ顔。そんな顔を見るのはもううんざりだった。俺は立ち上がり、嫁の肩に手を置いて少し力を入れて椅子に座らせた。ちゃんと優しくしたから痛くはないはず。

「え……常盤君……どうして？」

「残さず食えよ。勿体ないだろ」

嫁のランチプレートにはまだエビフライが二本残ってた。

「おい。常盤君。君は理織世の将来の邪魔をするのか？」

葉桐が俺を睨む。俺も睨み返してやる。

「うるせえ。俺の実家は農家なんだよ。食べ物を粗末にする奴は許さん」

俺の実家は北海道の農家だ。継ぐ気がないので都会に出てきた。家は将来妹がその旦那さんと継ぐから問題はない。

「たかがランチよりも大手テレビ局のプロデューサーとの繋がりの方がずっと大事だろう。君の言ってることはくだらない」

「知るかよ。お前の価値観に俺は関係ないんだ。それにプロデューサーと会いたいのはお前であって、り……五十嵐じゃないだろう？」

「……プロデューサーに会うことは、理織世の利益につながるんだ」

「それは質問の答えになってない。なあ。お前は五十嵐には嘘はつかないんだろう？　今ここで五十嵐に誓ってくれよ。お前自身はプロデューサーと何も交渉する気はないってな」

葉桐が押し黙る。俺には未来の知識がある。この間男系幼馴染は夏ごろからテレビに出はじめる。名門皇都大学の現役学生が中心の番組が放映されるのだ。そこに爽やかなルックスでこの男はお茶の間の人気者になる。参考書とか自己啓発本とか出しちゃったりしてがっぽがっぽと稼ぐのだ。多分プロデューサーさんとはその話をするんだろう。嫁を同席させるのは嫁の魅力で交渉を有利にするためだろう。まあ女子アナへの道が開かれるのも本当だろうけど。

「ねぇ……宙翔」

「理織世。常盤君の言ってることに惑わされちゃだめだよ。この人は屁理屈で相手を呑み込むタイプだ。よくないよ、こういう人はね」

「宙翔。私はみんなとまだお話ししたいことが残ってるんだ。それにやっぱりご飯を残すのは良くないよ。そんな人は女子アナになっちゃだめだと思うの。偉そうにテレビで人に向けて喋る資格はないと思うよ。うん」

嫁は真剣な顔で葉桐を見詰めながらそう言った。葉桐は嫁のその目に戸惑っているように見えた。だがすぐに爽やかな笑みを浮かべて。

「わかった。そうだね。理織世の言う通りだね。プロデューサーさんと会うのはまた今度の機会にしよう。じゃあ夜にまたね」

「うん。またね宙翔」

葉桐と嫁は小さく手を振り合った。そして葉桐は取り巻きを連れて学食から去っていった。嫁は頬を少し赤くしてモジモジとしていた。そして俺のことを上目遣いで見ながら言う。

「あのね……常盤君……あり……が……」

「ごちそうさま。みんな。俺は先に失礼するよ。図書館で勉強しないといけないからね」

「あっ……ま……っ……」

俺はトレーをもって立ち上がる。嫁は俺の後ろで何かを言っていたが無視した。そして俺は学食から去ったのだ。

# 第3章 新歓ではこう振る舞う！

Chapter.3 Yomeuwa

嫁とのランチ以降、彼女から俺に関わってくることはなくなった。まああんな微妙な終わり方をすればそうもなるだろう。オリエンテーションはとくにトラブルもなく過ぎていった。そして土曜日がやってきた。

「あら？　あんた来るの早くない？　まだ約束の時間の二十分前だけど？」

待ち合わせ場所は下北沢駅近くのカフェだった。店内にはすでに綾城がいて、優雅に紅茶を愉しんでいた。

「俺はこの街に住んでるから、早くて当たり前なんだよ。そういうお前だって早いじゃん」

俺が今住んでいるのはこの街だ。下北から駒場キャンパスまではほんの数駅だし、その気になれば歩いても自転車でも行ける。

「あら？　ここに住んでたのね。なら先に言って欲しかったわね。あたし昼間は服屋巡りしてたのよ。荷物持ちにしてあげたのに」

「へぇ。何か買ったの？」

「今羽織ってるジャケット。大人っぽくていいでしょ？」

今日の綾城はツーサイドアップだった。そして例によって中二病臭い黒×ピンクなスタイル。ただいつもよりはなんか大人っぽい仕上がりだった。とくにライダーっぽいジャケットが大人感を出している。

「いいと思うよ。シャツにも合ってると思うし、大人の女って感じがするよ」

地雷系要素は残し、かつ大人っぽさを両立させるのって普通にすごいと思う。綾城が並外れた美貌の持ち主だから可能なのだろうけど。

「ありがとう。でもあたしはまだ大人とは言えないわ。誰とも夜を過ごしたことがないもの。この体は痛みも甘さもまだ知らないから……」

「隙あらば下ネタ入れるよね！　どうしてそんなに下ネタ好きなの！　言っとくけど俺じゃなきゃみんなドン引きしてるからな！　あと今日の新歓では絶対にそういうの口にするなよ！」

「ふふふ、わかってるわよ。飲みの場で下ネタなんて口にしたら、非モテ童貞ボーイに勘違いされちゃうものね。……どうしてすぐに勘違いするのかしら……ふぅ……」

あっ何か闇深そうな発言してる。これはスルーしておこう。俺だって本質的には非モテ側だ。タイムリープしているから、体は童貞だしね。……そもそも嫁しか女知らないし、浮気（うわき）されてるし、むしろ俺は真性の童貞なのではないだろうか？

「で、今日の新歓やるサークルってどういう団体？」

「そうね。真面目系よ。大学公認団体で教育学部の教授が指導をしてるしっかりしてるところ。教育問題のＮＧＯに近いかしら？」

そのサークルなら知っている。ちゃんと立派な活動をしている正しい意味での意識高い系サークルだ。

「あれ？　ガチ系じゃん。何に惹かれたの？」

正直驚いた。綾城は根っこには真面目さみたいなものがあるとは思っていたが、ほんまにガチっぽい。彼女に好感が湧いてくるのを感じた。

「教育問題は多岐にわたるけど、今日のサークルは貧困層の教育格差の解消支援を行ってるの。あんたならわかるでしょ？　うちの大学に入るためにどれくらいのお金がかかった？」

「そうだねぇ。俺は公立の高校出身だけど、予備校費用はかなりかかったね。正直数えたくもない」

「あたしもそう。あたしは私立の名門進学校の出身。そこの学費だけでなく、家庭教師や予備校、さらには参考書代。いっぱいお金がかかってる。幸いうちの父はお金持ちだから全然問題はないのだけどね」

うちの大学には一つ闇がある。国立大学は学費が安い。だが入試難易度は半端ないのだ。

それを突破するためには、予備校や参考書などシャレにならない額の金がかかる。だからうちの学生の家庭の平均所得は私大よりも高い。なんていう話がまことしやかにささやかれている。実感的にも同級生は金持ちが多いような気がする。これは明らかにおかしいと思う。金持ちが入りやすい大学の学費が安く、金がなくて勉学が出来ない者たちは学費の高い私大に行くしかない。理不尽な格差がそこにはある。卒業後もうちの大学を出れば、かなり社会で優遇される。高学歴は高収入への切符なのだ。そしてその格差は永遠に再生産され続ける。

「そのサークルはオリジナルのテキストを作って配布したり、ネットを使って大学受験対策の授業動画を無料で配信したりしてるの。あたしはそういうのに関わりたいって思ってる」

「そうか、うん。そういうのいいね。うん。誰かの為になることはいいことだ」

「そう言ってくれるならあたしも嬉しい。というわけであんたには今日の新歓であたしに協力してほしいの」

「弾避けだな？」

「そっ。男共があたしに群がってくるから、『俺の女に手ぇ出すなぁ！』ってオラついてて頂戴」

「ええぇ。それはちょっとなぁ……痛いやつじゃん！　まあ壁にはなるよ。俺が傍にいればそれなりに男共は蹴散らせるだろうし」

それでも多分ワンチャン狙いで近づいてくる奴はいっぱいいると思う。

「今日のサークルはセレクションあるのよ。それも教授たちが面接するガチな奴。ちゃんと顔を売っておきたいわ」

「そりゃあ野郎どものナンパに構ってる暇はないねぇ。まあガードは任せてよ。ちゃんとエスコートするさ」

そして俺たちは新歓の会場の居酒屋に向かったのだった。

*

新歓で重要なことはなにか？　それは多岐にわたる。個人的にはまず第一に座る場所だと思ってる。親切なサークルの新歓は新入生と先輩たちが上手く交ざるように配置を誘導したりする。一番いいのは席のくじ引きだと思ってる。だが今回はちょっと別だ。綾城と離れるのは避けなければいけない。だがその心配は杞憂だった。今回の新歓は広いお座敷の自由席。ちなみに新歓での席取りのコツは早めに行かないことだと思ってる。席が半分くらい埋まったタイミングでサークルの一番偉い先輩の近くに座るのがコツだ。新歓で堂々と先輩の近くに座る奴は可愛がられるものだ。顔を覚えてもらうことが何よりも大事。

そして可愛い女の子の近くは逆にやめておいた方がいい。ぶっちゃけるが新歓は出会いの場ではない。陰キャな俺は一周目の世界でちゃんと観察していたからわかる。女子も新歓で口説かれるのをあんまり好まない。女子たちは先輩に構ってもらいたがる傾向がある。そう思ってる。もっともここら辺は今後も研究の必要がありそうだ。いずれはそういう攻略法を練り上げて陰キャたちを救いたいものだ。

「で、何処に座ったらいいのかしらね？」

「まあちょっと待って」

当然俺はこのサークルの人間関係も少しだが未来知識に入ってる。まず狙うべきは現代表の近く。だがすでにそこらへんは埋まってた。なので狙うのは。

「あのメガネの女性の前がいい。あの人は多分次の代表になるはずだ」

暗めの茶髪に染めた、眼鏡をかけた地味系女子がいた。未来で会ったことがある。その時はこのサークルの代表を務めていた。

「なにそれ？　根拠は？」

未来の知識です！　なんて言えるわけもないので、適当に誤魔化す。

「あの人教育学部の二年生だよ。この間学校ですれ違ったからわかる」

まあ嘘ですけど。綾城は怪訝(けげん)そうな顔してたが、頷(うなず)いてくれた。

「そう。あんたが言うならそうしましょう」

そして俺たちはその二年生の前に座る。先輩が俺たちに目をじろっと向けてくる。ガンつけてる。わけではない。真面目だから自分から声を出せないだけ。この人は真面目系陰キャだ。だからこっちから声をかける。

「初めまして、先輩。俺は建築学科一年の常盤。この子は法学部の綾城です。今日はよろしくお願いします」

「あっ。はい！　よろしくお願いします！　私は教育学部二年の賀藤です」

個人的に真面目系相手ならフルネームでなく、苗字だけの自己紹介でもいいと思う。陰キャはウェイウェイ系のすぐに下の名前で呼び合う文化が嫌いだ。この人もそういうのを嫌うタイプ。

「そう言えば俺、賀藤先輩とこの間学食ですれ違った気がするんですけど、確か日替わり頼んでませんでした？」

「あっうん！　そうそう！　水曜日の日替わりのコロッケ美味しいんですよ！　というかすれ違ってたんですね！　へぇすごい偶然ですね！　面白いですね！」

嘘です。俺は嫁から逃げ回るために学食には一切近寄らなかった。

「へぇそうなんですかぁ。今度食べてみます！　楽しみだなぁ。あはは」

朗らかに打ち解けられた。賀藤先輩の顔は穏やかな笑みで満たされている。その時、太ももに柔らかくてくすぐったい感触を覚えた。綾城が俺の太ももに人差し指を押し当てていた。綾城は赤い唇に微笑を湛えていた。そして俺の太ももを指で撫でていく。

う・そ・つ・き。

綾城は俺の太ももにそうなぞった。その指の感触はくすぐったく、とても甘いものだった。ニヤリと悪戯っ子のように笑う綾城の青い瞳はたまらなく色気に満ちていた。

「えー。新入生の皆さん！　時間になりました！　新歓を始めようと思います！　グラスをもってください！　皆様入学おめでとう！　カンパーイ！」

「「「「「カンパーイ！！！」」」」」

そして新歓は始まった。


乾杯の後、宴会場のあちらこちらで笑い声や話し声が賑やかに響く。ここのサークルは丁寧な対応を新入生にしていた。ボッチになってそうな新入生には先輩から話しかけていく優し気な雰囲気があった。いいサークルだと思った。だがそれでも相性の問題は立ちはだかる。ぶっちゃけると綾城と賀藤先輩はちょっと趣味の方向性が違い過ぎてプライベートではおそらくまったく合わない。だから最初の方は話がすこしぎこちなかった。最初に俺が賀藤先輩に打ち解けていたからこそ二人の会話は続いていた。俺が二人の間を繋いでいたというのは言い過ぎではないと思う。綾城が俺を連れてきたのは正解だったと思う。

だけど綾城のサークル活動への熱意は『本物』だった。

「綾城さんはどうしてうちのサークルに興味を？」

賀藤先輩が綾城にそう尋ねた。酒に酔っていて少し顔は赤いし表情も緩いが瞳は真剣だった。綾城を見極めようとしている。綾城もその真剣さに応えるためなのだろう、凛とした表情になって口を開いた。

「あたしのうちはよく海外旅行に行っていたんです。色々な国に行きました。日本人があまり行かないような国にも行きました。そこで見たものがあるんです」

「何を見たの？」

「真昼間のある市場を父に手を引かれて歩きました。本当に猥雑なところで、果物の良い匂いに、魚の生臭さ、肉の血の匂い。そんなのがまぜこぜになっているようなところ。日本の生活に慣れてるとあんな匂いはなかなかきついんです。そこで父がある店の前でとまりました。小さな屋台。地元の果物を使ったジュースを売ってたんです。とても美味しそうな匂い。でも……それを売っていたのは大人じゃなかった。当時のあたしと同じ小学生くらいの子供。父はジュースを二本頼んで、米ドル札で代金を払ったんです。その国では自国通貨の信用が薄いからドルが流通してたんです。でもドル札で代金を払うとお釣りの計算がめんどうくさいんです。その日の交換レートを考えないといけない。あたしにはその値段を暗算できませんでした。でもその子は一瞬で計算してぱぱっとお釣りを返したんです。父は感心してお釣りもチップとしてその子に渡しました。そして日本語であたしにこう言ったんです。『今のを見たね？　この子は君よりもすごい計算能力を持っているのに、今この時間学校に行けないんだよ』あたしは衝撃を受けました。ジュースの味がわからなくなるくらい。半べそをかいてホテルに帰りました。訳がわかんなくて母に抱き着いたんです。理不尽だって思いました。父は旅行に行くたびにこの世界の闇をあたしに見せたんです。自分たちがいかに幸せなのかって多分伝えたかったんでしょうね」

　俺と賀藤先輩は綾城の話に聞き入っていた。酒を飲むことを忘れて話の続きを聞くことだけを望んでいた。

「この世界は理不尽な、それこそその人のせいじゃないのに不幸に追いやられてしまう人たちがいる。あたしはそれを見てしまった。すれ違ってしまった。そういうものを見て疚しさを覚えて恥じてしまう。……でもなにもできません。あたしは子供でしかないんですから。世界のことなんてどうにもできない。でももう大人の入り口にあたしは立ってるんです。何かをしたい。別に罪悪感とかじゃないんです。自分が持っている幸せを少しでいいから分けられるならば。きっとあの日見てしまった理不尽ももしかしたら報われるのかもしれません。だからまずは身の回りからそうしてみたい。この国は豊かです。少なくとも世界全体から見たらこれほど恵まれた国は他にないってくらい。でもこの国にも様々な理由で、あの日の子供のような教育にアクセスできない子供たちがいる。一人でいいんです。たった一人でもあたしの力でそういう子供が教育にアクセスできるようになって、実りある将来を実現できたならば、あたしはそれで満足です。それがここに来た理由です」

綾城は何処か寂し気な笑みを浮かべていた。その笑みにきゅっと胸を締め付けられるような感傷を覚えた。彼女の思いは尊いものだと思った。そしてそんな人の隣に今自分がいられることを『幸せ』だと感じた。

「そうなんですか……ああ、言葉にならないわ。でも、うん。いいお話でした。綾城さん、あなたは素敵な人なんですね」

賀藤先輩も感動しているようだ。瞳をウルウルとさせて綾城を見詰めていた。

「ありがとうございます賀藤先輩」

そして二人は日本における教育問題について熱く語り合い始めた。専門が違うので俺は横から見ているだけ。だけどそれでも嬉しかった。綾城はこのサークルできっとうまくやっていける。その助けになれたのだから、俺も今日ここに来られてよかった。白熱する二人からそっと俺は離れた。お邪魔してはいけない。酒が入るとトイレが近くなる。俺はいったんトイレに行ってきた。戻って来た時、ふっと嫌な光景が目に入った。

「だからさ！　俺たちがこの国の教育をリードしてめっちゃレボリューションするわけよ！　すごいっしょ！」

「……え……っ……は、はい……」

　なんか大学デビューっぽい慣れてない感ある雰囲気チャラ男の一年が、前髪が長くて眼鏡をかけた同じ一年生女子にうざく絡んでいた。顔はよく見えないが女子の方は今どき珍しいくらいに地味な印象と服装だった。ジーンズにシャツとカーディガン。全部ノーブランドの量産品だ。髪も肩くらいの位置に背中の後ろで縛っているだけ。だけど一つだけ目立つ部分があった。胸がすごく大きい。シャツをぱんぱんに押し上げている。なのに足や手は細く尻のラインを見ても形が良くて太っているような感じじゃない。シャツとカーディガンでわかりづらいけどクビレもきっちりありそう。スタイルは驚くほどいい。

「てか楪ちゃん、おっきくない？　モテるっしょ！」

え？　それ口にする？　ヤバいやつだなぁ……。ドストレート過ぎるセクハラだ。だけど楪と呼ばれた女子の方は俯いて。

「……別に……モテ……な……い……です……」

ぼそぼそとか細い声でそう言っている。嫌とは言っていない。だけど彼女は体育座りのように足を胸元に引き寄せた。無意識に胸を隠そうとしている。

「そんなことないっしょ！　現に俺、楪ちゃんのこと好きになりそうだし！」

　男は酒を飲みながらそう言っている。だけど俯く女子の口元は嫌そうに歪んでいた。これ間違いなく良くない流れだ。あの子多分このまま何もできないまま流されるかもしれない。毎年どこの大学でも断れないまま不本意に男に喰われる女はいるのだ。それは女にとってきっと将来の傷になるだろう。だから俺はその二人のところに向かったのだった。

雰囲気チャラ男はその手を地味女子の肩に回そうとしていた。地味女子はそれを察したのだろう。身を少し縮こまらせた。だけど言葉で拒絶しようとはしていなかった。いいや。できないのだ。男子の陰キャはボッチになる。女子の陰キャは誰かの食い物になる。どちらも言葉を持ちえないから。怖いから言葉を出せない。たとえ自分のことを食い物にしようとする人間相手でも嫌われるのが怖いから嫌とは言えない。地味女子は一周目の俺の姿によく似てる。だから俺は雰囲気チャラ男の手が地味女子に触れる前に摑んで止めた。

「……えっ……あれ？」

地味女子が顔を上げて俺の方を見た。前髪から覗く瞳は意外にもかわいく見えた、そして驚いているようだった。

「おい⁉　お前何摑んでんだよ！」

雰囲気チャラ男が俺に向かってオラついてくる。鬱陶しい。この手の輩には序列というものをわからせてやらないといけない。

「あっ？　てめぇなに俺に向かってため口利いてんだ？　俺はお前よりも年上だぞ。敬意を払えよ」

ちょっとハッタリをかます。上手く勘違いさせるために。

「えっ⁉　あっ先輩だったんですか……いや、その……」

雰囲気チャラ男は急にしゅんとなる。うまくいった。俺のことを上級生だと勘違いしてくれた。この手の奴は目に見える序列に弱い。そしてこいつは幼げな雰囲気があるから現役生だろう。まだ大学に慣れてなくて、高校時代の常識を引きずってる。年上なら上級生。だけど大学には年上の同級生なんて普通にいるのだ。まだまだ甘い。

「お前、俺らのメンツ潰す気？　うちのサークルじゃセクハラはご法度なんだよ。いくら酔っててもー発アウト。イベサーとかヤリサーじゃねぇのよ。甘やかさねぇよ。ん？」

「え……いや……その嫌がってない感じだったから。つい」

「ついじゃねぇよボケ。俺が止めてなかったらお前は大学から指導喰らってたぞ。下手すりゃ退学かもな？」

「え、いやいや！　そんなこと！」

「いやいやじゃねえんだよ。まあ俺がギリで止めてやったからセーフだけどな」

相手を脅すときのコツは、恩を押し売りすることである。一周目の社会人時代に反社の連中が仕事に関わってきたことがあってその時学んだ。建築業界の闇は深い。

「あ、ありがとうございます」

「そうそう。ちゃんと感謝できるのはいいことだぞ。ほら。その子の前から消えろ。他のシマに行け。言っとくけどいまのやらかしはよそで喋んなよ。俺に恥かかすな。いいな？」

最後に思い切り睨みつける。雰囲気チャラ男はこくこくと頷いて、地味女子から離れていった。お座敷は広い。遠く離れた友達らしきグループのところに行ってこっちから目を離した。上手くビビらせられた。

「あ、あの、あ、ありがとうございます。せ、せんぱい様……」

先輩様って……この子緊張しすぎかあるいは怖がり過ぎてるようだな。俺は地味女子の隣に座る。まだあの雰囲気チャラ男がこっちのことを窺っているから護衛はしておきたい。

「先輩様は変だって。それにさっきのは、はったりだよ。俺も君と同じ一年生だよ。浪人のね！　くくく」

地味女子はポカーンとした顔になって、少しして微笑を浮かべた。

「そうだったんですね。ありがとうございます」

「敬語もいいよ。浪人も現役も同じ学年ならため口が普通だよ」

現役生あるあるだけど浪人生に暫く敬語使っちゃう問題。逆に浪人生は一学年上の同い年にため口きいて顰蹙買いがち問題。日本語難しい。

「……あの、わたし、その、敬語しか使えなくて……訛りが、その強すぎて……ですますじゃないと上手く話せないんです」

「あっそうなんだ。へぇ何処出身なの？　ちなみに俺は北海道」

「薩摩です」

「ああ……なるほど……」

てか薩摩って……古い言い方だなって。だけどあそこの訛りは関東圏の人間には聞き取りづらいしな。わからんでもない。

「まだあいつが見てるし、少しお喋りしよう」

地味女子がはっとして顔を雰囲気チャラ男の方に向けた。口元を引き結んで、コクリと俺に向かって頷いた。

「君の名前を教えてくれ。俺は工学部建築学科の常盤奏久。カナタって呼んでくれてもいいよ」

「……カナタさんですね。わたしは紅葉楪っていいます。理学部の数学科です」

「え？　まじ⁉　すごいね！　数学科⁉」

うちの数学科はヤバい。何がヤバいって何もかもがヤバい。数学の点数だけなら医学部よりも高い連中が集まっている。頭が良すぎて意味がわかんないレベルの連中が集まっているところだ。うちの大学における天才の巣窟の一つだ。ちなみにもっとも女子率が低いと言われている場所の一つでもある。というか皇都大学自体がほぼ男子校みたいな感じで男女比が圧倒的に男よりなのだ。

「やっぱり変ですよね……わたしなんかが数学なんて……」

「いやそんなことないって！　数学科は鬼才天才の集まりだから、むしろすごいって尊敬してる！」

「でも学科に女はわたししかいないんです。同じ学校からうちの大学に来た女子はみんな文学部とか社会学部とかで……わたし地歴が苦手だから文系行けなくて……数学だけしかむしろ取り柄がなくて」

普通理系に行けないから文系に行くものじゃないだろうか？　謙遜の仕方が何かちぐはぐに思える。

「俺はすごいと思うよ！　うん！　数学出来る女の子すごくかっこいいよ！　うん！」

だけど俺の褒め言葉は地味女子には響かなかったようだ。膝を抱きかかえて、額を膝の上に乗せる。

「でも学校の皆も数学出来過ぎて男みたいで可愛くないブスって。女性ホルモンが胸にしかないって……数学しかできないから化粧も下手糞だって……わたしは……」

なんかすごく勝手にネガティブに凹んでいってる。この子アカンな。こういうネガティブ思考の持ち主はマジでヤリチンにはクソチョロく見えるはずだ。あいつが雰囲気チャラ男だからセーフだったけど、慣れてる奴なら今頃ラブホだ。話題変えよう。

「そ、そうなんだ……。紅葉さんはここに来たってことは、教育とかに興味あるんだよね？　将来は教師を目指してるとか？」

「全然興味ないです。わたし、出身校の子たちに誘われたんです。飲み会に行こうって。女子校だったから男の子と出会いなくて、みんな大学生だからカレシ作りたいって言ってて、でもわたしそういうのよくわからないし、でも断れなくて……」

うわぁ……話聞いた感じ、この子女友達もいねぇ。陰キャオブ陰キャ。頭数の一人として連れてこられた感じっぽい。あるいは男子のための撒き餌扱いだろう。

「今日も上手くお話に交ざれなくて、一人で隅っこにいたらさっきの人に絡まれて、怖くて、でも断ったらもっと怖そうで……大学怖いです。薩摩に帰りたいです……」

ずーんと沈む紅葉さん。なんかガチで憐れだ。綾城辺りを宛がってやろうかと思った。だけど離れた席にいる綾城は先輩たち相手にすごく熱弁を振るっている。邪魔したら可哀そうだ。自信つけさせてやりたいなぁ。

「紅葉さん。ちょっと前髪上げてみてよ」

「……え？　い……はい……」

嫌って言いかけたけど、結局俺相手にも断れなかった。本当は強制したくないし、意志を尊重したいけど、世の中にはショック療法という言葉もある。

「ちょっと失礼」

俺はジャケットのポケットから携帯用の髪用ワックスを取りだし、少し手に取って馴染ませて、彼女の前髪をそれで整えてやる。

「さあ、見てごらん」

俺は彼女の顔の前に手鏡を翳す。前髪の下の瞳が露わになっているのが鏡に映っていた。

とても綺麗な顔がそこにはあったのだ。

　俺は鏡に映る紅葉さんの瞳を指でなぞる。

「俺は君のことを綺麗で可愛い女の子だと思うよ。ほら。こんなに綺麗な目をしてる」

　これは偽りない言葉だった。彼女はすっぴんなのにすごく美人だった。彼女の話を聞いている時にふっと思ったのだ。たぶん数学ができるからいじめられているのではなく、この子の才能か、あるいは美貌を妬んでいるのではないだろうかと思ったのだ。この子は性格が暗く弱い。ブスだと刷り込みをかけるのは男子のいない女子校なら多分出来なくないだろう。ブスだブスだと毎日暴言を浴びせられれば人は自分の顔に自信を持てなくなっても仕方がない。ましてや高校のような閉鎖空間ならそうもなる。

「……うそですよ……綺麗じゃない……」

　彼女にかけられた呪いはきっと深い。寄ってたかって汚い言葉で自信を奪われてしまった。

「綺麗な女は誰だって好きだ。俺も好きだ。君は綺麗だよ。だから綺麗なキミを手に入れたがった。さっきの奴もそう。そして俺がキミに嘘をつくとしたら、綺麗な君を手に入れようとするときだけだよ。さて今の言葉嘘かな？　本当かな？」

　クレタ人は嘘つき。とクレタ人が言った時、その言葉は嘘か本当か？　という論理学のお話がある。それっぽい屁理屈を作って、俺はこの子に問いかけてみる。数学科のこの子にはうってつけの言葉だと思う。

「……あれ？　男の人が欲しい女は綺麗な人。でも手に入れるために嘘をつくってカナタさんは言いました。綺麗なわたしは嘘で、でも手に入れたいってことは本当だからわたしは綺麗で？　あれ？　あれ？」

　しばらく彼女は鏡を見詰めながら思考の海に浸かっていた。そして微笑しはじめる。

「もうおかしいなぁ。論理がめちゃくちゃですよ。あはは。でもおかしいんです。あなたが嘘つきでもいいって思いました。それを信じてみたいって思いました。カナタさん。わたしは綺麗で可愛い女ですか？」

「うん。君は綺麗でとても可愛い」

「……ありがとうカナタさん。ありがとうございます」

　彼女の笑顔はとても美しいものだった。

　その後はぽつぽつと普通のお喋りが出来た。彼女は本当に数学が好きらしい。将来は研究者になりたいと語った。それから意外なのかそうでもないのか、アニメや漫画やラノベが好きらしい。どちらかというと男性向け作品のほうが好きで、それも悩みの一つだったそうだ。そしてさらに創作もやっていた。

「小説サイトに恋愛系をアップしてるんですよ。カナタさん。今日あったことをネタにしてもいいですか？」

「うん？　まあ個人を特定できない範囲ならかまわないよ」

「はい。大丈夫です。名前はタナカさんとかにします」

　彼女は可愛らしくどこか小悪魔みたいに笑ってそう言った。

「それひっくり返しただけじゃね？　まあいいか」

「出来たらＰＶに貢献してくださいね。ふふふ」

　なかなか普通に楽しいお喋り（しゃべ）が出来たと思う。だけど結構長く喋っていたので、トイレに行きたくなってしまった。飲み会は尿意との戦いだと個人的には思ってる。

「ごめん。ちょっとトイレ行ってくるね」

「あっ……戻ってきてくれますよね？」

　紅葉さんはどこか不安げに俺を見詰めていた。

「大丈夫だよ。すぐ戻ってくるよ」

　そしてトイレに行って帰ってくると。彼女はいなくなっていたのだった。彼女もトイレかと思った。だけど途中すれ違ったりしなかったし、女子トイレの前の行列にも彼女は並んでいなかった。トイレには行ってない。ひどく嫌な予感がして、宴会場を見回す。雰囲気チャラ男がいなくなっていた。すぐにお座敷から出て靴を履き、店員に声をかける。

「なあチャラそうな男と、胸のデカい眼鏡の女の子が外に出てませんか⁉」

「ええ、はい。ついさきほど出ていかれましたよ」

紅葉さんは強引に迫られた時に断る力が弱い。だから俺が目を離したすきに、チャラ男の野郎は外に連れ出したのだろう。

「くそ！　あの野郎！　わからせが足りなかったか！」

俺はすぐに店を飛び出す。そしてスマホで近くのラブホを検索する。下北沢駅周辺にはいくつかラブホがあった。このいずれかに紅葉さんは連れていかれたはずだ。

「くそ、どれだ、どれだ！　何処に行く⁉　考えろ！　考えるんだ！」

あの雰囲気チャラ男は間違いなく大学デビュー系だ。女を口説くのに洗練さがまったくない。おそらく、いや、確実に童貞。自分が童貞だったころを思い出す。嫁を初めて抱いたのはラブホだった。当時の嫁は男に告白されれば、キモいやつでもない限りは基本オーケーな受け身な女だった。同時に気分屋的な思考が強くて、いつフラれるのかもよくわからなくて怖かった。だから当時の俺はかなり焦っていた。すぐにでも関係を結びたくて嫁の気分が変わらないうちにラブホに行く方法を考えて実行した。

「まず飲んでいる店から近いところを選ぶ。外装はぱっと見ではラブホに見えないようなところを選び下心を隠す。そして同時に可能な限り、内装が凝った可愛らしい部屋を選ぶ。……条件に当てはまるのは……！　一つだけ！」

ここから歩いて五分ほど、劇場近くのラブホが条件に当てはまった。俺はそこへ向かって走る。そして今にもラブホに入りそうな二人の姿を捉えた。俯く紅葉さんの顔は悲し気に歪んでいた。

「てめぇ！　今すぐにそこで止まれおらぁ！」

二人は俺の存在に気がついた。雰囲気チャラ男は怒り睨む。

「あ⁉　お前はさっきのくそ野郎か！　この嘘つき野郎！　上級生のふりして楪ちゃんを俺から奪いやがったな！　卑怯もんめ！」

どうやらはったりがバレてしまったらしい。まああの会場にいればいずれはバレていたことだ。

「騙されるテメェが悪いんだよ！　つーか！　同意もないのにラブホに連れ込もうとしてんじゃねぇよ！」

「はあ⁉　楪ちゃんは嫌って言ってないし！　俺はここに行くってちゃんと言ったぞ！　な、楪ちゃんそうだろ？」

チャラ男は紅葉さんに同意を求める。紅葉さんは顔を引きつらせて動けずにいる。

「お前の戯言なんて誰も聞いてねぇんだよ！　紅葉さん！　言え！　ちゃんと言え！　じゃなきゃお前はいつまでもこのままだぞ！　誰かに流されて押さえつけられて自分を見失ったままだぞ！　いいのか⁉　それでいいのかよ⁉」

紅葉さんは顔を上げた。今にも泣きそうな顔で俺を見て体を震わせる。

「……で、でも……わたし……わたしなんか……」

自信がないのはわかってる。だけどここで勇気を振り絞らないと前には進めない。

「楪！　俺は本当のお前と話して楽しかった！　だから聞かせてくれ！　どう思ってる！　何がしたい！　何がしたくない！　言え！　聞かせてくれ!!!!」

俺は楪に向かってそう叫ぶ。届いて欲しい。届いてくれ。そう祈って。そして。

「……わ……たし……わたしは！　いや！　いやです！　あなたはいや！　いやなの！！！」

楪はチャラ男の手を解いて俺の腕に摑まってきた。

「いやです！　いやです！　いやいやいやいや！　あなたなんていや！　わたしに触らないで！　大嫌い！」

楪はチャラ男に向かってそう叫んだ。やっとだ、やっと声を上げてくれた。

「なっ！　ここまで来たくせに！　お前は！」

チャラ男は楪に手を伸ばす。だけどそうはさせない。女の子が勇気を出したのだ。ならばその勇気を守るのが男の仕事だ！

「ふん！　せいや！」

俺は男の腕を摑みそのまま捻って関節技を決める。

「いだだだだ！」

「このまま力入れて、へし折ってもいいぞ！」

「放せ！　放してくれ！　痛い痛い！」

「誓え！　楪には二度と近づくな！」

「誓う誓う！　絶対に近づかない！」

「他の女にも同じことは絶対にやるな！　次はこんなもんじゃ済まさない！」

「わかった！　わかったから！　やめるから！　もうこんなことやめる！　俺には向いてなかった！　頼む！　やめて！　いたい！　いたいんだよぉ！」

　どうやら本気で言っているようだ。俺は関節技を解いてやった。そしてチャラ男の胸をどついて。

「今すぐに消えろ！　俺たちの前に二度と姿を見せるな！」

「ひぃ！」

　チャラ男は一目散に走って逃げて行った。何とかなった。俺はふぅと息を吐いた。

「ふぅ。なんとかなったぁ」

「ごめんさない！　ありがとうありがとうカナタさん！　ありがとう！　うぇうぇえええええええええええええええ！」

　楪は俺の胸に抱き着いてワンワンと泣き出してしまった。まいったなぁ。女のあやし方なんて俺にはわからない。取り敢えず彼女の頭を撫でながら、俺は彼女を連れてラブホの前から離れたのだった。

商店街に置いてあったベンチに俺と楪は並んで座り、彼女が泣き止むのを待つ。その間に俺は綾城に電話をかけた。

『なにかしら？　というかいまどこにいるの？　新歓もうすぐ終わるわよ。あんたあたしをエスコートするって約束したわよね？』

電話に出た綾城は、どことなく不機嫌そうだった。結果的に新歓に最後まで付き合いきれなかったのは申し訳なく思う。

「ちょっと一言じゃ説明しづらいんだ。新歓終わったらちょっと商店街の端に来てくれないか？　助けて欲しいんだよ」

『助け？　あんたがあたしに？』

「うん。綾城、お前しか頼れない。助けてくれ」

楪はすんすんと泣いている。だけど結果的にこの子を泣かしたのは男なのだ。出来れば女性に傍にいて欲しかった。

『あらあら！　そうなのそうなのね！　いいわ。新歓が終わったら行く。ちょっとの間待ってなさい。このあたしを』

なんか声の調子が一瞬にしてご機嫌になった。迷惑だと思ったんだけどそうでもないのかな？　とても有難い話だ。そして暫くして綾城がやってきた。

「あらあらあら！　呼ばれてきてみれば、なんとかわいいかわいい女の子が泣いてるじゃないの！　これはどういうことかしら！」

なんか綾城さんが好奇心に満ちた瞳で俺と楪を見てる。綾城の手が楪の頰を撫でる。

「綺麗な子ね。ほらほらもう泣き止みなさい。あなたには涙は似合わないわ。笑ってちょうだいな」

楪はくすぐったそうに目を瞑り、そしてすぐに泣き止んだ。まだ俺の胸にぎゅっと抱きついているがかなり落ち着いて顔色が良くなった。綾城すげぇ。

「で？　どういう状況なのかしら？　つまびらかに！」

俺はかくかくしかじかとちゃんと丁寧に一から説明した。だけどそこは綾城さんだ。この女は隙あらば。

「なるほど。つまりあんたはお持ち帰りに成功したからあたしに自慢したいと。そしてあわよくばあたしも誘ってワンチャン3Pを狙ってるということね。ごめんなさい。あたしはじめては素敵なカレピの部屋で二人っきりの世界で熱々にって決めてるの。それに自分よりおっぱいの大きい女の子との3Pはちょっと遠慮したいわね」

「はは！　ツッコミどころが多すぎんだよ！」

「突っ込むのは下の……」

「それは言わせねぇからな！　えぐすぎんだろうが！」

綾城さんニチャニチャ笑ってる。酒も入ってるだろうし、楽しくて仕方がないんだろうなぁ。

「あのカナタさん。わたしも大切な初めては……二人っきりがいいです！」

泣き止んだ楪の第一声がまさかの下ネタだった。綾城菌がうつりやがった。

「この女の下ネタに乗っかるな！」

「でも二回目以降なら！　綾城さんみたいな優しい女の子なら三人でも構いません！　この大きいだけが取り柄の胸にも乳首は二つあります！　どうぞお二人で吸ってくださ い！！！」

「おい綾城！　田舎から出てきた素朴な子がお前のせいで都会の闇に染まっちまったじゃないか！　どうしてくれんだ！」

綾城はドヤ顔をキメている。うぜぇ。だけど泣き止ませて元気にさせたのはこいつの功績だ。

「うふふ。あたしを放っておいた罰よ。でもよかったわ。あんたは困ってる女の子を見捨てるようなクズじゃなかった。あたしの目は間違ってなかったし、今日あんたを連れてきて本当に良かったわ。あたし超ファインプレー！」

「まあ、そうだな。お前がいなきゃ大変なことになってたよ」

「そうよ。だから楪！　あんたはあたしに死ぬまで感謝なさい！　数学科なら物事の因果関係とロジックはよくわかっているでしょう！　この男を今日連れてきたのはあたし！

つまりあんたを助けたのはあたしであると言っても過言ではないの！」

なんだろう？　屁理屈っぽいけど嘘じゃないのがなんか腹立つ。だが楪はまるで雷に打たれたような顔をして綾城の手を握る。

「なんて完璧なロジック！　ありがとう綾城さん！　本当にありがとうございます！」

そして楪は綾城に抱き着く。綾城はよしよしと楪の頭を撫でた。

「あーおっぱいやわらかいわ。これが巨乳ヒロインを助けてラッキースケベされた時のラノベ主人公の気持ちなのね。いいわ！　すごくいい！」

マジで楽しそうだなこの女。でもおかげで楪はなんか元気になった。こういう励まし方はやっぱり同性の方がいいのだろう。とても助けられてしまった。

そしてしばらくして二人の体は離れ、綾城もベンチに座る。俺、楪、綾城の順番。なお楪は俺と綾城とそれぞれ手を組んでいる。まだ少し不安と恐怖は残っているような感じだ。

さてどうしたもんか。送ってやろうかなと思った。

「楪は何処に住んでるの？　家まで送るよ」

「え、そんな！　悪いですよ！　わたし三鷹にある大学の寮に住んでるんです！　あそこ、駅から結構遠いんです。恐れ多いです！」

三鷹の寮については聞いたことがある。陸の孤島とかって、言われてるとかなんとか。だけど寮費は激安らしい。

「いやだわこの男！　送り狼にジョブチェンジしようとしてるぅ！　でも災難よね。楪のせっかくの人生最初の飲み会がおじゃんでしょ？　かわいそう」

　確かにそうだなって思った。あんなのが人生最初の飲み会って哀れすぎる。

「そうですね。でもこうしてお二人と出会えました！　それだけで十分です！」

　楪はそう言って微笑んでくれた。だけどやっぱり可哀そうだ。飲み会は楽しいんだ。苦手意識を持ってほしくはない。社会に出た後も飲み会ってけっこう重要だしね。そこで俺は閃いた。

「綾城、楪。二人は門限ある？」

「あたしはないわ。父に連絡を入れればそれでオッケー」

「うちの寮には門限はないですよ」

　条件はオッケーだった。綾城はもう俺の考えていることを察したらしく。なにか期待するような目を向けている。楪は首を傾げている。なんかハムスターみたいで可愛い。

「明日は日曜日！　朝まで遊ぼう！　二次会じゃ！　パーッと騒いで嫌なことは忘れるんだ！」

「あら！　いいわね！　いくいく！」

　綾城さんノリがいい。そういう女の子だいしゅき！

「二次会……この三人ですよね？」

「そうだよ。いこうよ！」

俺は楪に手を伸ばす。楪はその手を見て、満面の笑みを浮かべて手を握ってくれた。

「はい！　行きます！」

そして俺は楪の手を引っ張り小走りに商店街を行く。綾城も楽し気についてくる。三人だけの二次会に俺たちは旅立ったのだ。


やってきたのはビリヤード屋さん。ダーツ付き。

「ここは俺の贔屓(ひいき)の店だ！」

一周目の世界。陰キャなりにも友達がそれなりにいた俺は遊びに行くこともあった。それがこの店である。

「へぇ。なかなかいい店ね。ソファーにテーブルつきだなんて洒落(しゃれ)てるわね」

この店のいいところはビリヤード台に一つソファーがついていることだ。待機中もソファーでぐだれて楽しい。

「わぁビリヤード……!?　大人すぎますぅ！」

楪はビリヤード台そのものになんか興奮してる。お目目をキラキラと輝かせて台とボールを見詰めていた。いいなぁこういう初心い反応。俺も楽しくなってくる。

「二人とも何飲む？　注文するよ」

「二次会だし、好きなモノ飲んでもいいわよね？　あの飲み会の取り敢えず生って文化には滅んでいただきたいわね。取り敢えず赤ワイン。フルーツ盛り合わせ」

「あ、わかります！　好きなモノ飲ませてほしいのに、ビールじゃないといけない感じがなんかいやでした！　ピッチャーのビールって気が抜けてて美味しくなかったです！　取り敢えず芋焼酎ストレートで氷はいりません。あといぶりがっこのクリームチーズのせ」

綾城はイメージ通りなんだけど、楪の注文がなんかすごく渋い。

「俺はあえて取り敢えず生、ではなくて瓶ビールにしておこう。おつまみはナッツだな」

個人的に外国の５００mlペットボトルくらいのサイズの瓶ビールが好きだ。俺はカウンターに注文をしに行く。そしてすぐにドリンクとおつまみが出てきた。そのトレーをソファーに座る二人のところに持っていき。

「えー。おほん。二次会乾杯！」

「「かんぱーい！」」

たった三人での乾杯だが、人生で一番楽しい乾杯だったはずだ。それは俺だけでなく二人もだったと俺は信じる。

酒が入ってる状態でのビリヤードはカオスになりがちだけど、この二人はすでに綾城菌に汚染されてるので輪をかけてひどかった。

「いい⁉　楪！　変化球を打つときはこうやって台の端に座ってセクシーに足を組んでやるのよ！　ほらみなさい！　あそこの送り狼モドキがこっちを見てるわ！　見せつけてやりなさい！」

なんかやたらとセクシーにボールを突きたがる綾城さん。俺は決して足の方を見ちゃいない。パンツがギリ見えなくて悔しがったりなんてしてない。

「でもでも！　こうやってボタンを開けて、こうやって谷間を見るのがいいんじゃないですか！　それが王道ですよ！　綾城さん！」

俺は哲学を始めた。果たしてキューでボールを突くとき、おっぱいが台に触れていたらそれはセーフなのかアウトなのか。言えることは、大きなおっぱいを包むブラはシンプルな形になりがちで数学的に美しそうな曲線を描いていたことだ。

「それも悪くないわね。ところであんた何カップ？　あたしFなんだけど」

「それは……ごにょごにょ」

「ええ⁉　エッチなHカップ⁉」

「うわーん！　ばらすのやめてくださいぃ！　恥ずかしいですぅ！」

胸の谷間を見せつけてキューを振るってたのに、カップサイズを知られるのは恥ずかしいのか？　それが数学科のあるあるネタ？　女子二人は酒特有のハイテンションに包まれていたが仲良くきゃっきゃとビリヤードを楽しんでいた。

　俺は瓶ビールをラッパ飲みしていた。それを酒で顔の赤くなった楪はジーッと見ていた。

「どうしたん？」

「いえ。なんかカナタさんが瓶ビールをラッパ飲みしてると、海外映画みたいだなって。カッコいいと思います！」

「ありがとう。似合ってるなら良かったよ」

「ええ！　なんかすごくマフィアっぽい感じします！　ウォール街で悪さして、ビルの屋上のナイトプールで金髪美女を侍らせてる感じです！　イケてます！　新歓で初めて見た時からそう思ってました！」

「おお、おう。褒め言葉として受け取っとくよ」

　それは褒めてるんだろうか？　あれ？　もしかして俺ってあの時、楪的にはあのチャラ男よりも怖いやつに見えてたりしたのかな？

「あんたそういえば、SNSじゃハリウッド顔とか言われてたわね。ウケる！　ほらほら見て楪！　これ入学式の写真！」

　綾城がスマホに入ってる写真を楪に見せつける。俺と綾城が入学式で撮った写真だ。

「うわ！　スーツです！　メッチャマフィア！　いいですね！　はぁ二人がいたんなら入学式行けばよかったですね」

「え？　出なかったの？」

「はい。近くまで行ったんですけど……自分なんかが出たら迷惑かなって……」

　楪は暗い顔のまま焼酎を一気に飲んで溜息を吐いた。ていうかまじでネガティブな行動とってんなぁ。陰キャはこうやって思い出を得るチャンスを捨てていくから可哀そうだ。

「そんなことないのにね。でも思い出は今からでも作れるわ。ほら二人ともそこに並びなさい」

　綾城はスマホを俺たちに向けて指示を飛ばしてきた。言われた通り並んで立つ。

「かたいわ！　硬いわよ二人とも硬いのはおち……」

「それは言わせないぞ！」

「常盤！　あんたは楪の腰に手を回しなさい！　俺の女！　って感じで！　楪は頭を常盤の胸に預けて手を彼の首に回しなさい！　気分はネットの女神の如く！」

　ネットの女神って何？　だが楪は綾城に言われた通りのポーズを取った。俺の首に触れる彼女の手に少し背筋が震えるような興奮を覚えた。

「いいわよ！　そのメス顔！　はーいチーズ！　うぇーいｗｗｗｗｗ」

　綾城は連続でシャッターを切りまくった。そして撮った写真を俺たちに見せつけてくる。

「きゃ！　なにこれ！　わたしマフィアの愛人さんみたい！」

「おい。俺は反社じゃないぞ」

　キャーキャー言ってる楪には悪いけど、反社と一緒にされるのはちょっと困る。

「あきらめなさい。あんたはどうあがいてもハリウッド反社顔で一緒に映る女を愛人やセフレのように見せてしまう、悪い顔をしているのよ」

「俺の顔はそんなに猥褻なのかよ!?」

「楪！　その写真を送るから、同じ学科の男共に絡まれたら、その写真を見せつけて、この男のセカンドになったって言うのよ！　そうすればウザく絡まれることはなくなるからね！」

セカンド。古の言葉で愛人を指す言葉らしい。今どきセカンドって言い方する？　俺昔の映画の中でしか聞いたことないよ？

「わぁ嬉しいです！　セカンドっていい響きですね！　ださカッコイイ感じが素敵！　やくざ映画みたい！　ずっと学科の人たちに付き纏われてて、ウザかったんですよ！　使わせてもらいますね！」

「やめてぇ！　俺のイメージが！　爽やかな好青年のイメージがががが！」

「ひゃははは！　メッチャウケるぅ！　あはは！　常盤のインテリチンピラ！　うふふ！あははは！」

俺たちは騒いで笑い合ってふざけあって。そして朝を迎えた。

「朝陽が眩しいぃ……！」

「日の光が！　わたしを焦がしますぅ！　浄化されちゃいます！」

「あー酔い覚ましの水がちょうおいしいわ。効くぅ」

始発前の駅で俺たちは朝陽を浴びていた。俺は二人が電車にちゃんと乗るまで見届けることにしたのだ。そして駅のシャッターが開いた。二次会はここでお終い。とても寂しい。だけど寂しいのはそれだけ楽しかったという証拠なんだ。だからそれでいいのだ。

「じゃあ一丁締めするよ！　せーの！」

「「はい！」」

俺たちは一緒のタイミングで手を叩いた。そして小さく拍手をする。

「ありがとうございましたお二人とも。今日は本当に楽しかったです。きっと人生で一番楽しい一日でした」

楪は俺たちに頭を下げる。

「いえいえ。それにこの先もまた一緒に遊んで人生で一番楽しい日を更新し続けましょう」

「綾城さん！　ありがとう！　大好きです！」

二人は抱き合う。良いね。こういうの。ちゃんと友情が生まれている。もう大丈夫だ。

楪はもう顔をちゃんと上げていけるのだ。

「カナタさんも本当にありがとうございます！」

「いえいえ。どういたしまして。楽しんでくれたなら良かった」

「はい。あなたのおかげでこの先の大学生活きっと楽しんでいけると思います。本当にありがとうございました！」

　棵は俺の首にぎゅっと抱き着き、そしてすぐにはなれた。

「やっぱりやらかい？　興奮した？　どうなのかしら？」

「はは！　綾城！　感動を下ネタで汚すな！」

　でも正直おっぱいが凄い大きくて……柔らかくて……その……ドキドキしました……！　おっぱい！　嫁はGカップだったからそれよりも大きいとかチート過ぎると思う。半端ないよまじで。

「ふふふ。じゃあわたしたちはもう行きますね」

「じゃあね常盤。また学校で会いましょう！」

　二人は駅の中に入って姿が見えなくなった。俺はそれを見届けてご機嫌な気分で家に帰ったのだった。

# 第4章 マイペースなカノジョ

Chapter.4 Yomemua

月曜日の朝、行きの同じ電車の中で楪と再会した。彼女の髪型は少しだけど変わっていた。前髪は綺麗に整えられて、もっさりしていた後ろ髪も綺麗に整えられていた。そして眼鏡もレンズが薄くオシャレなフレームに変わっていた。服装も可愛らしいワンピースと華やかなデザインのカーディガンを合わせていた。全体的に可愛らしく綺麗だ。もっさい感じは一切ない。

「楪、髪切ったの？」

以前と違って華やかな印象を与えるキラキラ女子になっていた。

「あ、わかります？　実は昨日綾城さんと原宿に行ったんですよ！　美容室を紹介してくれて、合いそうな服を古着屋さんで見繕ってくれて。本当綾城さんは優しくて素敵な人です！」

マジで面倒見がいい。地雷系の見た目に反して、次々とギャップ萌えを重ねていく女。恐ろしい子！

「それはよかったね！　うん。確かに本当に華やかになった。うんうん。だけど気をつけてね。……学科の奴ら間違いなく血眼になるからな」

学科におけるこの子って男子たち全員が『この子は俺だけが美人だって知っている地味子系ヒロインだ！』って思ってるはずだ。でもそんなラノベみたいな展開はないんですよ。実際土曜日はチャラ男にあわや喰われそうになったわけで。現実はつくづく理不尽である。

「大丈夫です。綾城さんから貰ったこの写真さえあれば！」

俺に向かって例のビリヤード場で撮った写真を見せつけてくる。素面の状態で可能な限り客観的に見ると、いかつい男が女を侍らせているようにしか見えない写真だった。

「セカンドって言うのだけはやめてください！　お願いです！　お友達って言っておいてください！　お願いですから！」

「えー？　どうしましょうかねぇ？　悩んじゃいますねぇ？　うふふ」

悪戯っ子のような明るい笑みを浮かべる様には、もうネガティブな感じはない。それは素敵な笑顔だったのだ。そして駒場皇大前駅に着いて改札を潜り駅の外に出た。駒場キャンパスは駅のほんのすぐ目の前にあるのだが、遭遇したくない奴らナンバー1、2が駅前の宝くじ売り場にいたのに気がついてしまった。

「あーまた外れちゃった！」

嫁がスクラッチのくじを買って、外れを引いていた。彼女はくじを買うのが趣味だった。

まあ俺と付き合ってしばらくしてから、買うのをなぜだかきっぱりとやめてしまったが。

「あはは！　理織世は本当にくじ運悪いよね。見てよ！　僕、二千円当たったよ！」

「えーずるい！　もう！　宙翔はいつもくじを当ててくよね！　もしかして私の運を吸ってたりするの!?」

「そんなことないって。だから今日はこのお金であの高い方の学食に行こうよ！　御馳走する」

「わーい！　あそこ行きたかったんだよね。楽しみぃ……あれ？　常盤君？　やっほー」

　横をこっそりと通過してキャンパスへ向かっていた俺は嫁に気づかれてしまった。嫁は朗らかに挨拶してくるが、間男系幼馴染の葉桐は不機嫌そうに眉を顰めるだけだった。俺は会釈だけして、そのまま楪と共にキャンパスに歩いていく。

「あっちょっと待ってよ！」

　キャンパスの中に入ってすぐに嫁は俺の横に追いついてきた。だから反射的に足を止めてしまった。ああ、結婚生活という名のＡＴＭである俺は嫁の命令に逆らえないのだろうか？　染みついた習慣が憎い。なお嫁の後ろに葉桐もセットでついてくるので憎しみは二倍どころか二乗くらい高まった。

「なに？」

　嫁は今日も華やかな格好をしている。明るい色のニットシャツにフレアスカートの女子アナ風清楚ビッチコーデだった。ニットシャツに浮き出る形のいい巨乳は破壊力抜群である。童貞なんかもうイチコロどころか即死である。

「いや、なにじゃなくて！　普通に挨拶してよ！　なんか素通りされると悲しいじゃない！」

プンプンと嫁は怒っている。これはまだ致命的には怒っていないときの顔だ。具体的にはゴミ出しを俺が忘れた時の顔。この後がうぜぇんだ。チクチクと詰ってくる。ていうかこの間、俺は全力でこいつを拒絶したのにまた話しかけてきやがった。相変わらず鳥並みの記憶力だな。なんでうちの大学に入れたのか謎過ぎる。

「ねぇねぇ常盤君はシャイなの？　でもそのわりには綺麗な女の子といつも一緒なんだよね」

嫁は俺の隣にいた楪のことを興味あり気に見ている。

「すごく可愛い子だね！　私は五十嵐理織世っていいます！　常盤君と同じ建築学科です！　あなたは何処の学科？」

すごく馴れ馴れしく満面の笑みで楪に自己紹介する嫁。いつも他人の懐にずかずかと踏み込んでいく。楪はちょっとびくっとして俺の後ろに隠れてしまう。俺のジャケットの裾をぎゅっと握ってる。陰の者は陽の者の光を恐れてしまうのだ。だってなんか怖いもの。だけど楪はなんとか勇気を出して声を出した。

「理学部数学科の紅葉楪です……」

凄い進歩だ！　自己紹介してる！　その頑張りにぎゅっと抱きしめてやりたい！

「数学科なんだぁ。すごいね！　頭いいんだ！　私は数学超嫌いだったから尊敬しちゃうな！　極限とか意味わかんないよね！　あはは！」

だけどここまでが限界だった。楪はお目目をグルグルとさせている。きっとどう受け答えしていいかわからないのだろう。だからだろう何故か楪はスマホを取りだして。

「私！　セカンドです！」

例の写真を嫁に見せつけた。嫁は写真を見て、目を丸くして首を傾げている。そして葉桐は驚いているようだった。

「セカンド……？　野球？　この子がセカンドなら、一緒に写っている常盤君はファースト？　ピッチャー？　キャッチャー？」

嫁はセカンドの意味がわかってないようだった。今どきの人は知らなくてもおかしくないと思う。

「セカンドの意味はあとで検索でもしてくれ……。それは土曜日に思い出に撮った写真だよ。ビリヤードで遊んでたんだ。あの綾城もいたぞ。楪は新しくできた友達だよ」

何で俺はこんなにも言い訳がましく説明しているんだろう。俺は嫁にどう思われても気にしないはずなのに。

「ビリヤード！　わぁ楽しそうだね！　今度やるときは私も誘ってよ！」

「機会があったらね」

陰キャ文法では機会なんて訪れることはない。それに嫁はビリヤードやると時々イキって変わったことをやろうとして失敗し、台のカーペットをキューで破くので一緒にプレイしたくない。

「楽しみにしてるからね！　うふふ」

「いい加減にしてくれ理織世！　言っただろう！　彼と関わるべきじゃないって！」

ずっと黙っていた葉桐がとうとう口を挟んできた。俺のことを少し睨んでいる。

「やっぱり君は抜け目のない人間だ。まさか数学科の紅葉楪さんとパイプを作っていただなんて思いもしなかったよ！」

「はぁ？　なに？　パイプ？」

何言ってんだこいつ。俺は首を傾げた。楪も不思議そうに首を傾げている。

「よくもまあ自分は紅葉さんと繋がりを作っておきながら、この間は理織世の将来のチャンスを邪魔したよね！　恥を知ったらどうだ？」

「お前の言っていることが相変わらずわからない。さっぱりわからない。フェルマーの最終定理くらいわからないな」

そして間男への文句はいかに余白があっても語り足りないのだ。

「カナタさん！　フェルマーの最終定理はもう証明されてますよ！」

「え？　そうなの？　数学科すげぇ」

　楪のツッコミのおかげで一つ賢くなれた。

「随分と紅葉さんを上手く騙しているようだね。下劣な野望を隠しながらよく人と仲良くできるね？　君は本当に良くない人間だな」

　葉桐がめっちゃ軽蔑の目線を俺に向けてくる。軽蔑に値する存在はお前のはずだろうに。

「だからわけわかんねぇんだけど？」

　俺もいい加減イライラしていた。その時だ。嫁が口を開いた。

「ねぇ宙翔。紅葉さんって有名なの？　そう言えば入学式の時、紅葉さんの写真を私に見せたよね。見つけたら声を掛けてって」

　入学式の日。こいつはグループを作ってた。あのグループは今でも生きている。どころか一年生の間でどんどん勢力を増しているらしい。『生徒会』なんて皮肉るやつらもいるくらい影響力が出始めてる。

「うん。紅葉さんはある分野じゃ有名人だよ。電子通貨って聞いたことない？」

「なにそれ？　定期券の磁気カードにチャージしてるお金のこと？」

　そう言えばこの頃はまだ電子通貨は一般人には有名ではなかったな。今のうちに買っておいたら一財産になるかな？

「違う。P2P型のブロックチェーン技術を応用した新しい通貨システムのことだよ」

「ぴーっーぴー？　ゲーム機？」

嫁は電子通貨が有名になったときも、とくに興味を示してなかった。というか意外なことに金そのものにはあまり執着をしないタイプだった。デートも最初の頃からきっちりと割り勘してくるタイプだった。端数の一円レベルまできっちり割ってくるタイプなので逆にウザかった。そして高価なプレゼントも欲しがらない。だけど歴代元カレたちはみんな俺より高収入。稼げる男が好きっぽい。

「だから違うって。今度ちゃんと説明してあげる！　とにかく紅葉さんはすごいんだ。電子通貨を手に入れるにはマイニングが必須だ。だがそれには莫大な計算量が必要となる。コンピューターの電気代はバカにならない。その電気の使用量は地球温暖化にも悪影響を及ぼす。紅葉さんはその計算量を3％も圧縮するアルゴリズムを開発して世界に無償公開した天才ハッカーなんだよ！　世界に貢献した素晴らしい人材なんだよ！」

ちょっとどころか超驚いた。楪はとんでもない人材だったのだ。

「へぇ紅葉さんってパソコン詳しいんだ。そう言えば昔の消費税って3％だってお母さんが言ってた！　計算しづらかったんだって！」

全然葉桐の話を聞いてない嫁。この女に難しい話しても意味ないんだよなぁ。全部スルーするんだもの。女子アナのくせにニュース番組とか情報番組とか一緒に見てて、つまんないとか言ってチャンネルを変える女だ。自分が解説したニュースなんかも次の日には忘れてる。よく女子アナになれたな。しょせんこの世界は顔なのか？

「楪凄いね。そんなことやってたんだ」

「あの男……チェストしてやりたい……」

何か楪が葉桐のことを見ながらすごく物騒なことを呟いていた。すごく暗い瞳で俯いている。うわぁネガティブモード入ってる。

「どしたの？　楪、なんか元気ないね」

「あのアルゴリズムは嫌いなんです。そもそも用途がくだらないです。P2Pの電子通貨なんて所詮は現実に既にある通貨システムを電子空間上で再現しなおしているだけでしょう。もう通貨なんてどこにでもあるんですからわざわざ作り直すなんて無駄じゃないですか？」

「まあそう言われればそうかも知れないね」

電子通貨って未来でも結局のところ投資用の資産の一つであって、通貨決済システムとしては幅広く浸透しているとはいいがたい状態だった。今後さらに広がれば違うのかもしれないが、今のところはギャンブルの玩具でしかない。結局みんなドルに換えるんだからね。

「それにあれ、わたしが作りたくて作ったわけじゃないんですよ。高校の授業で地球温暖化を少しでも解決するアイディアを考えて実行するっていう総合学習があって。グループ実習だったんですけど、……グループの人たちにアイディア考えてやっておいてって押し付けられて……電子通貨のマイニングが電気の無駄使いだって聞いたんで、とりあえず作っただけなんですよね。そしたらちょっとネットで有名になっちゃって学校の先生に褒められて、……他の子たちから嫌われました……頑張ったのに……」

何だろうこの子のやることなすこと全部裏目に出る感じ……哀れすぎて守ってあげたくなるよ。

「紅葉さん！　その男と関わっては駄目だ！」

葉桐が楪の傍に近寄る。楪はびくっと体を震わせた。

「君のような素晴らしい才能の持ち主は悪い人間に利用されがちだ。その男のようなね！きっと甘言を弄して君を騙したんだろう！　僕に頼ってくれ！　君をその男のもとから救い出してみせる！」

俺がなんか悪い人みたいになってんだけど？　どうしてこう、この男は自分のことを棚に上げて俺を悪し様に罵るのだろうか？

「僕のグループに来なよ！　君の才能を生かすための設備も僕なら用意してあげられるよ！　資材やお金ならいくらでも調達してあげる！　大学のベンチャーキャピタルにもつながりはあるんだ！　その才能で僕と一緒に世界を変えよう！」

なんか熱弁を振るっている。葉桐の瞳は何か怪し気にキラキラと光ってる。アットホームな職場の社長さんみたいな瞳だ。

「アハハ……ごめんね宙翔は熱くなるといつも子供みたいにはしゃいじゃうんだ。許して」

嫁が舌をペロッと出しながら、俺に両手を合わせておふざけ半分の謝罪をしてくる。嫁はもう葉桐の言ってることを聞き流すモードになってるんだな。世間の女子が今の会話聞いたら、この人、夢が大きくて素敵！　とかって言いそうなもんなのに。全く関心がないんだな。今のって楪の才能を見込んだベンチャー設立のお誘いだぞ。たしかに未来じゃこの男は医学部卒のくせにベンチャーの社長やってたけど。こんな時期から熱心に活動してたのか。その野心には嫌悪を通り越して、逆に感心の念さえ湧いてくるかもしれん。まあその地位の高さと稼いだお金ゆえに嫁に浮気（うわき）に走られたと思えば、やっぱり腹しか立たないけど。

「あの……すみません。わたし、そういうの興味ないです」

楪は葉桐の話を聞いてから、冷たくそう言った。だが葉桐はまだ説得を続ける。

「紅葉さん。興味は後からついてくるものだよ。君の技術は世界を変えられるんだ。そうすれば沢山の人が幸福になるんだよ」

「はぁ……そうですか……幸せですか？」

「そうだよ。僕はこの世界に不足しているものを供給できるような人間になりたい。この世に足りないものを補えるようなものを作り世界にサプライしたいんだ。この世界に新しい価値を生み出し、沢山の幸せを作りたい」

ひどく反吐が出る綺麗ごとを宣っていやがる。というか俺から嫁を奪って愛情を不足させ、幸せを壊したのはなんだったの？　言ってることとやってることが全然違うじゃないか。

「はぁ……もういいです。わたしは興味がないんです。他の人たちとやってください」

楪は葉桐の提案を断った。意地悪な気持ちだけど嬉しいと思った。楪は葉桐の味方ではない。それはとても嬉しい。

「やっぱりその男に何か言われてるのかな？　それとも先に契約か何かを結ばされた？弁護士を用意してもいいよ」

「……契約なんていりません。わたしとカナタさんの間には契約ではなく優しさがあったんです。……もういいです。もういいですよ。あなたの夢の価値はわたしには関係ないことです。でもあなたに関わるとカナタさんと離れることになる。それだけはわかりました。だからこう言います」

楪は大きく息を吸って。そして大声で叫んだ。

「いやでごわす！　あてには関係なか！　あてはわいをすかんと！……おほん！　これ以上しつこく誘ってくるならあなたをチェストします。思い切りチェストします」

それは明確な拒絶だった。はっきりと葉桐の目を見ながら、強い眼光で楪は断った。まあよく見ると足は震えてるし、俺の背中をぎゅっと握ってる手も震えてた。

「だが君の才能は……」

葉桐はそれでも説得を続けようとした。だがすぐにそれを遮って楪は言った。

「あなたはわたしの才能しか見てません。それはわたしの胸しか見ない人よりも気持ち悪いです。もう声をかけないでください！」

そして楪は俺の背中の後ろにひゅっと隠れてしまった。よく頑張った。ここから先は俺の仕事だ。

「わかったろ？　誰もかれもがお前についていくわけじゃない。楪は諦めろ」

葉桐は何とも言えない顔で俺を睨んでいた。こうやって女に拒絶されるのはきっとこいつの人生では初めてだろう。それは間違いなく屈辱の記憶になるのだ。男の心を深く傷つけられるのは女の行いだけである。

「……わかった。今日はもうやめておこう。理織世。行こう。この人の傍にいたらよくないものをうつされるからね」

そして踵を返して葉桐は自分の授業があるであろう講義棟に向かって去っていった。

「楪。よく頑張ったね。えらいえらい！」

俺は楪の頭を撫でた。楪は微笑んでいる。

「えへへ。頑張りました！」

そして暫くして。

「じゃあわたしの講義棟はあっちなんで！　ではまた！」

「またなぁ！」

楪と俺は手を振り合って別れた。そして俺は一人満足な心と共に講義棟へ軽い足取りで歩いていった……と思ったら、よく知る声が隣から聞こえてきた。

「じゃあ一緒に行こうね！　はじめてかも！　こうやって同じ学科の人と講義室に向かうのって！　いつも宙翔といっしょだったからなぁ。なんか楽しそう！　うふふ」

「わっ⁉　なんでお前がここにいるんだよ！　葉桐と一緒に行くんじゃないのか⁉　あの話の流れなら葉桐についていくもんだろ⁉」

「え？　だって私と常盤君は同じ学科で同じ授業でしょ。宙翔は医学科だよ。そもそも宙翔とは授業が違うんだけど」

そ　う　だ　っ　た！

俺はバカなのか⁉　嫁と俺は同じ学科だったのだ。何だよ。この間抜けな流れ。葉桐が向かった先にふと目を向けたら、葉桐が足を止めてあんぐりと口を開けた間抜けな表情でこっちを見てた。お前もか葉桐。嫁のマイペースっぷりに振り回されているのは……。

「じゃあね、宙翔！　お昼御馳走（ごちそう）するの忘れないでよー！　じゃあ行こうか常盤君！　早く行っていい席とろうよ！」

嫁は俺の手を引っ張って歩き出す。本当にマイペース。だけど葉桐が悔しがっている顔をしているので、今日だけはこのペースに巻き込まれてもいいと思ってしまった。

結局嫁に手を引かれるままに講義室にやってきてしまった。

「さすがにそろそろ手を放してくれないか？」

「えー？　いいけど、逃げない？」

嫁は可愛らしく首を傾げている。

「……逃げないよ」

俺がそう言うと安心したのか笑みを浮かべて、手を放してくれた。

「じゃあどこに座ろうかなぁ。どこがいいかなぁ。ふふふ」

席を選ぶだけなのにとても楽しそうに見える。いつもノー天気でニコニコ。そういうところは変わらない。いや、でも付き合い始めからしばらくはそうでもなかったかな。ミステリアスで何を考えているのかよくわからない雰囲気があった。気がついた時にはおバカなポンコツ女になってたけど。

「何でそんなに楽し気？」

「私、高校の頃はいつも廊下側で先生から近くて楽しい席じゃなかったんだ！　だから好きな席に座れる大学って楽しいなって」

「ですか。まあそれ故にボッチな奴はもっとボッチになるんだけどな。友達出来ないといつも一人きりで授業を受ける羽目になるんだ」

大学あるあるネタ。ボッチほど前の席に、リア充ほどグループで後ろの席に座る。

「たしかにそうだねぇ。でももう私たちお友達だし、一人で座らなくてもいいよね！　良かったね常盤君！　もう君はボッチじゃないよ！」

「俺はお前の幼馴染とすごくとっても超仲が良くないんだけど？」

暗に友達じゃねぇよって言ってみた。だけど。

「え？　宙翔と常盤君の仲悪いのが私に関係あるの？」

むしろ何で関係がないと思えるのかがくそ謎い。もう考えるのはやめよう。この講義の間だけ嫁に付き合って、誰か学科の奴らか女子グループにこいつを押し付けてやろう。取り敢えず俺は一番後ろの窓側が空いていたのでそこに座った。嫁も俺の隣に座り窓の外を楽し気に見つめる。

「うちの大学のキャンパスって綺麗だよね。樹がいっぱいあって優し気な感じ」

「まあね。無駄に広くて移動がめんどくさいけどな」

「だよねー！　自転車とか持ってこようかな？　部活する時グラウンドに行くのに歩くの

めんどくさいんだよね！」

嫁はチアリーディング部に入っていた。高校の頃からやっているそうだ。高校では全国に出場し、サッカーで全国に行った間男系幼馴染の応援もしてたらしい。なお俺は当然嫁にチアで応援されたことはない。夜のプレイでチアの服着てって頼んだら能面のような顔で嫌って言われた。青春の思い出は大事ってことだろう。陰キャな俺には部活の尊さがよくわからんわ。

「そう。チア部は大変だね」

俺の返事は自然と適当になった。嫁のことはよく知っている。あらためて話すような話題はない。自然と会話はしぼんでいく。はずだった。

「あれ？　なんで私がチア部に入ったの知ってるの？　金曜日に届けを出したばっかりなんだけど？」

しまった⁉　知ってることを思わず口に出してしまった！　不味（まず）い、誤魔化さないと！

「ああ、そ、それは……」

「そんなの男子ならみんな知ってるよ！　りりは超有名人だもん！」

女の声が聞こえた。声の方を振り向くと一人の女子がいた。スタジャンにジーンズの短パン。後ろで髪をお団子にまとめている快活そうな女子。美人で通る顔立ちをしている。そしてこの女のことはよく知っている。

「やっほーともえ！　何でここにいるの？　学科違うのに」

「相変わらず抜けてるねりりは。この授業は工学部共通だよ。建築学科だけじゃなくて、うちら生命工学科も一緒だよ！」

友恵（ともえ）と呼ばれた女は嫁の隣に座った。そして俺の方を怪訝（けげん）そうな目で見ている。

「こいつ誰？　どう見てもヤバそうなチンピラに見えるんだけど？」

「チンピラはひどいよ！　この人は常盤君！　同じ学科の新しいお友達だよ！」

俺は男女の間には友情は成り立たないと思ってる。とくに嫁とは絶対に無理。一度死んでも残念ながら無理そうだ。

「でもチンピラにしか見えないし。ごめんね常盤君。うちは思ったことすぐに口にしちゃうんだ！」

「ともえはサバサバ系なんだぁ！　許してあげてね常盤君。この子は私の大事な親友だから！」

ちょっと困ったことになってきた。嫁の親友と接触する羽目になるとは思わなかった。

一周目の世界で俺はこの女が間男の次くらいには嫌いだった。

「うちは真柴（ましば）友恵。友恵でいいよ」

「よろしく真柴さん」

俺はサバサバ系女子が嫌いだ。馴（な）れ馴れしさみたいなものを押しつけてくる感じがまず嫌い。だからこいつのことは絶対に下の名前では呼ばない。

「なに？　あーもしかして女子と話すの恥ずかしいの？　あはは。見た目の割には可愛いところあるんだね」

　いやお前のことが嫌いなだけだよ。って言えたら楽なのに。サバサバ系を嫌う理由には事欠かない。こういう風にすぐに人を弄ろうとしてくるところもだ。

「でも珍しいね。りりがひろ以外の男の隣にいるの初めて見たかも！」

　俺は逆に俺以外の男が嫁の隣にいるのをいっぱい見てきたけど？　元カレたちでサッカーチームが組めるレベル。なお俺はベンチである。間男はきっとキャプテンだ。ぜひとも応援席側にまわりたいものだ。

「でもあんた勘違いしない方がいいよ！　りりの幼馴染に勝てる男なんていないんだからね！　お友達にはなれても彼氏とか絶対無理だからさ！　高校でこの子に告白してあっけなくフラれて撃沈した奴は腐る程見たもの！　あはは！」

　俺の知ってる嫁は告白すれば取り敢えず付き合うことはできた。もっとも関係が全く長続きしないことで有名だったが。みんな嫁に一方的にフラれて終わる。

「もう！　やめてよ、ともえ！　なんか私が冷たい女の子みたいじゃん！　恋愛とかわかんないし、お付き合いとか想像できなかったし、仕方がないから断ってただけなの！」

「違うでしょ。心の中にはいつもひろがいるから他の男は入れない。そういうことよ。女はいつだって一人の男しか愛せないんだからね！　りりはとくに一途にひろのことしか考えてないからね！」

　真柴とは一切合切見解が合わない。一途どころか嫁は浮気しましたよ。なお嫁の腹立つことの一つに間男に抱かれて帰ってきた後、普通に俺ともヤってたりしたところ。一途な女はそんなことしない。もうそういうところがよくわかんない。そしてサバサバ系女子は嫌いだ。何の根拠もない言葉をさも事実であり名言のように語って『わかってる女』ぶるところが。真柴は嫁のことを何もわかってなかった。

「別に彼氏とか旦那とか目指したりはしてないいんで。真柴さん、お前の考えてることは杞憂だよ」

「でも仲良くなってりりとあわよくばエッチしたい！　なんて考えてるんじゃないの？　ワンチャン狙いって奴？　きゃはは！」

「皆が皆お前みたいに恋愛やセックスのことばかり考えてるわけじゃないんだよ」

「なに？　うちが恋愛脳のビッチだって言いたいの？　ムカつくんだけど？」

　恋愛脳だったよ。一周目の世界じゃね。この女、嫁が浮気バレした後、俺に『りりが可哀そうだから再構築しろ。本当は愛してるんでしょ？　女の子を許せるのが、いい男の器だ！』ってひたすら言い続けてた。いい年した大人が女の子って称するのは痛いと思います！　なお嫁は真柴が俺にひたすら付き纏って説得しようとしたことに俺がガチでイラついているのを察して、真柴と絶交してしまった。当事者を無視して状況に介入してややこしくするのはサバサバ系の恥そのものである。

「ともえ！　やめて！　今のはともえが良くないよ！　常盤君はいい人だよ！　下心を疑うなんて駄目！　謝って！」

嫁は静かにだが、真剣に怒っていた。この怒りのボルテージは結構高い方だ。具体的には一周目の真柴がまだ結婚前の俺と嫁の同棲していた部屋に来て、酔って口を滑らせてぺらぺらと嫁の元カレたちの話をしはじめて、嫁を怒らせた時と同じくらいのガチ度。さすがにそれを察したのか真柴はシュンとした。だけどごめんなさいは言わない。だってサバサバ系だから。

「まあ俺も挑発し過ぎたよ。落ち着きな。俺は気にしてない」

俺は真柴を睨む嫁を窘める。

「常盤君が気にしてないならいいけど……」

三人の間に微妙な空気が流れる。これはチャンスだ。これを口実に立ち去るというのはどうだろうか？

「まあ、俺がいると二人はぎくしゃくするでしょ。ちょっと一服してくるからその間に仲直りを……」

「常盤君！　私今日は水筒にコーヒー入れてきたんだけど飲む？」

あっ、遠回しに一服脱出作戦を阻止された。ニコッとした顔で俺のジャケットの袖をきつく引っ張っている。この女、賢くなってやがる！

「よく考えたら、喉が渇いたのは気のせいだった。はぁ……。二人はどれくらいの付き合いなの？」

この二人の付き合いの長さは知っているが、あえて尋ねる。こうやって話題を出してぎくしゃくした空気から抜け出したい。

「中学からだよ！　学校は違ったけど塾のクラスが一緒で、志望校もいっしょだったから仲良くなったの！　同じ高校受かって、三年間同じクラスになって宙翔と三人でよく遊びに行ったよ！　うふふ」

いつでもどこでも間男といっしょ！　クラスくらい別になればいいのに。運命の二人って感じだなぁ。

「そうだよ。りりとうちとひろは親友なんだ。新しい誰かが入る余地のないね」

真柴は誇らしく友情の固さを誇示してきた。でもゴールデンウィーク過ぎると嫁と間男は彼氏彼女になるんだよなぁ。新しい誰かが入ることはないけど、すでにいる誰かが追い出されることはあるのだ。

「そうかなぁ？　友達の輪ってきっと広がるものじゃないのかなぁ？　宙翔だって繋がり！　繋がり！　って大学に入ってから毎日煩いし。あっそうだ！　今日のランチは宙翔が奢ってくれるんだけど、二人も来る？　みんなで宙翔の宝くじの当選金に集ろうよ！」

嫁はさもいいアイディアを思いついたと言わんばかりなドヤ顔をキメてる。けどさっき間男が当てたのはたかだか二千円程度。あのお高い学食ではとても足りないだろう。つーか俺と葉桐は仲悪いってマジで理解してないっていうか、無視してるっていうか。きっと間男的にはランチデートのはずだ。なのにそれをあっさりと他人を呼んで踏みつぶすんだから、むしろ嫁の方がサバサバ系なのではないだろうか？

「え……もともと二人っきりで……ランチする気だったの？」

真柴の顔色に若干の陰を感じる。嫁は気づいていないみたいでそのまま話を続ける。

「うん。今朝、駒場皇大前駅前のくじ屋さんで私たちくじを引いたんだけど、宙翔だけ当たってさ……ひどくない!?　どうしていつも私当たらないんだろうね？　哀しいなぁ」

「……あれ……？　もしかして今日は二人で一緒の電車で来たの？」

「うん。そうだよ。お家隣同士だしね。最近、宙翔は車を買ったから地元の駅まで送ってくれたの！　ちょーらくちんだった！　ふふふ」

嫁はあくまでも普通に楽しそうに語っている。真柴も笑みを浮かべながらそれを聞いていたが、どことなく硬いし悲しそうに見える。

「そ、そうなんだ……あ……はは……」

意気消沈しているのが俺にははっきりとわかった。嫁は全くわかってないみたいだけど。

親友二人は朝からドライブデートなリア充。そしてもう一人の親友は置いてけぼり。サバサバされてるぅ！　かわいそう！　いやマジで可哀そうだな。

「俺は行かないんで。三人でどうぞ」

当然俺は間男の顔なんざ見たくもないので行くわけがない。

「えー！　常盤君行かないの！　あそこのお高いメニュー美味しいらしいよ！」

「もう行ったからいいです」

ちなみに普通に美味かったです。今度、楪を連れて行ってあげよう。

「あっそうなんだ。うーん。せっかく誘ったのになぁ。ともえ。私、宙翔にランチ奢ってもらうのやめるね」

はぁ？　こいつなに言い出してんの？　まじで思考が読めねぇ！

「え？　りり。ひろと約束してるんでしょ？」

「約束ってほど大したもんじゃないよ。むしろ今常盤君の言ったこと聞いたでしょ？　誘った人が来ないのに、私がランチ行ったらなんか悪い子みたいじゃない？　仲間外れをしてるみたいで！」

何処から突っ込んでいいのかわからない。もう何も考えたくないよぅ。

「でも当選金が宙翔のお小遣いになるのは悔しいからさ、ともえが行ってきてよ！　どんなメニューがあったか後で教えてね！　うふふ」

「え……う……うん、うちとひろの二人だけね……。わかった。ひろには伝えておく。けどりりはランチどうするの？」

真柴の頬がほんの少し赤くなっているように見える。逆に嫁は緩い笑みを浮かべていた。

「うーん？　その時になったら考える！」

適当すぎる！　俺は頭を抱えたかった。だけどすぐに講義の予鈴が鳴って授業担当の講師が講義室に入ってきてしまった。こうして俺たち三人の出会いはグダグダに終わってしまったのだ。

# 第5章 リア充の玉座を奪え！

Chapter.5
Yomeuwa

二限の授業が終わってすぐ、嫁がこちらの方をにんまりとした笑みで見詰めてきた。ランチに誘って欲しいのだろう。すごく断る口実が欲しい。実際周りの目がきついのだ。今日は工学部共通の講義だったからこの教室半端なく男子比率が高い。みんな嫁のことをじっと見て機会を窺っている。断る口実の糸口になりそうなサバサバ系女子真柴はチャイムと同時にまるで乙女のような笑顔でルンルンと教室を出ていきやがった。あいつマジで役に立たない。八方ふさがりなそんな時、俺のスマホに着信があった。『倉又習喜（ケーカイパイセン）』という名前が表示されていた。俺はすぐに電話に出る。

『よう！　カナタ！　今暇？』

電話から聞こえてきたのは、入学式で俺がセルフィー童貞を捧げたあの先輩。うちの大学で最大のイベントサークルのナンバー3であり会計を務める学内の有力者の一人。みんなは会計をひっくり返して親しみを込めてケーカイ先輩って呼んでる。

「はい！　めっちゃ暇！　めちゃめちゃ暇してます！　うっす！」

『超元気いいじゃん！　いいね！　あはは！　いますぐ田吉寮に来いよ！　ピザ焼いたんだわ！　食いに来いよ！　あははははは！』

田吉寮とはキャンパスの中にある自治学生寮のことだ。超格安で住めるが、厳密には様々な法律に違反している素敵物件である。大学側は壊したがってるが、学生やＯＢ、さらにはそこにかつて住んでいた教授などの様々な抵抗がありいまだにそれは出来ていない。

「うっす！　超いきます！　マッハでかっ飛ばします！」

『おう。待ってるぞ！』

そして電話は切れて、俺はにんまりと笑みを浮かべてしまう。

「ごっめーん！　おれぇ！　パイセンにぃ！　呼ばれっちゃったぁ！　いかなきゃやばいっていうかぁ？　みたいなぁ？」

俺はもう最高に機嫌が良かった。ケーカイ先輩に個人的に呼ばれるってことは、俺は相当お気に入りになっているわけだ。俺の青春は今まさに輝かんとしているのだ。

「じゃあ私も連れてってよ。なんかピザとか言ってたよね！　私も食べたい！」

うわぁ。会話の内容聞いてやがったのかよ。

「でも呼ばれたのは俺だけだし」

「えーケチ！　いいじゃん！　私もピザ食べたい！」

ゴネてきやがった。一周目の世界。この女はあんまりしょうもないわがままを言わない女だった。だが時たますごく頑固にゴネてくる。当然俺は一度たりとも勝利したことはない。だけど今は学生なのだ。勝てる自信が俺にはあった。

「なあなあ。それよりもよく考えろ。この間までは同じ学科のメンツとめし食べてたろ？　なら今度は工学部に広げてみればいいんじゃないか？」

ちょっと前に嫁はそんなことを言っていた。揚げ足取りの一種だ。

「工学部の人たちは今後も講義で一緒になることが多いぞ。実験実習とかもあるし、今のうちに仲良くなっておいた方がいいんじゃないか？」

「うっ……うーん。たしかにそうだねぇ」

「工学部は女子が少ない。いっそのこと女子会とか開いてみたりとかしてみたらいいんじゃないか？　お前なら出来る！　ファイト！」

「あー確かにそうだねぇ。うん。そうだね。そうしてみるよ！」

嫁は納得してくれたようで、すぐに近くの女子のところへと歩いていった。ピザのことは一瞬にして忘れてくれたようだ。くくく。俺はすぐに講義室を出て、田吉寮へと向かった。

かなたはにげだした！

よめをふりはらうことにせいこうした!!

田吉寮はキャンパスの端っこにある。男子寮と女子寮が向かい合って建てられており、その間には広場があった。広場にはＤＪブースが設けられており、うちの学生たちが男女問わず昼間っから踊り狂っていた。そちらは素通りして、俺は男子寮近くの広場の隅に向かった。その広場の端にはＢＢＱブースがある。そこで学生たちが各々肉やら野菜やらを焼いていた。そしてその中でも異彩を放つのがレンガ造りの窯。ピザ窯。これは大学が設置したものではなく、学生が勝手に作って置いているものだ。この田吉寮、本来は歴史と伝統のある格式ある寮だったのだが、気がついたらフリーダムな場所になっていたそうだ。ときたまこの広場でパーティーなんかをやっている。一周目は全く馴染めない空間だったが今は違う。俺も成長しているのだ。

「おっ！　来たなカナタ！　いいタイミングだな！　チーズめっちゃトロトロだぜ！　マジウマよ！　わははははは！」

「うっす！　ごちそうになります！」

ピザ窯近くにソファーが置かれていた。そこを一人の男が占有して使っていた。その男こそ俺をここに呼び出したケーカイ先輩その人である。ケーカイ先輩はラフを通り越して、もはや雑な格好をしていた。ボクサーブリーフにサンダル。上半身はアロハシャツで前は全開してる。どんな恰好だよ。

「ケーくん。もう一枚食べる？」

「おう！　もちろん食べる」

「じゃあ口開けてぇ。あーん！」

そして輪をかけてひどい恰好をしている女の人がいた。下着の上に男物の大きなシャツを羽織っただけ。大きな胸の谷間が普通に見える。それってカレシの部屋以外でしていい恰好だっけ？　って俺は哲学してしまいそうになった。なんか港区に生息していそうな茶色のウェーブのかかったロングヘアの美人なその女はケーカイ先輩の膝の上にちょこんと座って彼の口に焼き立てのピザを運んだ。

「うま！　カナタお前も食えよ！　窯から好きなだけとっていっていいぞ！　あとこれ！　魔法の万能薬！」

ビールの缶をソファーの傍に置いていたクーラーボックスから取りだして俺の方に放り投げてきた。キャッチして先輩と乾杯して、そしてすぐにプルタブを開けて、一口飲む。

「いやぁ効きますすわ！　二限きつかったぁ」

主に嫁のせいで疲れたので、ビールがとてもうまい！

「だよなぁ！　あはは！」

ケーカイ先輩もビールをぐびぐびと飲む。

「ねぇねぇケーくん」

「なにキリンちゃん？」

男物のシャツを着た女の人はキリンという名前らしい。本名なのか渾名なのか？　気になる。

「このハリウッド風の悪そうなイケメン君はだれ？」

「俺の後輩。カナタって言うんだ。良いやつだぞ！」

「へぇそうなんだぁよろしくぅー」

女の人が俺の方にビールの缶を近づけてきた。俺も近づけて乾杯する。

「あなたはケーカイ先輩の彼女さんですか？」

「ちがうよー」

普通に違うらしい。ここら辺が元陰キャな俺には若干馴染みづらいところだ。大学以上のリア充パーティーだと恋人同士でもないのにいちゃついてる男女がいる。俺みたいな女性経験が少ない人間にはなかなかのカルチャーショックだ。

「昨日お持ち帰りされたのー」

もっと衝撃的な回答が返って来た。どういうことなの……？　お持ち帰り……？

「……え……ええ……そうなんですかぁ……」

「うん。昨日渋谷のクラブのパーティーで会ってぇ。なんか最高におバカなエッチしたいよねって話して、あの時計塔の上でヤったの！　景色綺麗でいけないことしてる感じで楽しかったよぅ。ふふふ」

「あの時計塔で⁉　しかも上⁉」

うちの駒場キャンパスのパンフレットによく載っている時計塔。その上でヤった⁉　バカじゃね⁉

「ケーくん馬鹿だよね！　びっくり！　蒼川大学ってみんなチャラいけど頭いい大学なんでしょ？　ケーくんってもしかして落第生？　うふふ」

「何言ってんの？　俺、単位足りまくってて、他の奴に分けてあげてるくらいなんだけど！　くはは！」

ケーカイ先輩は豪快に笑う。

「へぇケーくん頭いいんだ。他の人に単位を分けてあげるって優しいー！」

キリンさんはケーカイ先輩の頭をえらいえらいと言いながら撫でている。なにこのお馬鹿な光景？　単位って他人に分けられないんだが。それに大学名が違う。なんかキリンさん大学生じゃないみたいだな。

「蒼川大学？　いやうち蒼川大学じゃないんですけど？」

俺は思わずツッコミを一つ入れてしまった。流石に大学が違うのは変でしょ。

「えー？　でもここ渋谷から近いよね？　タクシーで来たけどすぐだったよ？　蒼川大学って渋谷でしょ？　じゃあここどこなの？」

自分がお持ち帰りされた場所もわかってない女がいるなんて思わなかった！　真のリア充とはここまでやばいのか⁉

「ここは皇都大学なんですけど」

「え？　あのコーダイ？　皇都大学って後楽園の方じゃないの？　バスから見たことあるよ！　とっても偉そうな赤い門！」

「あれは本郷キャンパスです。三、四年が通うんです。こっちは駒場キャンパス。一、二年が通ってます」

キリンさんは目を丸くしていた。

「まじ？　知らなかったぁ。じゃあカナタ君はコーダイ生なの？　今度合コンしない？　私の後輩可愛い子いっぱいいるよ！　後輩ちゃんたち喜ぶだろうなぁ！」

キリンさんは無邪気にキャッキャと笑ってる。そして彼女が膝に乗る男、ケーカイ先輩はクククと笑っていた。

「というかそこにいるケーカイ先輩もコーダイ生ですよ」

「えー？　そうなの？　ケーくんも？　でもでも！　昨日のケーくんのエッチ、マジで馬鹿な体位ばっかりだったよ！　気持ちよかったけど私笑い過ぎてお腹痛かったし！　絶対コーダイ生じゃないでしょ！　バカだったもん！」

「ぎゃはは！　やめろって！　俺の性癖を後輩にさらすなし！　ぎゃははははは！」

ケーカイ先輩はバカ笑いしてた。そして俺も二人のしょうもない話に結局は笑ってしまった。ひとしきり笑って、ピザを手に取り、パクッと平らげる。トロトロのチーズと濃厚なトマトソースのうまみが暴力的に美味かった。でも。

「先輩、これ美味いんですけど、具がなくないですか？」

「ん？　これはあれよ！　男の夢！　チーズだけのピザだから！　そのかわりチーズは十種類もぶち込んだぞ！　ぎゃはははは！」

ピザもまた馬鹿な産物だったのだ。やべぇマジ最高！

「先輩マジロマンのかたまり！　ウケる！　あはははは！」

楽しくて楽しくてバカ笑いしていた時だ。ＤＪのかけていた音楽が変わった。広場の真ん中に設けられていたステージに短パンと臍が見えるくらい短いタンクトップを着た女たちが上ってきた。

「あれいいぞあれ。あれはダンスサークルの連中。エロく踊るんだよ！」

「そう言えば昨日のケーくんも腰振りダンスしてたよね。あれマジで馬鹿だったよ！　こんな感じ！」

キリンさんはソファーの上に立って前後に腰を振った。白いシャツがめくれてチラチラと黒いパンツが見えた。

「ちょっと！　見えてんですけど！」

俺だけじゃなく周りの男子たちもめっちゃガン見してた。

「いやーん。見られちゃった♡」

「お前！　もっと見せてやれよ！　ぎゃはは！　ケチんなケチんな！　ほれほれ！」

ケーカイ先輩もソファーの上に立ってキリンさんのシャツを摘まんではまくるという謎の行為を始める。

「きゃーケーくんのエッチ！　きゃははは」

どう見てもセクハラの類だが、キリンさんは舌をぺろりと悪戯っ子のように出しながら、楽し気に笑っていた。二人はソファーの上でバカみたいなテンションでじゃれ合っていた。そして周りの男たちは両手を合わせて、目を血走らせてそれを見ていた。嫉妬とエロスの狭間に揺れる男たちの何たる憐れなことか！　本当になんてアホな光景なんだ！　けしからん！　いつか彼女が出来たらやろう！　俺はそう心に誓った。そして音楽が盛り上がり始め、ステージから歓声が響き始める。

「きゃー！　ミランさまぁ！」「ミランちゃん！　こっちむいてくれ！」「み・ら・ん！　み・ら・ん！」

普通に盛り上がっている男女の中に一つだけ異質な女集団があった。ミランと書かれた鉢巻やら半纏やらを纏っている。

「誰を推してんだ？……いや……誰が見ても明らかなのか……！」

ダンサーたちの中に一際異彩を放つ女がいた。銀髪に赤い瞳のとてつもない美人。正面から見るとショートボブの髪型に見えた。だが頭を振ると後ろの髪をポニーテールにしていたのがわかった。彼女にはどこか中性的な印象を覚えた。ボーイッシュという言葉では形容しがたい何かがある。

「「「うおおおおおお！　ミ・ラ・ン！　ミ・ラ・ン！」」」

そのうちに男たちからも声が上がり始める。銀髪の女がそのミランなのだろう。彼女は観客の視線を釘付けにしていた。正直に言えばダンスの技術そのものは周りとそう大差ないと思う。だけど凛とした表情とそれに反する艶めかしい体の動き。そして美しいボディライン。それらが合わさって咽せ返るような官能をあの女から覚えるのだ。短い言葉で言えば。

「エモくてエロい」

そう。ミランと呼ばれる彼女の体の動きすべてが感情を掻き立ててくるのだ。凄まじくエモい。そして高揚感と情欲を覚えてしまうのだ。

「お！　カナタわかってんじゃん！　ミサキはまじでやべぇよな！　マジエロ！」

ミランのことをミサキって言ったな。言い間違いではないように思えたが？

「えろーい！　えもーい！　なんかヤバいよケーくん！　あの銀髪の子見てるだけでほてってくるんだけど！……ねぇ……」

「おう！　わかってるわかってる！」

　ケーカイ先輩はキリンさんをお姫様抱っこする。

「きゃん！　もうごーいんなんだからぁ！　うふふ」

　二人はイチャイチャしながら男子寮に入っていった。ええ!?　真っ昼間からヤるの!?　これが真のリア充の大学生活!?　俺はケーカイ先輩に一生ついていこうと思いました。そして音楽は終わりダンスもまた終わった。大歓声と拍手とが沸き起こり、ダンサー集団はそのまま女子寮の方へと引っ込んでいった。観客たちはミランの話題で持ちきりだった。

　そんなときだ。

「おい、そこの一年。倉又はどこ行った？」

　上級生であろうキョロ充っぽいグラサン男とその後輩っぽい連中が俺の傍にやってきた。どことなく良くない雰囲気を持ってる。ケーカイ先輩、自分は楽しく美女とイチャイチャ。俺は野郎とイライラなんですか？　あんまりです！　そう心から叫びたかった。

＊

　グラサンを掛けた先輩の顔は未来の知識の中にあった。だけどぶっちゃけ重要人物ではない。数あるテニサーの庶務という役職についているが、ただのキョロ充だ。名前を覚えておく価値はなかった。

「おい一年坊主、お前あれだろ？　倉又のお気に入りなんだって？　入学式で有名になってたよな？　ん？」

グラサン先輩はさっきまでケーカイ先輩とキリンさんが遊んでいたソファーに座った。そして両脇に後輩らしき可愛らしい女子二人を座らせる。多分二人は他所(よそ)の女子大の学生さんだろう。うちの大学のテニサーは大抵他所の女子大とインカレしてるからだ。

「はい。倉又先輩にはお世話になってます」

俺は無難に返事をする。それを見たグラサン先輩はニヤリと笑う。

「何だよ。お前つまんねぇやつだな！　あの倉又のお気に入りなら面白いやつなんだろ？　なんかやれよ！　ひゃははは！」

周りの取り巻き連中も一緒に笑う。あーこれ俺が入学式でプチバズしたのが面白くないって思ってるパターンだ。あと多分このグラサン先輩、ケーカイ先輩を嫌いっていうか嫉妬してるな。ケーカイ先輩どう考えてもリア充の王だしな。

「はは、何かって言われても困っちゃうなぁ。俺、お笑い枠じゃないんですよ。あはは」

「はぁ？　何お前？　俺たちは倉又に誘われて来てやってんだぞ？　なのに楽しませる気がないのか？　倉又に恥かかせるとかないわー！」

グラサン先輩は俺を挑発してきてる。スルーしてもいいし、あとでケーカイ先輩にチクってもいいんだけども。

「くすくす」「顔はいいのにねー」

ソファーに座る女子二人が俺のことを蔑むように笑っていた。ちょっとカチンときた。女の子に馬鹿にされるのはやっぱりきつい。嫁の悪行を嫌でも思い出す。まああいつは浮気バレしても俺を蔑むような顔は一切しなかったし馬鹿にするようなことも口にはしなかったが。それでも舐められていたのは事実だろう。じゃなきゃ浮気なんてしない。いいだろう。楽しませてやる。

「いいっすよ。倉又先輩のメンツがかかってんなら仕方ないっす。これから超面白いことやるんで、ちょっとご協力くださいね！」

俺は男子寮近くにあるラックから、外国産の５００mlビール瓶を一本取る。そしてついでに近くにあったある物も拾って、ソファーのところに戻ってきた。

「で、なにやってくれんの？」

ソファーに偉そうにふんぞり返ってるグラサン先輩に猛烈な苛立ちを覚える。そのソファーは言うならばこのパーティーでもっともリア充な男のみが座ることを許される玉座だ。そこに座りながら後輩弄りなど玉座への侮辱そのものである。俺は先輩にビール瓶を渡す。

「先輩まだ飲んでないでしょ？　どうぞこの瓶を持っててください」

「なに？　まあいいけど、これ瓶のふた開いてないぞ？　お前アホなのか？　ははは！」

周りがクスクスと笑ってる。俺が緊張のあまり開いてないビール瓶を持ってきたと勘違いしてるのだろう。それは違う。

「ここからっすよ！　おもしろいのはね！　俺はそれを栓抜きなしで開けてみせます!!」

「なに？　手品？　うわー。さむ！」

「まあまあ！　見ててくださいって！　まずはその瓶に何の仕掛けもないことをご確認ください！」

先輩と両隣の女子はビール瓶を確認した。当然何の仕掛けもない。ただのビール瓶。

「ご確認は終わりましたね？　ではその瓶の底の方をもって天に掲げてください！　俺はこれから神に祈って天使からパワーを借りますから！」

女子たちがちょっと本気で笑った。何かツボったらしい。だけどグラサン先輩が睨むとすぐに笑みを引っ込める。そういうのが本当にないわーって言ってやりたい。こういうイベサーやテニサーにいる後輩をいびるキョロ充は嫌いだ。

「おお、かみさまー！　我に力をおおおおおおお。ふ──────────や──────────ほいぃいいい！」

俺は奇声を上げながら、先輩が丁度俺の胸くらいの位置に掲げたビール瓶の首を思い切り睨みつける。

「ふ――――――――や――――――――――――――――――――！！！

ちぇすと――――――――――――――――――！！！！！」

　俺は握りこぶしを作って手の甲を下にして手刀をつくった。そしてそれをビール瓶の首の部分に向かって思い切り振ったのだ！

「え？」

「「「「ええ!?」」」」

　ぱきんと音を立ててビール瓶の細い首は折れて飛んで行った。そして開いた口からビールの泡が吹きこぼれる。

「はい！　手品成功です！　見事にビールの瓶が栓抜きなしで開きました!!」

　周りがあんぐりと口を開けて驚いていた。グラサン先輩は両手を震わせている。そりゃ目の前でビール瓶を手刀で真っ二つにしたらビビるわな。だけどこんなもんじゃないんだよ。

「さあどうぞどうぞ先輩！　ビールおいしいですよ！　ささ！　飲んでください！　俺の奢(おご)りですよ！　あはは！」

　ビール瓶の割れた断面は鋭い。そんなもんに口をつけたら唇が切れるなんてもんじゃない。できるわけがないのだ。

「あ、ああ、ああああ。あー。あれだ！　俺はこの後、講義があるから酒は飲めねーんだわ！　ほら、お前飲めよ！」

　先輩は近くにいた後輩男子に割れたビール瓶を押し付ける。だが後輩君だっていやだろう。別の奴にそれを押し付ける。そしてそんな間抜けな押し付け合いをしているうちに、ビールの瓶を彼らは地面に落としてしまった。

「あーもったいねぇー！　ないわーコレどうすんすか先輩ぃ？　俺が出す酒は倉又先輩がすすめる酒と同じですよ！　なのに飲めないとか！　だっせ」

　俺は思い切り挑発的に侮蔑的にそう言ってやった。

「くっ。この。一年のくせに」

「つーかその席からどけよ。あんたはその席に座る資格はねぇよ。両側見てみ？　わかんだろ？」

　グラサン先輩は両隣の女子に目を向ける。あからさまにグラサン先輩のビビりに醒めた女の顔があった。逆に彼女たちは俺の方に熱い視線を送っている。どの男が勝つのかを決めるのは女だ。それを俺は嫁の浮気から学んだ。グラサン先輩は悔しそうな顔をしながら席から立って一人とぼとぼと広場を後にした。そして空いた席に俺が座る。

「ねぇねぇ俺、お腹すいちゃったぁ。ピザ食べようぜぇ！　酒飲もうぜ！」

　そう言うと両隣の女子は楽し気な笑みを浮かべて、一人が近くのテーブルからピザを取ってきて、もう一人はクーラーボックスからビール缶を取ってプルタブを開けた。

「はい、あーん！」

「あーん！　ぱく！」

可愛い女の子が俺の口までピザを運んでくれた。俺はそれにかぶりつく。口の端が汚れたが、女はわざわざ自分のハンカチで俺の口の端を拭ってくれた。女という生き物は勝った男を甲斐甲斐しく世話するのが好きな生き物なのだ。

「はい、キンキンだよ！　どうぞ！」

「いや！　サンキュー！　一気に飲んじゃうよ！　うぇーい！」

もう一人の可愛い女子がビールの缶を俺の口に優しくつけて飲ませてくれた。調子に乗ってそのビールは一気に飲んでしまった。

「ぷはぁ！　最高だねぇ！　これはお礼だよ！　ちゅ！　ちゅ！」

俺は両隣の女子二人の頬っぺたにキスをしてあげた。二人は頬を赤く染めて喜んでくれた。そして俺は二人の肩に手を回す。

「まだパーティーは終わんねぇ！　さあ！　あげてこうぜ！」

「「「「「うぇ――――いいいい――――!!!!」」」」」

さっきまでグラサン先輩の取り巻きだった連中はみんな俺の指示に従った。これがサークル下克上である。力こそパワァー。大学生活におけるカーストヒエラルキーは顔と腕力と積極性がすべてなのだ。そしてパーティーは終わらない。俺たちは夜まで騒ぎ続けたのだった。

飲み過ぎて疲れた俺は広場のソファーに横になって夜空を見ていた。パーティーが終わって静かになった広場にはもう誰もいない。だけどまだ体には熱が溜(た)まっていた。今日は最高に楽しかった。このまま帰るのが惜しいと思ってしまった。この熱がまだまだ続く何かがあればいいのに、そう思ったのだ。

「やあ、涼んでいるところ悪いけど、ちょっといいかな?」

綺麗(きれい)で凛(りん)とした女の声が聞こえた。顔を上げるとそこには銀髪に赤い瞳(ひとみ)の美女がいた。ジーンズと革ジャンの男の子っぽくてかっこいい服装。やっぱり正面から見るとショートボブっぽくてなんかイケメンに見えた。あの人気だったダンサーのミランがすぐ目の前にいたのだ。俺は起き上がって背もたれに体重を預け座りなおす。

「かまわないよ。むしろ光栄だね。さっきのダンスは最高だったよ」

「ありがとう。君もすごかったね。あのビール手刀切り。女子寮の窓から見てたよ。あんな単純なトリックで人々を操ってみせるなんて本当にすごかった」

「ありゃ? バレてたか! はは!」

さっきのビール瓶切りにはトリックがある。そもそも最近のビール瓶はすごく丈夫でい

くらプロの格闘家でも手刀で切れるようなものではない。

「ビール瓶を持ってくる時一緒に何かを拾ってたのを見た。石だとすぐにピンと来たよ。そして手刀のふりして、石を手に握ったんだ。それで瓶の首を割ってみせた。その石はさり気なく袖の中に隠して、あとは啖呵きって全部うやむやにしちゃった。それはそれですごいけど、ズルはズルだね。くくく」

ミランは悪戯っ子のように笑う。男の子っぽいのに女の妖艶さが同居する不思議で魅力的な笑み。なんともすごい美人さんだ。くらくらするよ。そして体の芯に熱が再び籠ってきたのを感じた。この子はきっと面白い何かを俺に持ち込みに来た。その確信にワクワクが止まらなかった。

# 第6章 サークルやめても人間関係のしがらみが残るのマジでやめて欲しい

Chapter.6 Yomeuw

「はじめまして常盤奏久くん。ボクは伊角美魁。文学部現代文化学科の一年だよ」

月明かりの下で妖艶に微笑むミランはまるで女神様みたいに見えた。だけどこれはハッタリだと俺の勘が告げていた。

「で、君は俺に何をさせたいの？　端的に言ってくれないかな」

「あらら。自分で言うのもなんだけど、こんなに美人な女とお喋りを楽しもうって思わないの？」

「さっきの馬鹿騒ぎを見てたんならわかるだろう？　もう十分に楽しんだんだ」

昼間には十分騒いだし、女だって侍らせてみたりした。今更美人が理由でお喋りが楽しいなんて言うつもりはない。それよりはこの子が持ってくるであろうネタの方がずっと期待度が高い。さっきみたいな刹那的なお遊びじゃなく、もっと真剣に打ち込める何かなんだと思う。

「そう？　でもボクはまだ君とちゃんと話してないんだけどね」

女の一人称が『ボク』だと普通なら痛いやつでしかないだろう。だけどミランにはぴったりに思えた。かっこいいのに男のいやな部分がないそんなスタイルには丁度いい。

「だけど俺にさせたい頼み事って切羽詰まってるんだろう？　違うか？　君みたいな美人がわざわざ自分から男に話しかけなきゃいけない事態なんだろう？」

女は自分から男に頼みごとをしたりはしないものだ。男が察して動いてくれるように立ち回るのが女という生き物なんだと嫁から学んだ。なのにこの子は自分から俺に声を掛けてきた。相当厄介な事情を抱えているのは十分に察せられる。

「はぁ。やっぱりバレバレかぁ。まああれだけの立ち回りが出来る男相手に駆け引きできるわけないか。所詮君みたいな王様相手じゃボクはいいとこ道化にしかなれないんだね」

「王様？　俺が？」

「ああ、君は王様だったよ。みんなを苦しめる奴を打ち倒して玉座に座った。まるでお伽噺みたいだった。見てて楽しかったよ。いいお芝居だった。ふふふ」

ミランは可愛らしく笑っている。王様と言われて嫌な気分はしない。だけど同時に引っかかりも覚える。俺以上に偉い王様がいる。俺から大切な人を奪って人生を壊した奴が。

「頼み事はシンプル。ボクがあるサークルに入るために受けるセレクション。その突破を手助けして欲しい。君くらいしか条件に合う人がいないんだ」

なかなか面白そうな話が出てきた。サークルのセレクション。テニサーの顔審査とかコミュ力調査とかが有名だが、他にも文化系で精鋭を集めるためにやるところがあると聞いている。

「条件？　何のサークルだ？」

「条件はシンプル。顔、身長、そして演技力！　ボクが入りたいサークルはインカレのとある大学生劇団なんだ！　その入団テスト！　そのパートナーが必要なんだよ！」

「演劇⁉」

演劇サークル。ちょっと想像がつかない世界だ。文化祭とかで発表やってたりするのは知ってる。前の世界ではチケットを売りつけられたこともある。

「そう！　演劇！　本来なら一人一人のオーディションなんだけど、今年の劇団のトップ、つまりは芸術監督兼演出の団長さんが変わり者でね。二人一組での応募に限定してきたんだ」

「ちょっと待て。仮にそれ受かっちゃったとして俺も入らなきゃ駄目なんじゃないのか？」

「そうじゃないんだよね。そこが厄介なところなんだ。今回のセレクション二人一組なんだけど、片方は入団希望者の知り合いで、劇団に入団を希望しない人に限るっていう変な条件なんだよ」

「なにそれ？　意味わかんないんだけど。片方にまったくメリットないじゃん」

「今年の団長さん曰く、役者なら自分に無償で協力してくれる人の一人や二人くらい用意できるような魅力がなきゃ駄目だ、ってことらしい。そう言われるとぐうの音も出ないよ。芸能ってのは人を魅了してなんぼだからね。お友達に協力を頼めるような力がないやつはいらないってことなんだ」

「シビアな考え方してんな。マジモンのガチ勢だな。半端ねぇ。そっちの条件は理解した。顔はまあわかる。いいに越したことはない。身長ってのは？」

「ボクの身長は１７１㎝あるんだよ。そんでもってセレクションの演目は男女が恋に落ちる瞬間ってやつでね。相方の身長は当然僕より高くないといけない。あと本番は体のラインを綺麗に見せるためにハイヒールを履こうと思ってるんだ。だからなおさら大事。君１８０くらいあるよね？」

「ああ、正確には１８３・１㎝あるよ」

唯一俺が間男に勝てるのは身長くらいだ。前の世界の真柴に聞いたけど、葉桐の野郎は自称１８０㎝、実測は１７９・９らしい。０・１サバ読むところに男としての共感を覚えないでもないけど嘘は良くないと思います。

「いいね！　それだけ高ければ問題ない！　ボクがハイヒール履いて隣に立っても十分映える高さだよ！」

「そりゃよかった。でも俺はお芝居なんてできないぞ」

「それこそ問題ないよ。昼間のアレが欲しいんだよ！　はったりをかまして、人々を騙し、そのカリスマでもって魅了する！　その才覚が欲しいんだ！」

　ミランの目はキラキラ輝いている。あの立ち回りを見て、欲しいと言われると心が揺らぐものがある。ミランは俺の期待を裏切らなかったわけだ。

「そこまで言われるとなかなか断りづらいな。だけど確認させてくれ。身長も顔もいいやつなら他にいるよ。美人の君が頼めばきっと誰だってやってくれると思うけど？」

　俺がそう問いかけると少しだけミランの顔が曇る。どうやら切羽詰まった事情はここら辺にあるようだ。

「まず一つ。ボクが頼むとすると下心が怖い。これでも外見には自信があるんだ。男から見ればまあボクを欲しくなることがわかってるくらいにはね」

「男の下心を利用することは女の特権だと思うけど」

　男女なんてそんなものだろう。女は性的魅力で男に何かをさせる。男は見返りを期待する。ありふれた光景だ。最後にお礼だけ言ってバックレればいいのだ。

「そんな奴のお芝居は人の心を絶対に動かせない！　演劇はお客に美しい嘘をつくことだ！　だけど役者は自分のお芝居への熱意に嘘をついてはいけないんだよ！　ボクはお客以外の者が僕の外見目当てにお芝居に関わることを認めたりはしない！」

　感心した。筋が通ってる。この子はきっと本物だと思った。だけど前の世界でこの子がテレビに出ているのを見たことはない。舞台とかも見聞きした覚えはない。つまり役者として売れなかったということか、あるいは諦めたか。

「君はさっき女を侍らせてたけど、お持ち帰りしなかったよね？　あの両側の二人とも君のカリスマに沼ってたよ。君がその気になれば両方同時に持ち帰って３Ｐだってできただろうに君はしなかったね。根っこは真面目なんでしょ？　はしゃいでふざけても一線は越えないタイプだ。そういう人は信用できる。自分をコントロールできる人はいいお芝居をしてくれるんだ」

ただそんなことをする気になれなかっただけだから、ミランは俺を買い被り過ぎてる。ウェイウェイ遊んでみたかったのは事実だ。だけどあの時俺があいつから場の空気の支配権を奪ったのは、あの女子たちに見下されたのが頭に来たからだ。自分に夢中にさせたかった。それ以上は別に求めてない。今になってわかったよ。俺は嫁以外の女にだって求めてもらえる力があるんだって証明したかった。王様以外の男は女に見向きもされない。俺はただの社畜。社会の歯車、労働の奴隷。対して嫁を奪った間男は会社の社長で、社会を動かす側で、奴隷を使役する王様だったんだから。王様にならなきゃ好きな女とずっと一緒にいられないんだ。

「わかった。俺を選んだ理由にはある程度納得はいった。だけど他にもあるね？　今日のあの騒ぎ、あれは偶然の産物だ。だけどそれをミラン、君が見ていたことは果たして偶然か？　君は今日ずっと俺のことを見てたな？」

ミランの言い分に違和感を抱いてた。こいつは俺のことを観察し過ぎている気がした。偶然あの騒ぎを見て、声を掛けてきたという偶然はありえるのだろうか？　むしろもっと前から俺をマークしてて声を掛ける機会を待っていた。あるいはその能力が条件に足りうるか見定めていたと考えた方が妥当ではないだろうか？

「そうだね。嘘をついても仕方がないから言うけど、ボクは君をずっとマークしてた。確実に劇団のセレクションに通るためには実力を見定めなきゃいけなかった。それともう一つ……君、葉桐宙翔と仲が悪いよね。そういう人じゃないとボクはとても困るんだ」

「葉桐だと？」

その名を聞いて思わず、ミランを睨んでしまった。

「……っ……！」

ミランはびくっと身を竦ませていた。怖がらせてしまった。

「あ、ごめん。怖がらせちゃったか？　ご存じの通りあいつのことは超嫌いだ。だけどそれがどうして？」

「……う……ぁ……ン……」

なぜかミランは身を悶えさせていた。頰を少し赤く染めて俯いている。まだ怖がってるのか？

「おい？　なに惚けてんだ？　俺の話聞いてる？」

顔を上げたミランの赤い瞳はうっすらと濡れているように見えた。それがひどくセクシーに見えた。でもこれって俺が怖がらせて泣かせちゃったのか？　そういう顔には見えなかったぞ？　いったいなんなんだろうこいつの反応。

「……ん？　ああ！　ごめん！　ぼーっとしちゃった！　ええっとね。じつはボク、元々葉桐グループにいたんだよ。みんなが『生徒会』って揶揄するグループのメンバーだったんだ」

「はぁ？　あの木偶どもの集まりの？」

「そうそうそれ。入学式の時に誘われてね。メリットがあると思って参加してたんだけど……ついてけなくて抜けたんだよ」

雲行きが怪しくなってきた。それ以上に行く先々で出てくる間男の影にこの世界の理不尽さを感じた。

どうやら葉桐宙翔の存在は嫁のことを抜きにしても無視できないらしい。前の世界ではあいつの存在は嫁の浮気バレ以降、初めて俺の視界に入ってきた。だから俺の知っている葉桐は傲慢で自信家で嫁を俺から奪った奴という印象しかない。浮気バレして以降、嫁は葉桐を無視していた。視界に入れず口も利かず。だから嫁があいつに対してどんな感情を持っていたのかは終ぞわからない。いや、浮気してる時点で答えは出ているわけだけども。葉桐がいやな奴なのは間違いない。ベンチャーの社長で億万長者でイケメンでモテる。篤志家として世間じゃ顔がよく知られていた。世間の人気者。陽の中の陽キャとでも言うべきか。だけど今この時代ではどうだったのだろうか？　ちょっとよくわからない。前の世界で、あいつは嫁にすごく執着していた。俺と嫁を離婚させて、自分が結婚するつもりでいたらしい。今この時代もそうなのだろうか？　よくわからない。

「ミラン、グループにいた君から見て葉桐はどんな奴だ？」

俺がそう問いかけるとミランの顔色が曇った。嫌悪感と恐怖とが交ざったような実に不愉快そうな表情を浮かべている。

「怪物。そうとしか言えない。最初はただの意識高い系リーダーなのかなって思ってた。だけど違う。彼は間違いなく怪物だよ」

怪物。能力という点で見れば確かにそうだろう。若くして起業し長者番付の上から数えた方が早いくらいの財産を築き上げた立志の英雄と言える。多大な寄付をして世間から尊敬も集めていた。だが浮気バレした後、俺に向かって吐きかける言葉はただひたすらに小物染みたものだった。嫁は自分のものだと、結ばれるべきは自分だと、ひたすらに唱え続ける。自分自分自分自分嫁嫁嫁嫁。どれだけその言葉を繰り返しただろう。あいつはあれほどの富と栄誉を築き上げてもなお自分と嫁との絆(きずな)に執着し続けていた。とにかく気持ちが悪かった。

「あのグループははっきり言ってヤバい。葉桐という怪物が創り上げた王国だ。王様の葉桐とその他大勢の奴隷たち。ボクにはそう思えた」

「穏やかじゃないね。奴隷って言い方は」

嫁もその奴隷の一人なのか？　それはわからない。俺が知るこの時代の彼女の情報は限られている。入っていた部活やサークル、そんなものくらいか。あとは知りたくもなかった元カレたちのこと。せいぜいそんなものだけ。

「あの木偶共は奴隷だよ。みんな葉桐のおこぼれに与ろうとしている馬鹿どもだ。ボクは嫌になったよ。大学生とはこんなにも愚かなのかとね」

ミランは露骨に軽蔑（けいべつ）するように鼻を鳴らした。思い出しただけでこれか。そうとう嫌な思い出らしい。だけど聞かなければいけない。楪（ゆずりは）も葉桐の視界に入っていた。また俺は何かをあいつに奪われる、そんないやな予感がしていた。

「はぁ……今思い出してもいやになるよ。あいつ等は本当に愚かだ。大学生はモラトリアムの期間だ。その間に多くの人間が求めるのは酒とセックスと人気と金だ」

「残念ながら真理だな。認めたくないけど大学生なんてそんなものしか求めてないだろうよ。俺だって否定はしないからな」

「それでも限度がある。あのグループにはそれがない。葉桐はね、凄（すご）く悍（おぞ）ましいシステムを創り上げているんだよ。見た目だけ美しい木偶共を使った欲望の永久機関とでも言えばいいのかな？」

詩的な表現がミランには良く似合う。だけど今知りたいのはその具体的な中身だ。ミランは多分話したいけど話したくないのだ。グループにいたことを恥じている。

「ミラン。君はもう抜けているんだろう。だから俺は君と葉桐がやっていることを同一視したりはしない。君があいつの共犯だったなんて思わないよ」

ミランは自嘲的に、だけど何処か穏やかに微笑した。

「ありがとう。言い訳染みているけど、ボクはあのグループの本当にヤバい行いには一切関わってない。それは信じて欲しい」

「信じるよ。だから話してくれ」

「ありがとう。あいつ等生徒会はいうならばイベサーと出会い系業者のハイブリッド型のサークルなんだよ。皇都大学の学生というブランドで他所の大学や女子大なんかの女子を釣り上げているサークルはこの大学には腐るほどある。だけどそれはもうそういうもんなんだと思えば大したことはない。皇都の男子も他所の女子も互いにメリットがあるからインカレで交流している。葉桐はそんなものに収まらないからヤバいんだ。あいつは皇都の美男美女を集めて他所の大学から綺麗な女子たちを、そう、乱暴な言い方をすれば、『仕入れてきたんだ』」

インカレサークルが出会いの場なのは常識だし、別に悪いことではない。まあ結局のところ男の名門大学のブランドと将来の高収入と、女の若さと性的魅力を交換していると言えば少々下品なのかもしれないが。

「そして仕入れてきた女子たちを皇都大学の学生たちに出会わせるんじゃなくて、タワマンなんかに住んでいる富裕層に紹介したんだよ」

「おいおいまじかよ。葉桐は富裕層とのネットワークを持っているのか？」

「みたいだね。それも恐ろしく深いネットワークだ。入学式の後にボクたちが行ったのは、六本木のタワマンだよ。何が近くの店だよ。大嘘つきだ。タワマンの上層階にあるビップ向けのフロア。そこをあいつは貸し切っていた。みんな一瞬でクラッとしちゃった。葉桐はそこでもう王様の座を手に入れたんだ。そこのフロアはとある富豪の所有する物件だったんだけど、その人は葉桐を大層気に入っているらしい。自分の車をあげたり、マンションの鍵を渡したり、とても寵愛されてるわけだ。その人経由で若き成功者たち相手にピチピチの女子大生を紹介するという愛人紹介ビジネスを行っているわけだよ」

「はは……女衒か。随分とまあ……厭らしい話だ」

嫁はそういうビジネスに巻き込まれたのか？　だったら葉桐と嫁が付き合って一年もたなかったことに一応の説明がつく。

「そうだよ。とても厭らしい女衒だね。だけど仕入れてきた女子たちを別に脅したりはしてない。女子たちだってたとえ一晩のお相手でも、セフレでしかなくても、お金持ちの成功者と戯れられるんだ。楽しくて仕方がないだろうね。何の才能もない若さしか取り柄のない女ならそんなもんだよ」

「辛らつだね」

「同じ女と思われたくない。ボクはあいつ等とは違う。だから抜けた。ただね、ボクが葉桐に求められた役割は、どこぞの金持ちへの供物ではなく、葉桐の側近兼お姫様のお世話係だった」

「側近？　葉桐は君に愛人になれとでも要求したのか？」

「いいや、されなかった。意外だと思うけど彼はグループ内の女子にそういうものは一切要求してない」

「お姫様ってのは……」

「五十嵐（いがらし）さんのことだね。彼女のことは丁重に扱ってたよ。裏のビジネスの方には関わらせないように細心の注意を払ってる。ただよく連れまわしてるね。ボクも一緒に連れていかれたからわかる。富裕層の中でも本物の権力者たちがいる。そういう連中と会食するときにボクと五十嵐さんは連れていかれた。ある種のアクセサリーだろうね。これほどの美女を連れてこられるんだというマウント行為。だけど富裕層でもさらにトップの連中はそういう相手のシグナルを読み取るのが上手い。葉桐は五十嵐さんの美貌（びぼう）を上手く武器にして商談をまとめていったよ」

この間のテレビ局のプロデューサーとの会食なんかもそうだと思ってたけど。嫁をしょうもないもんに連れまわしてるんだな。

「商談ってどういうことだ？」

「将来彼が起業した時に出資をするという約束だね。相手はすごく本気だったよ。何か商売のタネがあるみたいだね。流石にボクには中身までは話をしなかったけどね」

未来では確かに起業して成功をおさめる。だけど何をやっていたかを俺はよく知らない。金持ちなんだな。くらいであいつのプロフィールは終わっている。あとは在学中にテレビで人気だったことくらい。

「葉桐はボクに一緒にテレビに出ようと誘ってきた。或る意味ボクはあのグループでは五十嵐さんに次いで王様のお気に入りだったんだよ。だけど裏のビジネスを偶々知ってしまったのと、葉桐個人のちょっとしたスキャンダルを知っているからね。怖くなってグループから逃げたんだ」

「ちょっと待て。あいつにスキャンダル？　どんな内容だ？」

俺から見てこの時代の葉桐は粗削りだが、それでもなお完璧な男のように見える。嫁が絡まない状態であれば勝てる気が一切しない。嫁が絡んでいる時はあいつも冷静ではないから何とかさばけるだけだ。

「他の人に話すのは構わないけど、ボクが言ったって絶対に言わないでよ。葉桐はボクがまさか自分の秘密を知ってるとは思ってないはずなんだからね」

「言わないよ」

「まあこのスキャンダルが噂として流れても誰も信じないと思うけどね。……ボクは浪人生でね。去年上京してきて、予備校に通いつつ、東京のいろんなところのクラブやイベントとかでダンサーのバイトをやってたんだよ。芸能を磨くためにね。で、あれは去年の冬くらいの話だね。クリスマスのちょっと前くらい。ボクが渋谷のクラブでダンサーやった帰り。道玄坂のラブホテルの前を通ったんだ。そしたらなんか喧嘩している制服のカップルがいてね。二人とも美男美女だったからよく覚えてたんだ。で、葉桐と会って、その時の喧嘩してた男が彼だと知ったんだ。その時の相手の女は……ってなんで耳を塞いでるの？」

相手の女なんて嫁一択じゃん！　ふざけんなよ！　ゴールデンウィーク終わってから付き合うんじゃねぇのかよ！　正式に付き合うのがゴールデンウィーク後なだけで、その前から体の付き合いはあったと！　出来の悪いエロ漫画の世界かよ！　ざけんな！

「あの、話は終わってないんだけど？」

「いや、聞かなくてもわかる。相手の女なんて一人しかいないだろ」

ますます理不尽さを感じる。大学入学以前から肉体関係があったなら、それこそ執着は大きいだろう。青春の大部分を一緒に過ごした男女の絆は簡単には切れないはずだ。聞きたくない。

「君が想像しているのは五十嵐さんなんだろうけど。違うよ。五十嵐さんじゃなかった。相手の女の顔は覚えてるんだけどね。生徒会にはいないから、他大にでも行ったんじゃないかな？　まだ関係は続いている気がする。葉桐は女へまったくと言っていいほど性欲を示さない。五十嵐さんにすら、たまにしか情欲を見せないんだ。だからその女で性欲を発散してるんじゃないかな？　勘だけど」

葉桐とラブホ前で喧嘩した女が嫁じゃなくて、ほっとしている自分がいることに気がついた。そのことに恥と惨めさと何より悔しさを覚える。いまだに俺の心は間男と嫁に壊され囚われたまま。世界の時が戻っても俺の心は元に戻ってない。

「たしかに個人的にはスキャンダルだな。そのことをり、五十嵐は絶対に知らないはずだ」

「だよね。五十嵐さんはのほほんとしてるけど、いくらなんでも幼馴染が他の女と肉体関係を持っていたら、あんな距離感で葉桐と接していられるわけがない。それに葉桐は隠したいはずだよ。彼の本命は五十嵐さんなんだからさ」

ド本命もド本命だ。なにせ俺に離婚を迫るのだから。マジもマジだ。前の世界の嫁が葉桐を無視してたのは、このスキャンダルが最初の別れの切っ掛けだったからじゃないか？　そして時間が過ぎて俺と結婚して退屈になって昔の当てつけで葉桐と不倫して自分に夢中にさせて別れた。それなら浮気バレ後にあいつと口を利かなかったのもわからんでもない。辻褄は合ってる気がする。前の世界で謎だった浮気の真相らしきものに近づいた俺は何処か不思議な安心感を覚えた。そしてこのスキャンダルが何かのカードになる。今後あいつと対立した時に大きな武器になりうる。俺の口元が悦びに歪むのを感じた。

ミランは俺が顔を緩ませたのを見て、ふっと笑みを浮かべる。

「こんなドン引きサークル事情で笑ってくれるんだから、君は頼もしいよ。あの綾城さんや紅葉さんが君に懐くのもよくわかる」

「俺にも多少は甲斐性があるかな？　お褒め頂いて光栄だよ。一つ気になることがある。グループを抜けたことで君が受けたデメリットはなんだ？」

「そう。それが問題なんだよね。はぁ人間ってやつはどうしてこうねぇ……ふぅ……」

溜息を吐いてげんなりした顔をするミランに俺は少し憐憫のような同情のようなものを覚えた。俺も間男の犠牲者だし、この子もそうだ。連帯感を覚える。

「葉桐にいやがらせでもされてるのか？」

「いいやそれはないよ。あの男はビジネス思考を極めてる。逃げた相手に労力を割くほど暇じゃないよ。あのグループはマフィアよりも会社に近い。ブラック企業ならともかく普通なら退職したら追わないよね？」

「そりゃそうだ。ビジネス優先なら秘密が漏れない限り、抜けた奴を追いかけはしない」

「そういうこと。だけど残った連中はどう思う？　あのグループはいわばこの大学におけるトップカーストサークルの一つだ。所属していることそのものがプライドになるんだ。

ボクはそのボスの寵愛を得ていながら抜けた恩知らずに見えるだろうね。だから葉桐以外の奴の妨害が酷いんだ。特に女子たちのね。例えばうちの大学の演劇サークルに入ろうとしたら、遠回しに断られたよ。生徒会は上級生たちも取り込みつつあるんだ」

「え？　そんなに広がってるのか？　奴の力は！」

「もちろん昼のダンスサークルとかみたいに生徒会に抵抗してボクを入れてくれるところもまだいっぱいあるけどね。それでも行く先々で生徒会の影がチラつく。同じ学科でさえも友人が作れないんだ。みんな生徒会のメンバーに嫌われることを恐れてる。生徒会のメンバーはトップカースト。彼らに好かれれば充実した学生生活が送れる。逆はボクみたいなボッチだ。一応今はケーカイ先輩がボクのことを守ってくれてるけど、彼だっていつかは卒業する。楽しい学生生活は難しい。学科飲みさえも断られたからねボク。はは……ははは」

乾いた笑い声が哀愁を誘う。この子自身は人気者だが、どうやら日常生活はそうでもないようだ。この子には学内や学外のファンがいっぱいいるんだろうけど、そういう連中は彼女を遠くから見て推しているだけで関わりはしないだろう。だから観賞用のパンダみたいな扱いになってる。パンダを眺めて楽しむ者はいても、一緒にランチや飲みに行く者はいないのだ。プライベートをズタズタに壊されてる。インカレの大学生劇団に入りたいのは、学内のしがらみから逃げるという意味もあるのだろう。人気者なのに孤独。憐れすぎて見てられない。

「俺も一応大学デビュー系陰キャだから孤独な生活には理解があるつもりだ。お前に協力させてくれ」

「ありがとう。本当に助かるよ……。ありがとう、本当にありがとう！」

俺はミランに協力することを決めた。いくらなんでも可哀そうすぎる。サークルやめた奴と残った奴らとが微妙になるのは大学あるあるだけど限度ってもんがある。これは見逃してはいけない行為だ。ここでミランの事情から逃げたら、いろいろな何かからずっと逃げ続けることになるだろう。それはキラキラした青春からは程遠い世界だ。そう心に決めたのだ。

「よう。お前ら。話はまとまったか？」

声が上から聞こえてきた。男子寮の窓からケーカイ先輩が顔をのぞかせていた。背中にはキリンさんが引っ付いてる。恰好（かっこう）に関しては敢えて問うまい。ミランなんか二人の生々しさに顔を赤く染めている。俺だってぶっちゃけ恥ずかしい。

「ケーカイ先輩が今日俺を呼んだのはこれが理由だったんですね」

「べ、別に勘違いしないでよね！　ただピザを食べさせてあげたかっただけなんだからね！　ってことにしておけ。ぎゃはは！」

まあ俺のことを呼ぶだけ呼んで速攻女と部屋にしけこんでるし、仕込みそのものはぶっちゃけ杜撰だと思う。多分ミランがアクションを自分で起こすきっかけになればいいくらいのノリだったんだろうなと思う。でも本当に面倒見のいい人なんだな。最初に小細工弄して接触して本当に良かった。

「俺は遠くないうちにサークルやら大学内の活動やらからは足を洗わなきゃならん。お前たちをいつまでも守ってはやれない。だからお前らは自分たちなりのちゃんとした人との交わりを作っておけよ。友達でも恋人でも何でもいいけど他人と一緒にいられるように努力し続けろ。一人でいれば人は必ず駄目になる。大学は社会に出る前に孤独にならないための訓練をするところだ。大いに悩め若人どもよ！　ぎゃははは！」

「きゃーケーくんカッコいい！　あっところで二人ともご飯食べる？　残り物でいいならなんか作るけど？」

俺とミランは顔を見合わせて、ふっと笑い合った。

「「ごちそうになります!!」」

そして俺とミランはキリンさんが作ったピザ材料の残り物ドリアをごちそうになった。

メッチャ美味かった。しかしこの人何者なんだろうか？　結局キリンさんがどこの誰なのかはわからないままその日は過ぎていったのだった。

＊

小ネタ　『ミランって呼び名は何が由来？』

「ところで本名はミサキだよね？　何でミランって呼ばれてるの？」

「ミランは芸名なんだけど、ボクの本名のミサキは美しいの美に花魁(おいらん)の魁(らん)って書いて美魁なんだ。読みを変えるとミランになる」

「ああ、なるほどねー。洒落(しゃれ)てるなぁ」

「でしょ！　それだけじゃないよ！　ボクは男役が好きでね。ミランってヨーロッパだと男性名なんだよ。なのに日本語だと女の子の名前に聞こえる。そういうのも狙ってる！」

「ほう。流石文学部。かっこいいね」

「でしょでしょ！　この名に恥じない役者にボクは必ずなってみせるんだ！　だから助けてくれてありがとう常盤くん」

「どういたしまして。明日(あした)から頑張ろう！」

「「かんぱーい！」」

＊

　次の日の昼休み。キャンパス内にある芝生の広場にランチシートを広げて、俺とミランは劇団入団セレクションに備えた訓練を始めることにした。演劇は観客がいてなんぼだ。だから俺は奴らを召喚したのである。

「なるほど事情は理解したわ。つまりあんたは可愛い女の子と一緒にセレクションを頑張ることでつり橋効果狙いで落として、あわよくばベッドに連れ込むつもりってことね。でも一人相手じゃ満足できないからあたしを呼んで3Pしたいと……ごめんなさいね。あたし自分よりも背の高い女との3Pは遠慮したいわ。楪に頼んで頂戴（ちょうだい）」

「誰がそんなこと言った？　てかなに？　女子の間では3Pが流行（はや）ってるの？」

　ミランも3Pとか言ってたし流行ってるのかなぁ？　そんな流行りは嫌すぎる な……！

「カナタさん！　わたしは構いません！　そちらのイケメン女子にだっておっぱいがあって乳首も二ついてます！　わたしとカナタさんで同時にチューチュー吸ってあげましょう！」

　とってもいい笑顔で3Pの話をする楪はもう都会の闇に染まってしまったのだろう。純真な薩摩（さつま）おごじょはもういないのでごわす！　おいどんはかなしか！

「巨乳のお前が他人のおっぱいを吸うとか贅沢（ぜいたく）過ぎる行為だからな！」

　綾城菌に一度でも感染するともう二度と治らない。なお綾城菌は鬼強いのでアルコールでの除菌は出来ません。むしろより凶暴になる恐れさえあるのだ。

「そ、そんな……左右同時だなんて⁉　……そしてその後は上下同時⁉　それとも前後同時⁉　ボクはっ……あ……っ……んっ……ふぅ……」

ミランが身悶えている。あ、もうだめだ。綾城菌が広がってやがる。女子大生の下ネタ好きは異常。陰キャ男子にはついていけません！

「さて。いい感じに体はほぐれたでしょう？　そのセレクションでやる課題の演技って奴を見せてくれないかしら？」

シレッと綾城は話を元に戻す。課題として事前に渡された台本のコピーを読みながら俺たちに演技を促してくる。楪は俺たちのことを期待に溢れる目で見ている。

「ちょっと待ってくれ。流石にいきなり常盤くんにさせるのも可哀そうだ。まずはボクが一人で男役の方をやるよ。見ててね！」

ミランは俺たちの前に立ち、一礼した後台本の男役の方を一人で演じた。本番では俺がやる方の役だ。その演技は本当に素晴らしいものだった。とにかくカッコいい。理想の男を演じ切っていた。俺もこうなりたいと思えるような男子像。そして演技はすぐに終わった。台本は短い。演技そのものは二、三分で終わるものでしかない。だが十分に感動した。

そしてそれは俺だけではない。

「きゃー！　かっこいいです！　あれみたいです！　あれ！　宝塚みたい！　もっと見たいです！　アンコール！　アンコール！」

薩摩おごじょはミランのイケメンっぷりに沼ってた。でも演劇にアンコールはないんじゃないかな？

「今の演技素敵だったわ。恋に落ちるならこんな男がいい。そういう観客の欲望をダイレクトに捉えて刺激する素晴らしい表現になっていたわ。あなた演劇だけで食べていけそうね。むしろなんでうちの大学に来たの？　あなたは大学に行く必要ないんじゃない？」

綾城らしい的確な批評にある種の皮肉を感じる。確かにもう食っていけそうなレベルにあるように思える。今の演技だって千円くらいなら払ってもいい。フルのお芝居なら一万円出しても構わない。それくらい見ていて陶酔できるエンタメをやってた。

「あはは。上京の条件が大学に行くことだったんだよね。それと芸能をやるならいい大学を出ることが親の出した条件だったんだ。だからここに来た。卒業できれば一生自慢できる学歴だからね」

家庭の事情で進路が狭まったりするのはよく聞く話だ。綾城的には今の話に思うところがあるのか、少し顔を曇らせていた。

「そうなのね。わかったわ。あたしも微力ながらちゃんと協力させてもらうわ」

綾城の目が本気モードになる。この子の人を見る目は確かだろうから、演技への駄目出しや感想も的確だろう。これからの訓練は充実したものになりそうだった。

見本となる演技はミランが見せてくれた。後はそれを真似するだけだ。昨日家に帰った後ネットで演技法は一応学習したのだ。それをやるだけ。俺は綾城と楪、そしてミランの前に立つ。三人の何処か期待が籠った視線が一斉に俺に突き刺さる。これが舞台の上で役者さんが感じる視線なのだろう。なかなかに緊張してくるのを感じる。だけどこれでも前の世界では社会人としてそこそこの修羅場を潜った身だ。大丈夫、俺はやれる。演技のコツは自分の感情の引き出しだとかなんとか。役になりきるのではなく、役が必要としている感情をその場その場で体を使って表現する。それが演技だとかなんとか。演技法は流派が色々あるらしいので、詳しくは知らない。一応俺はそう理解した。なので、俺が演じる役に必要な感情、その記憶を呼び起こす。

俺の役は女と出会い、その場で恋に落ちる男。シンプルな役柄。だから前の世界で嫁と付き合うことになった出来事を思い出す。あれは同僚と行ったバーでのことだった。俺と同僚はカウンターで飲んでいたのだが、別のボックス席で嫁を含む女子アナたちと、売れてる若手芸人たちが合コンしていたのだ。その時嫁は冷たいお愛想笑いをしていた。大学時代以来の再会なのに冷たい顔。俺はその場で何故か体を動かしてしまったのだ。そして気がついたら嫁の手を引っ張ってそのまま店を出ていた。

今思えば何でそんなことをしたんだろうって感じ。だけど店から二人で飛び出た時、嫁はたしかに暖かい笑みを浮かべてくれていたのだ。その感情は確かにまだ俺の胸の中に残っていたのだ。そして俺は演技を始めた。

＊＊＊カナタ演技中!!＊＊＊

そして演技は終わった。三分もない超短い演技。終わって一礼して綾城たちの顔を見る。みんな優し気な笑みを浮かべていた。

「いい演技だったわよ！　まるでブロードウェイの俳優みたいな存在感の濃さと麗しさがあったわ！　声は糞だけど！」

「本当ですぅ！　凄く素敵でした！　まるでシカゴのマフィアが宿敵の警官の娘さんと恋に落ちてしまったような悲恋の香りがすごく切なくて！　でも声は滓でした！　吹き替えの声優さん探しましょう！」

何この評価。綾城、楪の両名は目を潤ませながら絶賛しつつ、俺をディスってきた。絶妙に納得がいかない俺はミランに顔を向ける。彼女は感心しているようだった。

「うんうん！　思った以上に良かったよ！　びっくりした！　サイレントの映画時代ならレジェンド俳優になれそうなレベルなんじゃない？　スター性って言うのかな？　どっちかって言うと舞台よりは映画映えしそうなちょっと小さな演技だったけど十分すぎるよ！

これならセレクションも確実に通る！　ボクにもやっと運が向いてきたぞ！」

ミランも褒めてくれる。けどなに？　サイレント映画？

「ねぇねぇみんなぁ？　何で俺の声をみんなディスってるのかな？　うん？」

全員が全員そっと目を伏せた。ミランがどことなく申し訳なさそうに言う。

「えーっとね。なんていうのかなぁ。体の表現の方はすごいんだ！　存在感の大きさとか濃さとか理屈抜きのかっこよさがあってきゅんと来るんだけどね。声がね……なんていうのかなぁ……何でかわかんないんだけど女慣れしてない童貞くんの緊張感に溢れた棒読みボイスなんだよね……はは……」

「え？　なにそれ⁉　俺の声ってそんなに汚いの⁉」

「汚いっていうか……ちょっと……うん、ほんのちょっとだけどね……キモいかなって……はは……」

ミランは乾いた笑みを浮かべている。そんなに酷いですか？　そう思っていたら、綾城が俺の傍に寄ってきて、スマホの画面を見せてくる。

「ショックを受けては駄目よ。気にしないでね……ぷっ……」

こいつ笑ってやがる⁉　そして俺の演技の動画が流れ始める。そしてその時の声を聞いてしまった。

『アナタガスキダァ！』

マジでキモかった。なんか震えてるし、こう童貞臭さが半端ない感じ。そう言えば嫁と出会った時の俺は童貞でした！　その感情を使ったから声が童貞になったのか⁉　逆にすごくね⁉　演技できてるじゃん！

「気にしないでください！　カナタさんは体だけなら最高ですから！」

棵が俺の肩を叩きながら微妙な笑みでそう言った。

「やめてぇ！　なんか都合のいいセフレ扱いされてる可哀そうな女の子みたいな評価するのやめてぇ！」

ショックだった。自分の演技の才能が怖い（震え声）。

「あはは。でもあんまり気にしなくていいよ。演技経験のない人の演技はセレクションの時に考慮されるってちゃんとアナウンスされてるからさ。むしろ声以外は練習さえ要らないレベルだったよ！　声のことはいったん忘れようよ！　それじゃあボクと合わせよう！これならぶっつけでもいいと思う！　レッツトライだ！　あはは！」

ミランはポニーテールを解いて髪の毛を流す。それでいつものボーイッシュな印象は消えて、まるでお姫様のような清楚な雰囲気が現れた。いつものボクっこを封印して、女役のためのモードに切り替えてきたのだろう。凄いなこの子。雰囲気とかオーラみたいなフワフワした人の印象を操れるのか？　これが本物の役者の素質⁉　負けられねぇ！　舞台のセンターに立つのはこの俺だ！

「常盤、一応言っておくけどね。セレクションの主人公はあんたじゃないのよ。美魁に張り合うのはやめなさい」

俺の内心を察したであろう綾城に突っ込まれた。いけね。なんかいつの間にかスポコンしてたよ。あくまでもセレクションにおいて俺はミランを輝かせるための脇役なのだ。ちやんと自分の役割に徹しないとな！

「じゃあ動画撮るわよ。あたしがカットって言うまで頑張ってね」

「おいちょっと待て。綾城、お前何監督気取ってんの？」

「一度くらい言ってみたくない？　カットって。憧れるわ」

「これ舞台なんだよなぁ」

綾城の戯言はスルーしつつ、俺とミランはぶっつけで演技に挑んだ。

＊＊＊演技中だよ!!＊＊＊

俺たち二人の演技が終わった。演じた側としてはとくにつまることもなかったし、もたついたところもなかった。スムーズに演技ができたと思う。だが観客二人の顔はなぜか厳しかった。

「……なにかしらこれ？　常盤の声はともかく二人の演技は上手なのに……」

「そうですね。カナタさんの声は置いといても、お二人ともとてもきちんとした演技をしていました。なのに……」

二人は苦虫を嚙み潰したような顔をしている。そしてこう言った。

「「つまらないわ（です）」」

これ以上ないくらい辛らつな評価が降ってきた。

「ぐはぁ！　つまらない!?　ボクの芸能がつまらない!?　そんなぁ!?」

ミランはその場に崩れ落ちる。ガタガタと体を震わせて真っ青な顔になっている。演者にとっては多分つまらないって言われるのが一番つらいのだろう。

「ごめんなさいね。でも忌憚なく言わせてもらうと、二人のお芝居は『つまらない』のよ。上手く言語化できないのだけど。二人とも上手だし、息も合ってる。だけどつまらない。そうとしか言えないわ」

綾城は困惑しているようだ。渋い表情を浮かべている。

「……なんですかね？　こう……あれですかね？　好きなラノベや漫画がアニメ化した時、イメージしてた声と実際の声優さんの声が違うみたいな？　いいえ、そうじゃないですね……なんだろう？　ズレ？　歪み？　う〜ん？」

楪は腕を組んで唸っている。彼女も上手く言語化できていないようだ。

「う〜ん。ミラン。原因は何かな？　俺はお前の演技悪くないと思うんだけど？」

俺は撮影した二人の演技を流して観察する。確かに言われてみると何故かつまらない。俺のクソボイスを除けば二人の演技は綺麗に見える。でも何かに違和感を覚える。

「何となくだけど原因は美魁の方にありそうな気がするのよね」

綾城も動画を覗き込んでくる。彼女の白い手が画面を覆って俺の姿を消し、ミランの姿だけを画面に映す。演技は綺麗。清楚で美しいお姫様のような演技だ。だが確かにそうだ。

「綾城。お前の言う通りっぽいな。ミランの演技、なんだか物足りなさを感じる。何が足りないんだこれ？」

俺は打ちひしがれているミランに目を向ける。そして画面のミランと見比べる。やっぱり何かが足りない。

「ちょっとその動画貸して貰っていいですか？」

楪が怪し気に眼鏡を光らせながらそう言った。右手には鉛筆。左手にはＡ４のレポート用紙があった。彼女は俺から綾城のスマホを受け取りそれをランチシートの上に置いた。そして本人はひざをついて四つん這いになって動画をじっと覗き込む。彼女の着るワンピースのスカートが少し短いから後ろから見るとたまにお尻のセクシーな丸みと黒いパンツがチラチラしてる。楪は動画を再生したり停止したり巻き戻したり早送りしたりしながら、レポート用紙に理系の俺ですらよくわからない謎の数式を書いていく。

「いいわね……集中している女の子の後ろから見るパンツ。見てちょうだいな！　清楚だったあの子は都会の闇に穢されて黒いパンツを穿くようになったのよ！　素敵ね！」

綾城はニヤリと笑って楪のスカートの中を覗いている。だが楪はすごく集中しているので全く気づいていない。俺は綾城の目を後ろから両手で塞いだ。

「はい、ガード！　超バリアー！　綾城菌のばっちぃのはめっちゃバリアー！」

「いやん！　見たいのよ！　だってあたしが選んであげたおパンツなのよ！　あたしには見る権利があるのにぃ！」

綾城はきゃっきゃと俺の手を剝がそうとふざけたおす。もちろん見せてやらない。楪の邪魔はさせない。

「時間軸上に感情を数値化しそれをプロット。行列ベクトルに変換しそれぞれを固有の振動数で再定義。極限を取って複素数を正規化し定数を再配置。関数に解があることを背理法にて証明すれば……うそ！　対偶が超越数!?　そんなぁ……」

何言ってるんだろう？　薩摩語は難しいなぁ……。だが何かしらの解答は出たらしい。楪は立ち上がって、ミランの方へと歩いていく。

「そもそもおかしいと気づくべきだったんです。この演技の表現すべきテーマは『恋愛』。すなわち恋をする気持ちそのもの……！」

楪はミランの前にしゃがんで言った。

「わい、まだおぼこじゃな!!!!」

それを聞いたミランは顔をばっと上げた。

「そ、そ、そんなことないよぉ！　ボクはあれだよ！　めっちゃモテるからね！　モテモテ！　男に困ったことなんてないから！　はは！　あはは！　めっちゃヤりまくり！　役者なんだから経験豊富に決まってるでしょ！　あはは！　アハハハハ！」

なんかすごく声が震えてる。大学生にもなると恋愛経験がないことそのものが男女ともにコンプレックスになりがちだ。

「あての目……失礼。わたしの目はごまかせません！　数式は嘘をつかないんです！　私はあなたの演技より導かれる論理から、あなたがまだ性交渉、失礼！　もっと厳密な定義を使用します！　女性器に男性器を挿入した経験はおろか人類の雄に対して配偶者獲得行動さえもしたことない初心なおぼこちゃんであることを証明したんです！」

　ドヤ顔をキメてる楪の持つレポート用紙の謎の数式の最後には『Q．E．D．』の文字が書かれていた。

「やめてよ！　文系のボクに数学の式を見せるのは理系ハラスメントだよ！　理ケハラだよ！　理ケハラ！」

「話を逸らして誤魔化さないでください！　その反応こそがあなたがめんどくさい処女でしかないことを証明してるんですよ！」

　楪のロジハラが酷い。だが恋を知らないというのは何か説得力があるような気がした。綾城も同感なのかしきりに頷いていた。これが果たして突破口になるのか？　……不安だなぁ……！　と俺は思ってしまったのだった。ロジハラされてテンパっちゃってるミラン。おどおどしながらも反論した。

「そもそもみんな勘違いしてるんだけど！　リアルなお芝居のために実際に物事を経験する必要なんてないんだよ！　例えば宇宙飛行士の役があったとして！　実際に役作りのために宇宙に行ける人なんていると思うかい！　いないだろう！　役者は自分自身の想像力

でもって演技を組み立てればいいんだよ！　だから恋のお芝居に恋愛経験なんて別になくてもいいんだよ！　論破だから！　これで論破だから！　経験なんて必要ないんだよ！　ボクにはぁ！」

早口でまくしたてる様は実に憐れだ。だがそこへ我らの屁理屈女王綾城センセーは無慈悲なる追撃を行う。

「でも実際にあなたはそのお芝居が出来てないのよ。それはあなたの論理を拝借するのであれば、恋についての経験ではなく想像力が不足しているからでしょう？　想像力の不足はあなたの努力不足でなくて？　この童貞女め！」

「ぐはぁ！　童貞⁉　ボクが童貞ぃ⁉　いやぁあああああ！」

膝をつき、頭を抱えるミランちゃん（童貞女）。その嘆きには同情心しか湧かない。

「あなたの男役がどことなく清楚な雰囲気を持っているのは、あなたが童貞臭いからだったのよ。やーい童貞女！　素晴らしい響きね！　ああ！　麗しきかな！　童貞女！」

童貞女。なんともひどい言葉があるものだ。処女と違って価値がなさそうなのがすごい。俺なんかもそうじゃん？　前の世界では経験人数一人だけだし、戻って来たから体は童貞だし。精神的にはセカンド童貞。体は真性童貞！　なんか泣けてきたよ！

「綾城。そろそろフォロー入れてあげて。俺もなんか泣けそうなくらい憐れなんだ。救ってやってくれ」

「えー？　もう少し弄ってやりたかったのにぃ。まあいいわ。美魁。あなたのお芝居には恋への想像力が根本的に足りない。だからあなたのお芝居は上手いのにつまらない。ならどうすればいいのかわかる？」

ミランはふらりと真っ青な顔で立ち上がり。

「いますぐに処、じゃなかった童貞女を捨ててくるよ。常盤くん……ヤるのはそこのトイレでいいかい？　あはは、あははは……芝居のためなら仕方がないんだ……！」

虚ろな瞳でそう言うミランにますます俺の同情心が増していく。

「早まるのはおやめなさいな。あたしにアイディアがあるわ。恋の想像力を高めるなら疑似体験すればいいのよ。そう。そうやってあなたの中に眠る『女』を目覚めさせればいいの」

綾城はニチャリと獰猛に笑った。俺とミランはその笑みを見て戦慄する。

「恋愛には定石があるわ。先人たちが積み上げてきた偉大なるテンプレート。それを今からあなたたちにやってもらうわ」

「恋愛のテンプレ？」

「そうよ。どんなに鈍感で冷たい女でもホットな雌に生まれ変わらせる魔法のゲーム！　その名は！　『壁ドン顎クイアベックストローエナドリドキドキ足ツンツンゲームｉｎキャンパス』！」

絶対にクソゲーだ。だが綾城はルンルンと準備をし始める。学食の外のガラスの壁際に、俺とミランを立たせた。そして綾城がにんまり笑って言った。

「常盤。まずはそこの童貞女に壁ドンしなさい」

すごく抵抗を感じた。だけどやるしかねぇ。俺は学食のガラスの壁に向かってミランを壁ドンする。

「いいわね。次は顎クイよ！」

言われたとおりにやる。するときゃーという女子の黄色い声が周りから聞こえた。道行く学生と教職員たちが俺たちを見ている。

「み、みられてるよぅ」

ミランが頬を赤く染めて瞳を濡（ぬ）らしていた。

「いい顔してるわ。そうよ。早く己が雌を解き放つのよ。常盤。童貞女の股（また）の間に太ももを差し込んでやりなさい」

俺は息を吸ってから覚悟を決めて、言われたとおりにミランの太ももの間に俺の太ももを差し込む。

「あっ……！　んっ」

ミランからくぐもった声が漏れる。

「むっはー！　少女漫画とＴＬの狭間（はざま）って感じでいいですね！　代わって欲しいです！」

楪は俺たちのことをスマホで撮っていた。これ黒歴史にならないといいけどなぁ。

「そして童貞女！　あなたは常盤の太ももを足の指先でつんつんするのよ！」

「ええ⁉　ボクからやるの⁉」

「あらぁ⁉　恥ずかしいの⁉　いいわね！　それってつまり雌に目覚めてる証拠だもの！　でも駄目。まだ足りないぃ！　はい！　つんつん！　つんつん！　つんつん！」

綾城が両手の人差し指を立てながら囃し立てる。ミランは顔を真っ赤にして、俺の太ももを足の指先でツンツンとなぞり始める。

「むはっ！　えっっっ！」

楪が俺たちを至近距離から撮っている。その顔には隠しようのない興奮が見て取れた。

「さあ童貞女ちゃん。もっと恥ずかちいことしましょうねぇ」

綾城はエナドリの缶にアベックストローを挿して俺たちの方に差し出してくる。

「そ、そんな⁉　そんなのをボクの口に挿れる気⁉」

ミランの息が荒くなっている。どこか恍惚とした表情でストローの先っぽを見詰めていた。

「さあ咥えなさい。美味しいわよ」

俺たちは綾城の言うままにストローを咥える。そしてお互いに見つめ合いながらチューチューとそれを吸い合った。

「うわ！　わわ！　これもう、せっ！　ですよ！　せっ！　せっ！　せぃいいいいいいいいいいいいい！」

　客観的に見て俺たちの状況はマジで意味がわからない。壁ドンして顎クイしながら足を絡めあいアベックストローでエナドリチューチューするとか何の罰ゲームなの？　だけど周りからの視線はなんかエロいものを見たような興奮したものばかり。ミランの顔もどこか目がとろんと甘く濡れておりキラキラと輝いているように見えた。

「ねェボクすごくドキドキするのぉ。これって……」

「エナドリのせい。絶対にそう。それ以外の理由じゃないから」

　こんなんで女に目覚めるとかちょっとヤバすぎやろ。でもなんか効果あったような感じがするぞ。俺たちはエナドリを飲み干してから、体を離す。ミランは息を荒くして怪しげな笑みを浮かべていた。

「カナタ君」

「あ、はい」

「（演技）しよ♡」

　俺たちは再び演技にチャレンジした。綾城と楪が真剣な眼差しで俺たちを見ている。そして結果は。

「素晴らしいわ。今にも男に沼りそうな雌の匂いがプンプン漂ってたわよ」

ENERGY

「これはもう恋通り越してヤってる二人の関係の色気ありますよ！　えちちちでした！」

　二人は笑顔でくそみたいな感想を垂れ流した。だけどさっきよりもポジティブに聞こえるのは……。

「ボクの演技。面白かった？」

「「面白かった！」」

　綾城と楪は自信満々でそう答えた。ミランは今この瞬間演技の壁を越えて新たなる表現を手に入れてみせたのだ。それは素晴らしいことだと俺は思った。後に俺が壁ドンマフィアなる謎の渾名を囁かれることに目を瞑ってだけどな！　こうして俺たちのセレクション対策は上手くいったのであった。


　その日の夜、俺とミランの二人は夕飯を学食で食べながら、演技プランについて話し合っていた。お互いに微笑み合ってセレクションへの期待感を確認し合うのはとても楽しいと思えた。それは多分幸せの雰囲気に近いところにあるのだと思う。だがそれを切り裂くような声が聞こえた。

「あれ？　常盤君と、それに美魁？　やっほー！　なにやってるのぉ？」

　甘ったるい能天気な声がする方を振り向くと、そこにテニスウェアを着た嫁がいた。その後ろには嫁のズットモダチのサバサバ系（俺は大嫌い）女と、いつぞやの学食での騒ぎの時に葉桐の傍にいた医学部の男子生徒たちがいた。みんなテニスウェアを着ている。俺は思わず自分が渋い顔になったことを自覚せざるを得なかったのだった。

とても悔しいがテニスウェアを纏う嫁はすごく可愛らしい。後ろにいる鯖鯖真柴も世間的に見ればかわいい方じゃない？　俺はそうは思わないけど。嫁はニコニコとした笑みを浮かべて俺たちのテーブルの傍までやってきた。

「意外だなぁ！　二人ってお友達だったんだね！　それもしかしてレポート？　一緒に勉強してたの？」

嫁は俺たちのレポートをちらりと一瞥した。だけどあんまり興味はなさげ。正直助かる。

「あ、ああ。まあミランとは最近知り合ったんだ。そうだね。一緒に勉強してた。あはは！」

「う、うん！　そうなんだ！　はは。けっこう気が合ってね！　あはは！」

俺もミランもぎこちなく笑う。この状況、絶対に近くに間男がいるに決まってる！　俺とミランは周りをきょろきょろと見回してしまった。

「あー！　二人とももしかして宙翔のこと捜してる!?　もう！　私と宙翔は幼馴染だけどいつでも一緒ってわけじゃないよ！　セットだと思われるのは心外だなぁ！　もう！」

ぷんすこ怒ってる。だけどいつもこいつの傍には葉桐がいた。今日だっているって考えるのが妥当だ。だけど今はマジでここにはいないようだ。逆にいない理由が気になる。いたらいたで腹立つのに、いないならいないで不安になるの超ムカつく。

「そっか。葉桐くんはいないんだね。ところでその服かわいいね！　テニスしてたの？」

　ミランは俺と違って葉桐がいないことに安堵しているようだ。ニコニコした笑顔で嫁に話題を振った。

「そうなの！　私もテニサーに入ったんだ！　さっきまでこうやってめっちゃ球打ちまくってたよ！　知ってた!?　左側で打つときは両手で持つんだよ！」

　嫁は両手をぶんぶんと振り回す。ぶっちゃけテニスのスイングじゃなくて野球っぽくて間抜け。だけど美人なので遺憾ながらかわいく見える。それと短いスカートがふわりと浮かんで下に穿いてるスパッツが見える。スパッツだとわかっててもそれを目で追ってしまう男の本能が憎い。医学生共も俺と同じように視線を嫁の尻に向けていた。スパッツでよかったなまじでな！

「まあ両手打ちくらいなら知ってるかな。ところで……五十嵐さん」

「えーもう！　理織世でいいって言ってるじゃん！　あと美魁みたいなイケメン系にはチャン付けされてみたいな！　あはは！」

「……理織世ちゃん。後ろの人たちは同じサークルの人たちだよね？　待たせてないの？」

「うん？　あっ！　そうだね！　そうだ！　どうせなら二人もうちのテニサー入ろうよ！　みんなやさしかったし仲いいの！　だからシャイな常盤君でもきっと馴染めるよ！　うふ

ふ」

うわぁ、相変わらず会話がすぐに飛ぶなぁ。つーかまじで話聞いてないよね。ミランがやんわりと元のグループの人たちのところへお帰りいただこうとしてるのに、ちっとも通じてねぇ。嫁はきっと京都に行ってもぶぶ漬けを図々しくお代わりできるタイプの女の子ですね！　一緒に行ったことはないけどな！　というか後ろの連中のいやな視線が俺の方に向いてるのマジで居心地悪い。嫁がこっちに来てんのは、俺のせいじゃないんだよ。そこらへんを嫁の傍でワンチャン狙いでウロウロする連中にはわかっていただきたい。

「というかお前が入ったテニサーにミランはともかく俺は入れないんだけど」

こいつが一年の時に入っていたテニサーは知っている。間男もそこに属している。嫁は間男と別れてすぐにそこのサークルをやめたと聞いている。そして残念ながら俺はそこに入る資格を持っていない。

「……え？　なんで？　入ればいいじゃん！　大学生って皆テニスやるもんだって宙翔も言ってたよ！　それに他の大学から来た女の子もいっぱいいたよ！　女の子だって勇気出して入ってるのにもしかして常盤君ビビってるの？」

「ビビってんじゃなくて、事実を言ってんだよ。お前のテニサーは医学部のサークルなの。だから他学部の俺は入れない」

皇都大学にテニサーは数多く存在する。チャラいのもあるし、飲みサーみたいなのもあるし、部活みたいなのもあるし、緩くまったりテニスしてるところもある。今のところ俺と綾城と楪はまったり系のところに入ろうかと相談してる。ミランも誘うつもり。

「私も学部違うけど？」

うちの大学のテニサーには悪名高きとまでは言い過ぎかもしれないが、多くの学生たちが嫌っているというか妬んでいるサークルがある。それは嫁が属する医学部主体のテニサーである。なぜならば。

「女子はいいんだよ。つーても皇都の女子はお前んとこにはあんまり入らない、っていうかほぼ入れないんだけどな。お前んところの男子は皇都の医学部、女子は他大の女子だけで構成されてんの。規約的には医学部以外の男子生徒も入れなくはないんだろうけど、それはあり得ない。医学部の連中と一緒にいられるほど他の学部の連中はステータス高くないのよ。おわかり？　皇都の女子がお前や後ろのズットモちゃんくらいなのも、お顔がいいからなんだよ。葉桐はちゃんと説明してないんじゃねえか？　どうせここなら安心してテニスできるよくらいのことしか言ってないんじゃね？　あほくさ。みんな仲良くテニス？　そんなサークルじゃねぇよ。くだらない」

医学部のテニサー。それ以外にも部活とか文化系サークルも医学部は独立して存在しているものが多い。医学部は時間割と在籍年数が他の学部とは違うからだ。実際他所の学部よりも遥かに長い時間勉強しないといけないから、同じようにサークル活動はできないのだが、それでもやっぱりおかしいなって思うことはある。医学部の部活の女子マネージャーは他大の美人ばかりだし、下手すると男子部員よりも数が多い。サークルもそうだ。世の男性方からすれば信じられない光景が広がっている。右も左も前も後ろも美人と可愛い子ばかりのサークルしかないのが皇都大学医学部である。女子は皆他大の美人でかわいい女子ばかり。みんな将来のスーパーエリート医師たる皇都の医学生と付き合いたいし、結婚を狙っているのだ。もうヤダこの世界！　剝き出しのエゴしかねぇよ！　獣かよ！

「……そう……なんだ……」

やっと嫁の察しの悪い能天気な頭でも事情を察したらしい。ちょっと顔色が良くない。きっと間男から、できるだけ一緒に過ごすためにこっちのテニサーに入ってくれ、とだけ説明されたのだろう。嫁にはどこかフワフワとした浮世離れしたところがある。前の世界で付き合い始めたころは、どこか冷たいし擦れたところがあったが、根本はお人好しだし、天然系ノー天気だ。

「ねぇ。さっきから聞いてたけど、あんた何様？　なんでそんな萎えるようなこと言うの？　もしかしてあれ？　醒めた自分カッコいいとか思ってるの？」

自称サバサバ系女子である真柴が嫁の傍に寄ってきて、俺を睨み始めた。だから俺も憮然とした顔になってしまった。隣に座るミランもどことなく不機嫌そうに真柴を睨んだ。だが不思議なことにすぐに睨むのをやめて、目を丸くして真柴の顔を見ながら首を傾げていた。ミランはなにか怪訝そうな顔をしている。気になるけど今は目の前の真柴の方がウザかった。俺は出来る限り冷たい声で言う。

「なに？　俺はお前んところのサークルに入れない理由を説明しただけなんだけど？」

「そういうところがダサいんだけど？」

「抽象的な言葉を使うのはやめてくんない？　理系ならちゃんとロジカルに俺の問題点を指摘しろよ。それならいくらでも聞くよ。そう、いくらでもね」

ちっと真柴は俺に舌打ちをした。露骨に機嫌を損ねてみせて俺を威嚇してくる。こいつマジで理系のくせにロジカルさがないんだよな。多分だけどお友達の葉桐と嫁が理系に進んだから、一緒にいるために理系になっただけっぽい。それで勉強についていけてるのは凄いけど、はっきり言って愚か極まりない。

「ともえ。舌打ちはやめて」

嫁はちょっと冷たい声でそう呟いた。

「でもこいつ、みんなのこと馬鹿にしてるんだよ!?　ムカつくじゃん！　文句あるなら医学部に入りなおせばいいんだよ！　どうせ医学部に嫉妬してるんだよ！　医学部のひろにはどうあがいても勝てないから！」

医学部の偏差値ステータス自体はまあ羨ましいっちゃ羨ましい。だけど美大志望だったんで、別に医者になりたいとかそんなんどうでもいい。

「ともえ。大きな声出さないで。私。そういうのいやなの」

「え？　りり、うちはそのね……」

「私はそれが嫌なの」

「うっ……！」

　まるで能面のような冷たい顔で真柴と目を合わせる嫁の姿にどことなく痛々しさを覚えた。真柴はその嫁の様子に少し怖がっているように見えた。この顔はたまに見たことがある。本気で嫌な時、嫁は何の表情も浮かべずただただ冷たい顔になる。それを見るのが俺は心底いやだった。

「なあ。真柴。俺も行き過ぎたところがあった。だから言い争いはやめよう」

「……わかった。りりが困ってるし、あんたの暴言は許してあげる」

　無駄な上から目線に苛立つが、ここらで終いにしたい。これ以上イライラしたくない。

「もう行こうよ、りり」

「……先に行ってて。少し常盤君たちとお話ししたいの」

「でも……」

「ともえは行って。すぐに済むから」

　嫁は真柴と目も合わせずにそう吐き捨てる。そこにあるのは明確な拒絶。真柴はショックを受けたような顔で頷いて、医学生たちと遠くのテーブルに向かっていった。

「ごめんね。常盤君。美魁もごめん」

気まずそうに嫁は俺たちに謝った。根っこはこういう子だ。優しいところがちゃんとある。いや、あったのだ。俺を裏切るまでは……。

「いいよ。別に。気にしてない」

「ボクも構わないよ。理織世ちゃんのせいじゃないから、気にしないでくれ」

嫁は俺たちの言葉に弱弱しげに頷いた。

「ありがとう二人とも。……あのね。迷惑かけちゃったけど……二人と一緒にテニスがしたかったのはほんとだから……」

少し潤んだ瞳で嫁は微笑んだ。そしてすぐに俺たちの傍から離れていって真柴たちのところへ戻ってしまった。

「ねぇ常盤くん。一つ聞いてもいいかな？」

ミランはどこか重々しく口を開いた。

「なに？」

「葉桐と五十嵐さん。どっちが主でどっちが従なのかな？」

その質問には幾つもの意味が重なっているように思えた。

「ボクは思うんだ。五十嵐さんは稀代の悪女なんじゃないかなって？　他人の人生をその魅力でもって歪め壊していく。まるでファムファタールが擬人化したような化け物。ボクには彼女がそう思えてならない」

「ファムファタール……」

「葉桐がやっていることも、もしかしたら彼女がすべて操っているんじゃないかとさえ思う時があるんだ。彼女が微笑むだけで、多くの権力者たちが、みんなみんな魅了されていったのを横で見たよ。だからかな？　葉桐は五十嵐さんを持て余しているように見えるときがあったんだ。頭がおかしくなりそうだよ。わけがわからない。本当に気持ち悪いよ。あの二人は……！」

ミランが顔を歪めている。何かを堪えるような、耐えるようなそんな表情。そんなに嫁が怖いのか。まあ俺だって彼女に人生をぶっ壊された身だ。果たしてどっちが不倫を持ち掛けたんだろう。どっちが主で、どっちが従だったのか。

「ミラン。なにか抱えてるなら言ってくれ。俺はお前に味方するって決めてるよ」

俺はミランの背中を撫でる。怖がっている人にはこれが一番いいって俺は思うのだ。ミランは柔らかに顔の表情を緩めた。

「ありがとう。君になら話せそうだね。……さっき気がついたんだ。あの五十嵐さんの傍にいた女の子。あいつが葉桐とラブホの前で喧嘩してた女だ！」

「はぁ？　おいおいおい。え？　マジかよ……！」

「うん。あの真柴って子は生徒会には顔を出してなかったから今日までわからなかったよ。

あの様子を見ると五十嵐さんや葉桐とはずいぶんと仲がいいようだね。気取らせないために葉桐は生徒会には真柴を入れなかったんだ。なかなか健気な女じゃないか！　自分を抱いた男の本命の女と親友気取りとはね！　悍ましい！　どいつもこいつも！　あの男の傍にはロクな奴がいない！」

ミランは本気で葉桐たちを嫌悪している。俺だって今の話を聞いて一層真柴が嫌いになった。嫁のあの様子だと真柴と葉桐に肉体関係があることには気づいていないだろう。もしかするとそれが前の世界での嫁と葉桐の別れの理由だったりするのか？　どうにも嫁の周りが不穏過ぎる。俺は結婚してたのに、結局嫁のことが最後の最後までわからず、そして新たなるスタートを切った今でさえもわからない。

「ミラン。お前が逃げたのは正解だったよ。それだけはわかる。俺のところに来てくれてありがとうな」

自然とミランにありがとうと言っていた。よくわからないことばかり。だけどミランが俺のところに来たのは楽しいことだとはっきりしているから。曖昧で姿かたちのわからない闇のような霧の中にいる葉桐や嫁とは違うのだ。そんな人が今、俺の傍にいることがとても幸せだと思えた。

「くく、あはは。君の方がボクに礼を言うの？　くくく」

「ああ、言うさ。ミランが俺のところに来てからもっと楽しくなった。綾城も楪もきっと楽しんでる。だから来てくれてありがとう」

　人と人とが正しく繋がれるのだと、綾城と楪とミランが教えてくれた。憎み合い傷つけ合うのではなく、慈しみ合い笑い合えるのだと。この時代に帰ってこられてよかった。

「そっか！　あはは！　そうかそうか！　もう！　ふふふ」

　ミランは優し気に微笑む。そしてすぐにご飯を平らげて、トレーを持って席を立った。

「ちょっと恥ずかしすぎて人に見せられない顔になりそうだ。ボクは先に失礼させてもらうね」

「おうまたな」

「うん。セレクション、楽しみにしてるよ」

　俺に背を向けて軽い足取りで彼女は歩いていく。ミランの耳が少し赤くなっているのが見えた。彼女に再会するのが、とても楽しみだった。

# 第7章 愛することに運命なんてなかった

Chapter.7
Yomeuma

　あれは前の世界の三年の時だ。就活というクソみたいな現実が見えてきて。いい大学に通ってるのに何もない空っぽな自分が悔しくて、気を紛らわせるために本郷キャンパスにある池、その畔の岩に腰掛けてスケッチブックに鉛筆で絵を描いていた。デッサンは得意だ。自分ではうまいと思ってる。だけど美大の試験での制作課題では落ちてしまった。俺には才能がない。だけど描くことはやめられなかった。そんな時だ。

「あれ？　同期の常盤君だよね？」

　気がついたら嫁が傍にいた。三年間も同じ大学の同じ学科に通っていたのに、喋ったのはその時が初めてだった。俺はドギマギしてしまい、何も返事ができなかった。

「絵を描いてるの？　見せてくれない？」

　嫁は俺の絵を覗き込んでいた。自分の絵をじっと真剣に見てくれる人がいる。それがとても嬉しくて恥ずかしくて。

「あんまりいいものじゃないよ。人に見せられるようなものじゃないから」

俺は自分自身を卑下していた。灰色の世界で上手く生きられない陰キャボッチ。挫折から立ち直れず、何も学べずまた新しい壁にぶつかって砕け散るだけの弱い男。そんな姿を学内でもキラキラと輝いている嫁に見せるのは惨めだった。

「そうかな？　これいい絵だと思うの。ほら。ここの陰影。現実の池よりずっと綺麗に見えるよ。あなたにはこういう風にこの世界が見えてるのね。私もそういう風に見えたらいいのに」

嫁が褒めてくれた部分は自分でも力を入れて描いたところだった。陰キャあるあるだけど、ちょっと優しくされただけで、この人はわかってる人だって思いこむ。ほんと今思えば馬鹿みたい。

「常盤君がこの間作ってた建築模型もかっこよかったよ。みんなはぼろくそに叩いてたけど、そんなことなかった。すごくすごく綺麗な建物だったよ。住んでみたいって思えるようなお家。こんな家で可愛い奥さんやってみたいって思っちゃうようなね。うふふ」

すごく綺麗で可愛い笑顔だったんだ。それだけ。それだけが好きになった理由。それが欲しかった。とてもとても欲しかった。

「おーい！　理織世！　行こうぜ!!」

遠くから男の声が聞こえた。当時の彼氏が嫁を呼んでいた。

「行かなきゃ。じゃあまたね、常盤君」

彼女は手を振って去っていった。俺一人だけが残された。そのあと大学で彼女と話すことはなかった。だけど俺は彼女に褒められたことをずっとずっと覚えていた。俺はそれを励みに頑張った。そして俺が作った建築模型とデザインを見たとある有名建築士が俺のことを大企業の建築設計部門に紹介してくれて就職が決まった。もし嫁が俺のことを褒めてくれなかったら、俺の将来は糞だっただろう。俺の人生は嫁がくれたものだった。だから好きだった。愛していた。それだけのお話だったのだ。

俺は今やこの世界に何の痕跡も残っていない恋のことを思い出して思わずにやけてしまった。とてもいい思い出。だからこそ裏切りが辛かったのだ。

*

俺は嫁を避けている。それは相手にも伝わっているはずだった。

「常盤君！　私が組んであげるよ！」

目の前の嫁は実に楽しそうにそう言った。本音で言えば避けたい。だけど俺にもこの提案を避けられぬ事情があった。忘れていた。大学にだってグループでの実習があるっていうことを。今回建築学科の講義で教授から二人一組で一軒家の模型を造ることを指示された。俺は男子と組むはずだった。だけどうちの学科の男子は奇数であり、男子は一人確実に余る。気がついたときには俺はボッチになっていた。学科内での俺の立ち位置は現在嫁絡みで微妙なところに立たされている。それゆえのボッチ。それを目ざとく見つけた嫁が俺に近づいてきたのだった。ここで断るという選択肢はなかった。嫁以外の誰かと組める気がしない。俺は仕方なく頷いた。もちろん周りの男子たちの視線は殺気に満ちていた。俺のせいじゃない。勘弁して欲しい。

「どんな家作ろうか？　常盤君はどう思う？」

俺たちは製図室のテーブルを一つ借りて資材を集めて悩んでいた。

「どう思うって言われても……」

前の世界のことだ。不倫が発覚する少し前に俺はマイホームの計画を立てつつあった。書斎やらリビングやらキッチンやら自分が妄想して設計して、これから来るであろう未来の幸せを信じて疑っていなかった。それを思い出して若干俺はナーバスになった。

「常盤君だって将来誰かと結婚するんでしょ？　そしたらマイホーム買うでしょ？　想像したことくらいあるんじゃないの？」

おうよ。お前さんと結婚しましたよ。だから想像したくねぇんだよ。

「そう言うお前はどうなんだよ。どんな家に住みたいんだよ？」

「え？　うーん。うん？　そうだねぇ……うー」

嫁は腕を組んで唸る。そしてこう言った。

「でもそれって旦那さんがどんな人か次第かも」

滅茶苦茶めんどくさい答えが返ってきた。というよりも主体性のなさにどこか前の世界での付き合いたての頃の嫁の片鱗を感じる。

「そうか。じゃあ俺も嫁さん次第だな」

「ええぇ。うーん。じゃあさ！　私が常盤君のお嫁さんって設定で考えてみてよ！」

さらに嫌な答えが返ってきた。頭が頭痛で痛い。ついでに腹痛でお腹も痛い気がしてきた。苦痛で苦しくて仕方がない。だけどここで単位は落とせない。

「はぁ……。わかったよ。とりあえずやってみようか」

なんでこんな心えぐられることをしなきゃいかんのか。タイムリープしたら苦痛から逃れられるのではないのか。俺は嫁に呪われているのかもしれない。

一軒家という制約はあるが、それ以外は自由だ。とりあえず一階の設計からして模型を型紙から組み立ててみる。嫁は俺のことをどこか楽し気に見ている。なお仕事はしていない。

「お前も働け」

俺は型紙と鋏を嫁に押しつけて作業を指示する。嫁は俺に言われたとおりに作業を始めた。そしてとりあえず一階部分が出来上がった。

「うわーすご！　常盤君って器用なんだね！」

これでも建築作業員として何年か実際に施工に携わった身だ。これくらいは造作もない。生活動線も完璧だし部屋割りも工夫を凝らした。

「はい。これで一階部分は完成ね。次は二階を……」

「ちょっと待って！　ちゃんと生活しやすいか確かめないと！」

そう言って嫁は型紙を鋏で切り始める。そしてできたのは丸頭に逆三角形のついた男っぽい人形と丸に三角形のスカート穿いたみたいな女っぽい人形だった。

「なにそれ？」

「はい！　常盤君はそっちの男の人の方ね。私はこっち！」

そう言って男の方の人形を俺に渡してくる。嫁は女の人形を手に持ってキッチンに立たせた。

「なにやってんの？」

あまりの奇行に頭がついてこない。

「常盤君！　ほら！　お嫁さんが家で待ってるよ！」

もしかしてこのままおままごとしろと？　嫁の思考回路が全く理解できない……。仕方なく俺は手に持った男の人形をリビングの真ん中に立たせる。

「ちがうよ！　いきなりワープしてきちゃダメ！　ちゃんと玄関から帰ってきて！」

「えぇぇ……そこまでリアルなの？」

俺は人形を玄関前に立たせる。そして玄関を潜らせて家の中に侵入させる。

「ちょっと待って⁉　常盤君！　忘れてることがあるよ！」

「なにを？」

「帰りの挨拶だよ！　はい！　やりなおしー！」

うざい！　はてしなくうざい！　仕方なく俺は玄関に人形を戻してドアを叩くふりをさせる。

「はーい！　いまでまーす！」

嫁は元気よく返事をして、人形をとことこと玄関に向かわせる。俺も人形を動かして玄関を潜らせる。

「おかえりなさい！」

その言葉にずきっと心に痛みが走った。その声の暖かさを俺は今でも覚えていたのだ。

「た、ただ……。ぃま」

俺の声は小さくなってしまった。はきはき喋れる気がしない。

「ごはんにする？　おふろにする？　そ・れ・と・も♡」

嫁はおふざけしてくる。俺はそれをスルーして嫁の人形の傍を通ってリビングに向かう。

「あれれ？　常盤君もしかして照れてる？　うふふ」

「そんなんじゃない。世間の夫婦はそんなことしてない」

前の世界では、ただいまと言われた後、嫁は何も聞いては来なかった。その代わりに優しく俺にキスをしていた。それが俺たちの夫婦の在り方だった。

「今日は肉じゃがだよ！」

嫁の人形はキッチンから何かを運んでくるようなふりをした。そして嫁の人形はテーブルの椅子に座った。俺の人形も嫁の人形の正面に座った。これは知らない光景だ。前の世界で一緒にいた頃、俺と嫁はテーブルに隣り合って座っていた。肩が触れ合うくらいの距離が心地よかった。

「ごちそうさま」

俺はすぐにそう言って人形に席を立たせる。そして何処へ人形を行かせればいいかわからなくなってしまった。オロオロとしてしまう。すると嫁は優し気に笑って。

「いっしょにテレビ見よ」

嫁の人形はテレビの前のソファーに座った。誘われた俺も人形をソファーに座らせる。

その時だった。俺の手の甲が嫁の手に触れた。

「あ、ごめん」

「え、ううん。いいよ。気にしないで……」

嫁の頬が少し赤く染まっていた。俺たちの間に沈黙が流れる。俺はいたたまれなくて、人形を持つ手を上げてこのおままごとを終わらせようと思った。だけど。

「だめ。待ってよ」

人形から手を離して嫁は俺の手を恐る恐る摑んだ。その拍子に俺の手からも人形が離れた。

「こんなのただのおままごとだ」

「でも私は楽しかったよ」

俺の手を握る嫁は微かに笑っている。その笑みはとても美しいものだった。でもそれはもう俺のものじゃないんだ。奪われて失われたものでしかないのだ。

「戻ってきて。続きをしようよ」

嫁は俺にそう言った。だけどこれ以上このおままごとを続ける気にはなれなかった。

「だけど……あっ」

模型の人形たちを見て俺は驚いた。

「うん？　どうしたの？　……きゃ……」

人形たちはソファーの上で絡み合っていた。まるでお互いを求めるように。俺と嫁はそれを見て互いに顔を真っ赤にしてしまった。

「ちょっとリアルすぎるかな……あはは……」

嫁が恥ずかしそうにそう呟いた。さすがにこれ以上おままごとをやれるような空気にはならなかった。俺たちは黙って二階部分の制作に入った。出来上がった家の模型は失われたはずの幸せの形に似ているように思えて仕方がなかった。もう手に入らないものの眩しさがそこにあったんだ。

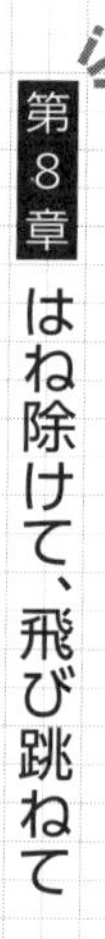

# 第8章　はね除けて、飛び跳ねて

Chapter.8
Yomeuwa

　インカレ大学生劇団のセレクションは渋谷（しぶや）にある劇場で行われることになった。根が陰キャな上に動画サービス上等系現代っ子な俺にとっては劇場とは陽キャ以上にアウェイ感が強い気もした。

「最近はさ、動画サイトとか人気になってるじゃない？　だけどね、やっぱり演技は生ものだと思うんだよ。ボクはもっと多くの人に劇場に足を運んで、役者の生の演技ってのを楽しんで欲しい。ネット越し、画面越しにはない感動がそこにはあるからね」

　ミランは感慨深そうに言っている。今日の彼女はちょっとセクシーに着崩したスーツにハイヒールを合わせてる。俺も彼女に合わせてビジネススーツだ。これが今日の衣装だ。今回の課題の台本はめっちゃ薄い。薄い上にどんな状況なのかも書いてない。これは役者の想像力を試すためらしい。実際他の志望者たちが控室にひしめいているが、みんなバラバラな恰好をしている。時代劇みたいな和装や、洋風のドレス、中にはビーチ設定なのか水着を着ている奴らもいた。変わっていればいいのだろうか？　俺たちみたいな普通の服装は逆に浮いているような気がする。

「へぇ。俺演劇なんて見るのは初めてなんだよね。俺たちの番が終わったら客席行ってみようかな？」

演者たちの身内が応援に駆け付けているので、百以上ある客席はすべて満員だった。綾城や楪も見に来てくれている。地味にマスコミ関係者なんかも来ていて、注目度の高さが窺えた。未来のスターの発掘も兼ねているのだろう。このインカレ学生劇団は過去に何人もの有名俳優を輩出してきたそうだ。だから今日はミランの将来にとってとても大切な日である。

「それはいいね。是非とも見ていって欲しいな。今回は高校の時に演劇の全国大会とかに出て賞を取ってた人たちも出てるからきっと面白いと思うよ。いっそこれを機に常盤くんも演劇に目覚めたりしてみない？　アハハ！」

ミランには過度な緊張や不安は見られなかった。ぶっちゃけ不安はなかった。俺自身も前の世界では今日来ているお客さんたち以上の人たちの前で自身のデザイン設計した建物のプレゼンとかもやったし、国際コンペとかにも参加した。舞台慣れはしてる方だと思う。

「まだ始まらないし、今のうちに喉とか潤しておこうよ。舞台じゃ声が命だよ！　常盤くんの声も少しは良くなるかもしれないしね！　アハハ！」

「うぅぅ！　何で最後まで俺の声はそこまで良くならなかったんだろうな！」

　俺たちは控室を出て、劇場のエントランスにある喫茶コーナーに向かった。

「ボクはけっこうこういう本番前の空気好きなんだよね。程よい緊張が不思議と飲み物とかおにぎりとかサンドウィッチの味を良くしてくれるんだ。それがこの世界で食べ物が一番美味(おい)しい瞬間だと思ってる！」

「ああ、ちょっとわかるかも。共通試験の合間の長い休憩時間に飲む水とか、おにぎりとかはなんか体にすごく染みていく感じがあったな」

「いやぁ共通試験きつかったなぁアハハ！　ボク数学かなりギリギリだったんだよね！　三角関数なんて舞台の上じゃ役に立たないのにね！　うふふ」

　会話にも緊張はなかった。いつものように楽しく話せてる。だけどそんな俺たちの創り上げた『いい空気』をぶち壊すやつが、視界に入ってきたのだ。

「あっ！　美魁(みさき)、やっほー！　それに……常盤君⁉　何でここにいるの⁉」

「え？　五十嵐(いがらし)さんに……葉桐(はぎり)……くん……⁉　うそ……なんで……」

　そ　れ　は　こ　っ　ち　の　せ　り　ふ　だ　！

　驚いたミランは両手で口を覆っている。俺だってひどく驚いた。エントランスの喫茶コーナーのカウンター席に嫁と間男の運命（笑）のお二人がいるんだもの……！

「宙翔(ひろと)から聞いたよ！　水臭いよー！　今日公開セレクション？　オーディション？　をやるんでしょ！　言ってくれればいいのに！　応援しに来たよ！　あはは！」

嫁はガッツポーズを取って、楽し気に微笑んでいる。まるで部活の試合の応援に来たJKのノリだ。というか気になることを言いやがった。間男から聞いた？　俺は葉桐の方に視線を向ける。葉桐は悠然とコーヒーを飲んでいた。この男は多くの人間を従えるだけあって、その姿には威厳のようなものを感じた。別の言葉で言えば、偉そうとも言う。

「やあ、伊角さん。噂で聞いてね。応援しに来たんだ。まあ、君の演技力なら大丈夫だろう。頑張ってくれ」

「え。ああ、うん。ありがとう」

ミランは戸惑っていた。なぜここに葉桐がいるのか。その意図が何なのか全く読めない。プレッシャーをかけに来た？　だけど俺もミランも二人の姿を見たくらいで演技がダメになるほどやわではない。むしろやる気が出てくる。

「応援旗とか持ってきた方が良かったかな!?　私もチアの服着てポンポン振ったりした方がいい？」

とっても楽しそうに応援の話をする嫁。ミランにちゃんとした友情を感じているからなんだろうなと思う。

「いや、それは邪魔だからやめた方がいいと思うよ。あ、そうだ。理織世、さっき当たったスクラッチくじのお金あるから、これで二人の分のドリンクとお菓子を買ってきて」

葉桐がポケットから二千円を出して、嫁に渡した。

「えー？　私パシリなの？　ぶー！」

「くじを外したのが悔しくて、僕に当選金を集りたいんでしょ？　なら行ってきなよ」

「ちぇー。わかったー！　行ってくる！」

嫁は席を立って、ルンルンとカウンターへ歩いていった。

「さて、理織世もいないし、伊角さんに一つ、とってもいいお知らせをしようと思うんだ」

葉桐はニヤリと笑っている。そこにはどこか仄暗い気配を感じてしまう。俺もミランも次に続く言葉を不安と共に待った。

「今日客席にあの天決騎衝先生が来てるんだ。意味はわかるよね？」

「うそ⁉　そんな⁉　あの天決騎衝先生が⁉　そんな」

ミランは目を見開いて口を引き結んでいる。何か怖がっているような感じだ。

「誰だそれ？　有名人なのか？」

俺はミランに尋ねる。ミランは今にも泣きそうなくらいに動揺した顔で言った。

「ボクたち演劇関係者にとっては有名なんてもんじゃないんだ！　世界的にも大活躍している舞台演劇の演出家だ！　あのブロードウェイの劇場で芸術監督も務めている日本最高の演出家だよ」

「はぁ……⁉　そんな有名人がなんで学生団体のセレクションなんかに……葉桐……！お前の仕業か⁉」

俺は葉桐を睨む。これはこいつの仕込みに間違いない。涼し気な顔で葉桐は言った。

「僕は伊角さんの演技力を高く評価している。素晴らしい才能の持ち主だ。だからね。その才能を是非とも世界的にも有名で、業界にも強い影響力を持つ天決先生にご覧になってもらいたくてね！　先生にその才能を見込まれた役者はみんな彼の指導を受けてスターになっているんだ！　はは！　なに！　お礼なんていらないよ！　君の才能ならば天決先生のお眼鏡にも適うことだろう！　君は今日を機に一気に世界に羽ばたくチャンスを手に入れるんだ！」

「……葉桐くん……天決先生にまで人脈があったのか……なら天決先生の悪い話だってよく知っているだろうに……」

「悪い話？　ああ、あれね。お眼鏡に適わなかった才能のない大根役者は業界から追い出されるまで干されるってやつだね？　でもそれは干されるような才能のない役者本人の責任だよ。実際天決先生の演技の才能を見抜く目はだれもが認めているんだよ。伊角さんなら大丈夫だよ！　僕は君が必ず成功するって信じてるよ！　わはは！　あははは！」

葉桐は愉しそうに笑っている。悪辣極まりない。つまり俺たちは一瞬で追い込まれた。今回のセレクションはあくまでもチャンスの一つだ。失敗したって他にも道はある。だけど葉桐のせいで一瞬にしてこのセレクションは、ミランの芸能人生そのものがかかったものになってしまった。ミランの演技にかける意気込みは本物だ。彼女にとって演技とは人生そのものを懸けるに値する夢なのだ。このセレクションでミランの将来が決まる。それは命を懸けたギャンブルにも等しいものなのだ。

「まあ、もしかしたら万が一とはいえ、失敗することもあるかも知れない。その時は僕に是非とも頼って欲しい。きっと何とかしてみせる」

そしてその代わりにミランはきっと何かをこの男に奪われる。

「それでミランに何をさせる気だ？　お前はミランに何を要求するつもりだ？」

「要求？　はは！　僕は友情から手助けするだけだよ！　まあ代わりと言っては何だけど、僕が夢を叶えるためのお手伝いをちょっとはしてもらいたいかなって期待はしてるよ！　くくく」

俺はすっかり忘れていた。ミランも楪も、この男の視界に入っていることを。甘く見ていた。この男が前の世界で見せた執着心。それは嫁以外の者たちへも向かうということ。それを想像さえしなかったことに俺は悔しさだけを覚えたのだった。

俺とミランは嫁がカウンターから戻ってくる前に、控室に戻った。ミランは明らかに落ち込んでいた。隅っこの壁に背中を預けて膝を抱えて座る。

「ごめんね、常盤くん。ボクはとっくの昔にあの男に捕まってたんだ。全部無駄だった。君たちとやったこと全部……あんなに楽しかったのに、あんまりだよ……」

天決という演出家はそれほどに恐ろしい存在のようだ。ここに連れてこられるということとは、最初から駄目出し喰らうのは確定しているってことだ。葉桐が天決に芸能業界でミランを干すように命じてお終い。連れてきたのは確実にミランの心を折るため。同時に俺へのマウントだろう。自分の権力を誇示してる。前の世界でのミランは芸能界では成功していないはずだ。少なくともよくテレビを見るようになった社会人以降では見てないし、知り合いの嫁が話題にも出してないってことは恐らくそういうことだ。ただ夏以降に葉桐はテレビ番組で活躍する。もしかするとその中にはミランはいたのかもしれない。正直に言ってミランを使ってやりたいことを想像するのは恐ろしい。考えたくもない。ミランは葉桐に使い潰される。それがきっと前の世界の結末であり、今この世界で目の前に見えている恐怖だ。

「本当に楽しかったんだよ！　本当に！　あんな風にみんなでワイワイと騒いで遊んで助けられることとなんて初めてだったのに！　なのにぃなのにぃ……うぅ……」

ミランは涙ぐんでいる。まだ溢れてないだけでいずれは涙が零れ落ちるだろう。そんなのいやだ。絶対に嫌だ。今ミランが泣いているのは、俺のせいだ。俺は葉桐を避け続けていた。前の世界で俺はあいつには勝てなかったから。嫁が選んだのはあいつであって、俺じゃなかった。だけど今。今目の前にいるミランは、葉桐ではなく俺を選んで頼ってきたんだ。なのに俺はそんな女の子に何も与えてやれないのか？　いいや。そんなことはない。そうはさせない。俺はミランの目の前にしゃがみ彼女の頭を撫でる。

「ミラン。ミラン、聞いてくれ。今回はあいつに先回りされてしまった。確かにお前の夢はさっきあいつに潰された」

「うん。でもいやだよ。あいつのところに戻るのは嫌だ。夢の他にもあいつはきっとボクから奪ってくつもりだ。あいつの傍にいるつまんない女たちみたいに空っぽになっちゃうんだ。そんなのいやぁ……」

「ミラン。ミラン、大丈夫。大丈夫。俺は今決めたよ。ミラン、俺はあいつからお前とお前の夢を必ず守ってみせる」

「そんなこと。いくらキミでも……」

「出来るよ。絶対にできる。だってお前は俺のことを選んだじゃないか。俺は君に選ばれた。俺と葉桐。その両方を見てお前は俺を選んだ。俺はお前に選ばれた男だ。だから出来るよ。なんだってね！」

　俺はミランの手をひっぱり、ともに立ち上がる。

「あいつが妨害してくるなら正面から倒してやる。そうだな。芸能界から弾かれても、俺はお前のためのステージを作ってやろう。劇場も劇団もお前のために全部与えてやる。お前の夢は俺が預かった。全部全部叶えてやる」

　選ばれた男は何だって出来る。俺はミランに選ばれた。楪も俺を選んだ。二人は葉桐の手を振り払って俺の懐に飛び込んできた。ならば守り育み夢を叶えてやろう。そう思った。

「でも……ボクは、きゃっ！　っ……あ」

　俺はミランの頰にキスをした。ミランは頰を赤く染めて俺を見上げている。瞳は潤んでいる。だけどそれはさっきまでの恐怖のせいじゃない。もっと別の何かだ。俺はミランの赤い瞳を覗き込む。

「ミラン。今の君はとてもいい顔をしているよ。でもこれ以上のことは今はしてやらない」

「……どう……して？　それをしてくれたらボクは……」

「して欲しかったらステージに立て。魅せつけてやろう。葉桐とお偉い先生様に俺たちのステージをな。そして悔しがらせてやれ、どうして自分は俺たちのことを客席から見ているだけなんだってね」

　今回のステージ。政治的な意味で言ったら、もう負けは確定しているんだろう。芸能界で強い影響力を持つ人物さえも押さえている葉桐に今はどうしたって勝てない。あいつの底は浅いのに、作り出す悲劇の闇は深すぎる。だけど今のミランのお芝居にはその闇の中でさえ輝く力があるはずだ。俺たちは必ず未来で勝つんだ。そのための誓いの舞台だ。

「ミラン、舞台に立て。俺と一緒に」

　ミランは目を丸くしている。唇を引き結んで何かを堪えるように拳を震わせて俺の胸に寄りかかってきた。そして顔をあげる。その瞳には確固たる決意の光があった。

「うん！　立つよ。キミと一緒に！　魅せつけてやるんだ！　あいつに！　ボクは葉桐なんかに身を委ねるほど安い女じゃないって見せてやるんだ！」

俺はミランの言葉を聞いて笑う。もう大丈夫だ。

＊

私は美魁の順番を待っていた。思っていたほど演劇は面白いものじゃなかったから。それに同じ台本をずっとずっと繰り返しているのが酷く退屈だった。となりの宙翔は時に頷いたり、なんか蘊蓄を言ってみたりしてたけど、私にはよくわからなかった。誰が立っていても顔が綺麗かどうかとかそんなことしかわからない。

『次は十三番。皇都大学、伊角美魁さんの演目です』

アナウンスが入り、拍手が鳴りひびく。舞台に照明が差して、そこに美魁と彼が立っていた。

「本当に常盤君が舞台に立つんだね。お芝居の経験あるのかな？」

「さあね。でもどっちにしても無駄だよ。彼はもう何もできないんだからね」

また何かよくわからないことを言っている。きっと数合わせで頼まれたって言いたいんだと思う。今日はゲーノー界の偉い人が来るって宙翔は言ってた。その偉い人と宙翔がお喋りしてたけど、私にはただの禿げ散らかした普通のおじさんにしか見えなかった。宙翔の夢はとても大きいらしい。よく知らないけど。だからいつもあっちこっち飛び回って禿げ散らかしたおじさんや化粧の濃いおばさんたちとカイショクばかりしてる。私もたまに連れていかれる。美味しい御飯と美味しいお酒が飲めるから許してるけど、ぶっちゃけめんどくさい。よくわからないお話を聞き流しながらニコニコするのも結構カロリーを使うんだ。宙翔はそれがわかってないからなぁ。そんないやなことを思い出してしまったのが、美魁には申し訳ないなって思う。だけど。そんな私のくだらない思考は舞台から響く男の声で吹き飛んじゃったんだ。

『君のことが好きだ!!』

一瞬心臓がきゅっと締まるような感じがした。常盤君の声がひどく挑発的なのに心地よく私の耳を撫でていったの。

『ごめんなさい。今の私はまだ恋なんてできないの』

美魁は常盤君の告白を断った。何で断っちゃうんだろう。あんなに心地いいのに。普段、常盤君と話していてもそう思っていた。ぶっきらぼうでちっとも優しくないし、きっと私のことをおバカだと思ってそうな上から目線。だけど声は。声は不思議と私を気遣うような優しいもの。宙翔以外の男の子は私と話すとき、いつも声を震わせたり、硬くしてたり、猫撫で声みたいで気持ち悪いのに、彼だけはいつもやさしいの。告白を断った美魁に私は多分怒ったと思う。イラッとした。でもよくよく考えたらそれはお芝居の話であって、美魁の演じる役のことなんだった。

『君の昔はわからない。でもこれからはずっと一緒にいられるんだ！』

常盤君は美魁の手を握る。二人は見つめ合う。美魁ははじめは戸惑っていたのに、だんだんとその顔は笑みに変わっていく。それはそれはとてもとても綺麗な笑み。女の私でも夢中になってしまいそうな綺麗さ。会場にいるみんなも美魁の放つ魅力に夢中になってるのがわかった。

「伊角さんはやっぱりすごい才能の持ち主だね。会場の皆が魅了されてる。理織世もそう思うだろ？」

隣の宙翔が私に声をかけてきた。煩い。宙翔はいつも口うるさい。宙翔が私のためを思って言っていることをわかってるから黙ってるけど、今のは違う。美魁の話なんて私は今したくないいんだから。

「黙って。見てるの。私まだ見てるの」

手を握っていた常盤君は美魁の手を放した。それにちょっと嬉しさを覚える自分がいた。告白を断るような女の子の手を握るのはやっぱりだめだよ。いけない。お芝居の話なのに、どうしても現実とごちゃごちゃにしちゃう。……あれ？　なんでごちゃごちゃにしてはいけないんだろう？　常盤君が誰か別の女の子の手を握っていて何か問題があるのかな？　別の？　別って、何と別なんだろう？　いやだな。こんな風に混乱させてくるのはよくないよ。きっと常盤君は大根役者なんだ。だからお話がよくわからなくなっちゃった。

『ずっと一緒にいて。私の傍にずっと』

『ああ、愛してる。ずっと一緒だ』

気がついたら二人は抱き合っていた。常盤君が美魁を抱いている。だからそういうのよくないよ。どうしてわからないんだろう。やっぱり演技が下手糞（へたくそ）なんだろうな。だから気持ち悪くなっちゃった。今度学校で文句を言ってあげなきゃ。私は席から立った。

「おい、理織世。何で立ってるのさ？　まだ終わってないよ」

「常盤君の演技下手糞だから気持ち悪いの。一服してくる」

もちろんタバコじゃない。常盤君がいつもやってる缶コーヒータイムだ。彼が私を気持ち悪くしたんだから、彼のやり方で気分転換しなきゃ割に合わない。私は劇場の外へ出た。廊下を歩いて外を目指す。早く常盤君のいない場所の空気が吸いたかった。顔が熱かった。そして息苦しくてなにより胸が痛かった。そして後ろから大きな拍手と歓声の音が響いた。よかった。最後までいたら空気に乗せられて常盤君を褒めちゃうところだったんだから。

私は劇場のあるビルの外に出て思い切り息を吸って吐いた。だけど胸のつかえはそれからしばらくおりなかったんだ。

＊

大歓声と大きな拍手に包まれながら、俺とミランは客席に向かって御辞儀をした。演技は大成功だった。客席にいる綾城は親指を立てていた。楪はハンカチを嚙んで泣き笑いしてた。

「常盤くん。ありがとう。本当にありがとう……！　どんな結果でもかまわないよ！　ボクは君とここにいられて本当によかった！」

ミランは半泣きになりながらも笑みを浮かべていた。その笑みはとても美しいものだった。この笑みを葉桐には渡さない。俺は奴の方へ視線を向ける。葉桐は禿げ散らかしたおじさんと何かを話していた。俺たちの方なんかちっとも見ていない。だけどすごく不機嫌そうな顔をしている。それに嫁はそばにいなかった。トイレにでも行ったのか？　だけど嫁は友達が出ているのに途中で抜けるような奴じゃない。嫁の反応が気になるが、葉桐がなんか不機嫌そうな顔してたから、まあいいと納得して俺とミランは舞台の裏に下がったのだった。

そして控室に向かう廊下の途中で、葉桐と謎の禿げ散らかしたおじさんと会った。葉桐は不機嫌そうに俺を睨んでいる。

「伊角美魁だね？　葉桐君から色々聞いてるよ」

「え？　ええ!?　あ、はい！　ボクが、いいえ、私が伊角美魁です！　天決先生！」

この禿げ散らかしたおじさんが噂のパワハラおじさんらしい。顔や服装には特別目立つところはない。だけど瞳だけは違う。なんともギラギラした鋭い瞳を持っている。

「さっきのお芝居。なんだあれは？　どういうつもりであんな演技をした？」

「え……いや……その！　今の自分の気持ちを素直に表現したかったからああしました！」

さっきのお芝居、よくよく考えると俺たちはかなり調子に乗ってたような感じがある。台本のセリフは守ったが、どうせ葉桐のせいで落ちるんだし、後悔のないように全力を出して好き勝手にやろうってお互いに言いあったわけだ。それが良くなかったかな？　でも舞台の上からでも観客の反応は良かったように見えたし、ミランは恐ろしく美しく見えたけど。

「素直ねぇ。まったく若いやつはすぐにこう調子に乗る。お前は早く誰かに躾けられなきゃ駄目だな。全く駄目だ。話にならん」

禿げ散らかしたおじさんはそう吐き捨てて、そっぽを向いてしまう。残念ながらお眼鏡には適わなかったような感じだ。だけど別にいい。俺もミランも後悔はないのだから。だが葉桐は天決のその言葉を聞いて少し調子が戻ったのか笑みを浮かべている。

「天決先生。お二人にははっきりとおっしゃってあげてください。それが彼らの将来のためになりますからね！　ちゃんと反省を生かさないと！」

楽しそうに宣う葉桐を思い切りぶん殴ってやりたい。流石に堪えるが。それくらいにはウザい煽りに聞こえる。

「うん？　今のでわかるだろう？　伊角は躾けなければいけない。じゃないと今後他の演者に迷惑をかけてしまう。あの芝居は駄目だ！　まったくなってない！　せっかく美しい容姿を持ち、それをよく表現できる体をもって生まれたのに、あの感情は本物過ぎる！　それでは駄目だ！　あそこは舞台の上なんだ！　あれでは本物過ぎる！　そういう芝居は長い公演では息切れしてしまう！　まるで原子炉のような役者だなお前は！　危なっかしすぎる！　だから早く自分の力で飼いならすことを覚えなければいけない！　共演者に頼って自分の才能を引き出すのは悪くはない！　だがお前自身の力でより高みを目指すことを視野に入れなければいけない！　まったく！　なんて駄目な役者だ！　話にならん！　本物過ぎる芝居はいらん！　次はもっと美しい嘘をつけるようにしろ！　いいな！」

……何このおっさん？　すごく国語力が試されるんですけど？　世の人々はこれをツンデレっていうのかなぁ？　禿げ散らかしてるからツインテールなんてできないのに？

「あの天決先生。……伊角さんには才能があると？」

「……べ、別にそこまで言ってないだろうが！　この娘はとにかく役者として躾けないといけない！　一から丁寧にやり直さないと駄目なんだよ！　じゃなきゃ舞台に立たせてやれないだろうが！」

やっぱり褒めてるよね？　才能を認めてる感じだ。葉桐も国語力はあるのだからわかってるんだろう。笑みはすぐに消えて、不機嫌さを隠さなくなった。

「天決先生。今日は厳しく仰っていただくようにお願いしたはずですが？」

「ああ、厳しく言っただろうが！　伊角の芝居に駄目出しした！　約束は守ってるぞ！」

「屁理屈だ。僕の言ったことをお忘れですか？」

「わかっている。だが私は演劇については嘘をつかないと決めている！　あの馬鹿のスキャンダルを流したければ流せ！　もともと奴の失態だ！　師として庇って筋は通したつもりだ！　それ以上は知らんな！　ふん！」

天決はどうやら葉桐の味方ではないようだ。会話からすると弟子のスキャンダルが漏れることを庇っているようだ。だがそれは自分の仕事人としてのプライドに勝るものではないようだ。

「っち。わかりました。まあいいでしょう。あなたは代えのきかない人だ。これからも僕との友情は大切にしてくださいね。今回はいいです。ですがあまりにも目に余ることをするなら……」

「ふん。好きにしろ。私には髪もなければ家族もいない。名声も納得いく作品も、もう十分に積み上げてる。人生などいつ終わっても後悔などない！」

「まったく……芸術家は理解できないな……では失礼させてもらいます」

飼い犬に手を噛まれたであろう葉桐はバツの悪そうな顔をしていた。俺たちに向かって悪態をつくことさえなく、その場をすぐに立ち去ってしまった。そしてツンデレハゲと俺とミランがその場に残されてしまった。

「ふん。勘違いはやめろ。お前ら個人のためではない。私には業界のために後進を育てる義務があるんだ。お前の芝居などまだまだだ。せいぜい今後も稽古(けいこ)を怠らず、表現の歓びを追求しろ。いいな?」

ツンデレ禿げ散らかしおじさんはそれだけ言って、颯爽(さっそう)と去っていった。なんだろうカッコいいなって思いました。ミランと俺は互いにくすりと笑った後、彼の背中に向かって礼をした。それは彼の姿が見えなくなるまで続いたのだった。

# 第9章　打ち上げまでのワクワク感は異常

　金曜日の放課後。俺と綾城(あやしろ)たちは田吉寮の広場にて、ゴムボールとプラスティックバットにて野球に興じていた。今日はミランの学生劇団の合否発表が電話で来る予定なのだ。どうせ葉桐(はぎり)あたりの妨害でお祈りが来るのはわかってるけど、それでも俺たちはそわそわしていた。だから野球で気分を誤魔化していたのだ。

「理論上！　この回転数と角度で投げれば綾城さんは100％！　打ち取れます！　ちぇすとおおおおおおおおおおおおおお！」

　ピッチャー楪(ゆずりは)がボールを投げる。意外にしっかりとした球筋だった。なお今日の楪は少し短めのスカート。キャッチャーの俺から見える、少しふわりとするスカートの裾(すそ)から見える太ももが眩(まぶ)しい。だけどそんな天然あざと可愛さも綾城には通じない。

「甘いわ！　理論を根性が超える瞬間を見届けなさい！　ちぇすとがえしいいいいいいいいいいいいいいい！」

　綾城は外角少し低めの球を思い切りスイートポイントでとらえて外野に向かってぶちか

ます。このまま行けばヒットは間違いなし。そう思われたかに見えたが、なんとボールが飛んで行った方向に、ミランが丁度立っていたのだ。

「くく！　あーははは！　これが数学の力です！　なにも綾城さんを直接三振にする必要なんてないんです！　外野のいるところに打たせてキャッチさせればいいだけのこと！」

「そんな⁉　敢えて打たせることであたしを討ち取る⁉　これが捨てがまりってやつなの⁉　恐るべし薩摩おごじょぉ！」

いや、これ普通の野球ですよね？　それにどうせ、なんかこれオチがつくんだよ。そのとき、ミランの懐からピピピと着信音が鳴った。

「電話来た！　みんな電話来たよ！　取るよ！　電話取るよ！　取っちゃうよ！」

フライはミランの横に落ちてころころと転がっていく。

「いやあああああああああ！　計算通りにボールがフライしてるのにぃ！　いやアアアアアアアアアアアアア計算が！　わたしの計算がぁあああああああああああああああ！」

「うぇいええええ！　これが計算じゃ測れない人間の力よ！　楪！　あんたは人の魂を舐めていた！　それが敗北の理由よ！」

綾城はダイヤモンドを悠々と走り、楪はマウンドで青春の涙を流していた。……これが俺たちのクオリティかぁ……！　ここは本当に最高学府なのだろうか？　激しく疑問である。

そして電話応対していたミランが俺たちの方へとやってきた。どことなく困惑気な顔だ。

「えーっとね。ハンズフリーにするからみんな聞いてね」

戸惑いながらも俺たちはスマホに耳を傾ける。すると聞こえてきたのは。

『よう。覚えてるか？　私だ。天決騎衝だ』

まさかのツンデレおじさんの声が聞こえてきた。世界的な演出家がわざわざ電話してくるとか、逆にこえーよ。綾城たちにも天決先生の話はしてあるが、二人とも困惑感を隠せてない。

『まずいい話からだ。学生劇団は不合格だ』

「うぐぅ!?」

わかっていたこととは雖も、ミランはダメージを受けていた。綾城が優し気に背中を撫で、楪が胸元にミランの頭を抱き寄せて慰める。

『あんな演技をすれば学生劇団じゃ迷惑極まりない。周りから浮く演技は駄目だ。お前、あれだろ？　ダンスパフォーマンスとかでもグループで一人だけファンがついてるタイプだろ？　ちがうか？　ん？』

天決先生仰る通りです！　ミランの演技を見ただけで普段やってることもわかるなんて、

これが一流演出家の人間観察力なのか。

『おおいに反省しろ。そして悪い話をしてやろう。お前を躾けてくれそうな師匠代わりの役者や演出家は見つからなかった。知り合いみんなにお前の演技の動画を見せたが、手に余るから嫌だとの回答だ』

「うがぁああ！」

ミランにかなりのダメージ入ってるぞ！　天決先生のツンデレ語を翻訳すると『お前の才能は他の人たちでも持て余すから指導は無理☆』ってところみたいだけど、それでも指導者が見つからないのは今後を考えるとけっこう辛い。

『だからお前の指導は仕方がないから消去法で私が担当することにした。お前のような役者を業界に解き放つのは周りの迷惑だ。お前の躾は私がやる。まあ安心しろ私はパワハラはするがセクハラはしない』

「天決先生！　ボクうれしいです！　ありがとうございます！　パワハラいっぱいお願いいたします！」

最低までの落ち込みから一転、ミランは体全体で喜びを表現していた。こっちも笑顔になるような嬉しがり方をしている。ただ疑問は解消しておきたい。

「天決先生すみません。常盤ですが、疑問がいくつかあります。お答えいただけませんか？」

『ああ、かまわない。葉桐と俺との繋がりを考えればその疑問はもっともだろう。どうぞ』

「葉桐はミランの指導を天決先生がするのを面白く思わないはずですが、それでもミランの面倒を天決先生が見てくださって大丈夫なのですか？　彼女の将来を危険にさらす可能性があるのなら、話は断らなければならない」

『もっともだな。だがその点は心配しなくていい。一つ勘違いがあるから訂正しておこう。葉桐が気に入らないのは、伊角が手元にいないことであって、伊角が成功することではないのだ。俺も葉桐に探りと確認を入れたが、伊角を指導して役者として成功させることそのものには奴にもメリットがあるようだ。成功後に何らかの取引を持ち掛けて自分の陣営に引き込みたいみたいだな。あいつは良くも悪くも伊角の才能そのものを買っているんだ。それが伸びる分にはかまわないようだ』

なんともよくわかんねぇ。葉桐が器が小さいやつなのは間違いないし、悪党なのだ。ミランに妨害を仕掛けてくるんだろうなって思ってたが、その心配はないらしい。

『あいつは色々仕事を抱えている。率直に言って、伊角一人にかまけているわけにもいかないのだろう。言い方は悪いが稲穂が実るのを待って刈りに来る方が効率はいいだろうさ。伊角が芸能界で何らかの妨害にあうことはないと考えてもいいぞ。私もそこらへんにはちゃんと目を光らせておく。お前たちの若々しい演技を見て私も腹くくったさ。葉桐にはしばらく協力するが、いつかは手を切る。伊角、私はお前をいつか対等な仕事相手として演出してやりたい。そう思ったよ。その夢は必ず叶えるさ。ああ、必ずな』

「天決先生……！　ボクはなんて言ったらいいのか……とても光栄です！」

ミランが感極まっているのか涙を流している。これまでの努力が一つ報われたのだ。彼女は意外に苦学生的な生活をしてる。その中でここまでのチャンスを勝ち取ったのだ。嬉しくないわけがない。

『別に気にするな。私が偉いのではない、お前が頑張っただけのことだ。感謝なら隣にいる男にしてやれ。私は何も大したことはしてないのだからな。詳細追って連絡する。所属する事務所も大手の安心できるところに放り込んでやる。お前は自分の芸のことだけ考えろいいな？』

「はい！　わかりました!!」

『ではまたな』

電話はそれで切れた。今回の件はこれで安心だ。努力が報われることほど素敵なことはない。ミランの才能は葉桐の下にいれば輝くことはない。だけどこれで未来が一つ変わるのかもしれない。その予感にドキドキを覚える。

「さっき三人で話してたんだけど、今日は打ち上げすることにしたわ。美魁がなんかあたしたちを誘いたいところがあるんだって」

「渋谷ですよ！　渋谷！　わたし渋谷って通り過ぎるだけで街に降りたことないんです

よ！　楽しみです！　きっと大人な街なんだろうなぁ……」

どうやら女子陣がすでにプランを決めているそうだ。当然俺は。

「いいね！　渋谷！　まさに大学生っぽいじゃん！　楽しみぃ！　ひゅう――――！」

「ほぉおおおおおおおおお！」」

俺たち三人はパリピっぽく右手を天に突き上げて、パーリィーパワーを溜めこむ。

「じゃあ三人とも九時半くらいに渋谷のハチ公前に来て！　待ってるから！」

ミランは打ち上げだからか、シャキッとなって俺たちに場所と時間だけ伝えてから、走って寮の広場を出ていってしまった。

「九時半まで結構時間あるわね？　勉強でもする？」

「そうですねー。図書館なら開いてますし、勉強しましょうか」

「お前ら変なところで最高学府の学生感あるよね。まあ勉強するか」

俺たちは図書館に向かった。約束の時間までは取り敢えず勉強することにしたのだった。

渋谷のハチ公前には時間通りにやってきた。前の世界の死ぬ直前と違ってぶっちゃけ煙いし、道端には吸い殻だらけ。ほんの数年前なのにここまで渋谷って汚かったんだなって思うと過去に戻ってきたんだなってしみじみ実感する。綾城は涼しい顔をしていたが、楪はたばこの臭いに顔を顰めていた。都会の洗礼って感じだ。

「おーう。待たせたぁ？　ぎゃはは！」

「え？　先輩？　なんでここに？」

よく知ってる声が聞こえた。俺に話しかけてきたのは、ケーカイ先輩だった。この間と違ってまともにちゃんとしたオシャレ着を着ていた。

「準備に手間取ってるミサキの代わりに迎えにきたぞー！　さぁついてこいついてこい！」

俺たちは首を傾げたが、ケーカイ先輩がわざわざ嘘をつくこともないと思うので、彼の後ろをついていく。マルキューの前を通り過ぎて、やってきたのはちょっとした裏通り。ラブホがそこここに点在している。

「あの時のわたしって宿泊だったんでしょうか？　休憩だったんでしょうか？　はは！」

楪が興味あり気な、同時に嫌悪感のような、自嘲的な笑みを浮かべながらラブホの料金表を見ている。自虐ジョークにできるくらいにはあの日のことも心の中でケリがついているのだろう。俺よりも遥かにメンタルが強いと思った。

「お前たちの打ち上げ会場はこちらとなりまーす！　あはは！」

そこはムーディーな看板が立つ、所謂クラブと呼ばれる場所だった。看板によれば開店は十時からのようだが、チャラい奴らがすでに列を作っていた。入り口にはガードマンっぽい屈強な男たちが立っている。

「あらあら。そう言えば美魁ってあちらこちらのクラブでダンサーやってるって言ってたわね。これは楽しみね！　あたしもさすがにこういうところははじめて！」

「……これが東京……⁉　ギャルゲーや乙女ゲーでこんなスチルは見たことないですぅ！きえええええ！」

女子二人はワクワクしているようだ。俺もかなりドキドキしてる。

「いいね。うぶくていいね！　お前らはミサキのダチだから特別待遇で入れるってよ！VIPルームにテーブルをリザーブしてるんだと！　よかったな！　ぎゃはは！」

ケーカイ先輩が入り口の方に向かいガードマンと何かを話した後、俺たちを手招きして呼び寄せる。そしてまだ開店前なのに俺たちは中に入れてもらえた。

「ダンジョンですかぁ！　ここダンジョンですかぁ⁉　きゃー！」

まだ人がいないホールをスタッフが最終確認のために行きかっている中、俺たちは奥に向かって悠々と歩いていく。顔を真っ赤にしてぴょんぴょん飛び跳ねて楽しんでいる楪はかわいい。

「へぇ。なかなか素敵な空間ね。ここで男女が退廃的に過ごすのね。うーん。ろまんてぃーっく！」

綾城は綾城でいつもよりテンションが高い。非日常な空間はいともたやすく人を狂わせるのだ。そして俺たちは奥の方にある青い光に満ちた落ち着いたエリアに辿り着く。半円状に仕切られたテーブルとソファーが並ぶ空間。その一つのテーブルの上に『常盤組』と書かれた小さな黒板が立てられていた。

「はーい、常盤組のみなさんどーぞ！　本日はこちらのビップ席でお楽しみくださーい！ぎゃは！」

ケーカイ先輩がコンシェルジュのように俺たちを席に案内する。綾城と楪はきゃっきゃと楽しそうにソファーに座る。俺もまた座ろうとしたのだが。

「おめぇーの活躍は聞いてるぞ。カナタ。お前の席は奥の上座だ！　堂々とすればいいさ！　ぎゃはは！」

先輩にそう促されて俺は奥のソファーに座る。両側に楪と綾城がいてなんか凄くリッチな感じ。

「これはもうニューヨークのマフィア感ありますよ！　いいですねぇ！　すごくいいですよ、カナタさん！」

楪さんのアメリカンマフィアスキーはいったいなんなんだろう？　綾城もうんうん頷いて。

「そうしてると成金ＩＴ長者みたいでいいわよ！　株式上場を目指すアットホームな職場です！」

それは絶対にブラック企業です。

「褒め言葉として受け取っておくけど、それにしてもここ……」

「「あがるー！　うぇ――い！！！」」

誰しもがパリピをウザがる。実際ウザいし迷惑をかけられることはよくある。だけど遠くから見て楽しそうだなって思う時もまたあるのだ。

「ドリンクと乾杯はミサキがまだ準備してっから遠慮してくれ」

「ミランは何してるんですか？」

いったい何をするつもりなんだろうか？　おもてなししてくれそうなニュアンスがあったけど？

「うん？　まあ開店して店の中の人流が落ち着いたら、Cホールに行ってくれ。あとこの席は今日はお前らのモンだから自由に休憩場代わりにしろ。取り敢えず腹減ってるだろ？　軽食をサーブしちゃるよ！」

ケーカイ先輩が手を叩くとスタッフたちがポテトとかハムとかの軽いつまみを持ってきてくれた。さっきまで勉強しかしてなかったのでとてもありがたい。

「じゃあ！　俺はナンパしてくるからバイバーイ！　ミサキにはおめでとさーんって言っておいて！　ぎゃはは！」

ケーカイ先輩はそう言って、さらりと消えてしまった。あの人マジで謎いな。俺たちは取り敢えず軽食をつつきながらオープンと人流が落ち着くのを待った。

＊＊＊クラブの中、移動中！＊＊＊

ここのクラブ、マジでダンジョン？　ってくらいに広い。様々なエリアがあってかかっている曲も全部違うし。行きかう人々はみんな踊ったりナンパしてたりして陰キャが生きていける空気ではないように思える。実際楪は最初のうちは人ごみにおっかなびっくりしてたが、俺が彼女に俺の腕に掴まるように指示した後は、楽しそうにしていた。

「もうなんかこう！　空気感が！　すごいんですよ！　音がお腹を震わせるし！　目がチカチカするし！　でもなんか顔がにやけてにやけて仕方がないんです！　あはは！　あははは！」

俺の腕を取る楪は恥ずかしいような興奮しているような不思議な笑みを浮かべている。普段見せる数学者としての真剣な顔とのギャップがいい。

「へーい！　DJ！　もっと爆音！　激しくふぉ――――!!」

逆に綾城姐(ねえ)さんははっちゃけてる。さっきから無駄に高いテンションですれ違う女子とハイタッチしてる。男子にやらないあたりにはなんか育ちのよさというか弁(わきま)えを感じる。そして俺たちはCホールに辿り着いた。そこはDJがいて人が踊るような感じではなく、ライブハウスのような雰囲気だった。ステージがあって、お客さんたちが何かを待っているような雰囲気。

「ふむ。ミラン殿が緊急ライブを行うと聞いて馳せ参じたでござるが、まさか渋谷一のクラブとはまさに感無量である……」

「左様。ミランたんがとうとう本気を出してしまったということぶひょひょひょ。世界の終わりと始まりが今日まさにここにて開かれる……」

なんだあいつら？　とある一団だけ明らかにおかしかった。お揃いの半纏を着た男女の群れ。彼ら彼女らの手にはライトが握られている。クラブの雰囲気に全く馴染んでいないが、彼らはどこ吹く風である。

『さあ皆さまお待たせしました！　ミランの緊急ライブのはじまりだぁ！』

「「「うおおおおおおおおおおお！！！」」」

チャラい奴らも半纏の謎集団も等しく手を突き上げて雄たけびを上げる。ここにいる連中、共通点がないくせにみんな気合入り過ぎてる……！

『みんなも知ってる通りミランはうちだけじゃなく都内のあっちこっちで流しのダンサーをやっててファンをコツコツ積み上げていった苦労人だ！　そしてとうとう今日！　ミランが正式に芸能事務所に所属することになったという嬉しい知らせが舞い込んできた!!』

「「「ミ・ラ・ン！　ミ・ラ・ン！」」」

……なんだろう？　ここだけクラブって感じじゃなくて、ライブ会場みたいなんだけど？　どういうこと？

『こんな風に近い距離でミランを見られるのはこれで最後かもしれねぇ！　みんな！　上げてこうぜ！』

「「「おおおおおおおおおおおおおおおおおおおみらああああああああああああああああああああああああああああああああんんん!!!!」」」

ファンたちの声が一体となってホールに響く。そしてステージが激しく光ってミランが登場した。セクシーでありながら可愛らしい衣装を身にまとっている。スカートが短くて中が少し見えそうだけど、きっとスパッツだからとても悔しいです！　そして激しい曲がかかる。みんなが知っている有名曲のカバーが流れ始める。

「きゃー！　伊角さんですよ！　素敵！　なにあれ！　すごくかわいいです！　きゃー」

「なにこれアイドル？　あら？　あの子役者目指してるんじゃなかったっけ？」

綾城は首をしきりに傾げている。俺もその気持ちはよくわかる。

「まあそのはずだけど、芸能人は何でもやるからなぁ」

ミランと一緒に演劇練習して、聞いたのだが、役者ってわりとなんでもできなきゃいけないらしい。ミラン本人はミュージカルが特に好きだと言っていたし、こういうのも多分ありなんだろう。うん。

「「「「ミ・ラ・ン！　ミ・ラ・ン！」」」」

ミランの美しくてエモい歌声とどことなくエロくてエモいダンスに観客は一気に夢中になる。それだけじゃない。ミランに興味のなかった普通の客すらホールの近くを通りかかり歌を聞いただけで、ここに楽し気にどんどんと入ってきたのだ。そして彼ら彼女らもステージに向かって手を振り、音楽に合わせて共に踊り始めている。彼女のパフォーマンスが見知らぬ人すら魅了しているのだ。圧倒的オーラ。今のミランはノリにノってるのだ。

「ねぇねぇカナタ。あの先頭の客なんだけど、見てくれない？」

「ん？　どれどれ……あっ……」

先頭の客とホールの両サイドの壁の前で半纏をつけた奴らがライトを振ってオタ芸してた。よく見ると楪もそこにシレッと交ざってオタ芸してた。陰キャな君が明るくなっちゃってとても嬉しいよ！　楽しそうで何よりだ。

「この魅了の力はすごいわね。あたしも何もかもを忘れて陶酔して踊り狂いたくなるほどの熱量！　興奮！」

実際さっきから綾城は曲に合わせて綺麗にステップを踏み手を振って踊ってる。なんというか意外にダンスが上手。こいつ教養もあるし、こういうダンスもできるし、どういう教育受けたんだろう？　気になる。

「だけどなんでしょうね？　普通音楽とかライブってチャラ系はチャラ系、オタ系はオタ系で分かれるのに美魁の芸にはそれがないわ。満遍なくすべての人を受け入れる。そう。

彼女はきっと理想主義なのよ。それ故にファンたちは特定の属性には染まらない……」

「なにが言いたいの？」

「その理想主義は処女というよりもやっぱり童貞っぽいわよね！　ほら！　理解のある彼くんってているじゃない！　ビッチとくっつく童貞くんみたいな！　あんな感じよね！　美魁って！　だから彼女は童貞女を捨てられないのよ。ぷぷぷ。素敵ね！」

　童貞がビッチな彼女のすべてを受け入れるように、ミランの芸もまたすべての人々をエモく包むのである。すなわち童貞は最強に優しい人なのである。

「結局童貞かぁ！　童貞は呪われてて捨てられないのかぁ！　こじつけもいいところだぁ！　ああ！　ひゃっはー！」

　俺ももうツッコミに疲れた。なので綾城に合わせて一緒に踊る。俺、実はリープした後、ダンスの練習しちゃってたんだ。その成果を今見せてやろう！　そして俺たちはミランのライブが終わるまで踊り続けたのだった。


　ミランはライブが終わった後、俺たちのテーブルにやってきた。アイドルっぽい服からミニのプリーツスカートにへそ出しのタンクトップという実にチャラい感じの服に着替えていた。

「やあ、おまたせ！　どうだったボクのライブ！　楽しかったでしょ！　あはは！　あれだけ多くの人を巻き込めるんだからもう童貞とは言わせないよ！　あはは！　あははは!!」

ミランはとても自信に満ちた笑みを浮かべている。だが綾城大先生によれば、誰も彼もをファンとして受け入れることができる理想主義とは、ビッチと付き合う童貞のような理解ある彼くん的仕草なので、ミランは結局童貞のままである。だが綾城は分別のある女なので。

「そうね。あなたはこれからは非童貞女（童貞を捨てられたとは言ってない）と名乗りなさい。それくらい素敵なライブだったわ。打ち上げのスタートダッシュには素晴らしいものだったわよ」

「ふふふ！　だよね！　ボクは非童貞女なんだよ！　あはは！　あははは！」

童貞女も謎いが非童貞女はもっと謎い。むしろ何が出来たら女は童貞を捨てられるんだろう？　すごく興味深いです。

「じゃあ全員揃ったし、そろそろ始めようか！　全員グラスを持てぃぃぃ！」

「「「うぇーい――――――！！！」」」

俺は立ち上がり、シャンディガフの入ったグラスを掲げる。綾城はワイン、楪は焼酎、ミランはストレートジンのグラスをそれぞれ掲げ。

「ミランお疲れさまでしたぁ！　おめでとう！　かんぱ————————い！！！」

「「かんぱ————————い————————！！！」」

全員で乾杯をし、それぞれがそれを一気に飲み干す。

「「「ふぁあああああああああああああああああ!!!!　いいぇえええええええええええええええええええええええええええ！！！」」」

ここはクラブ。五月蠅くしたって誰も俺たちにかまったりしない。ＤＪの爆音がすべての喧騒を流し去ってくれる。やっとアルコールの入った俺たちはそれぞれにハイタッチして、テーブルに並べた様々な酒を次々と飲んでいく。そしてアルコールは俺たちに素晴らしい一時の楽園を見せてくれたのだ。

＊＊＊皆さんアルコールが入っております！＊＊＊

＊＊＊キャラがぶっ壊れてますよ！　ひゃははは！＊＊＊

「葉桐のあの顔最高だったよ！　ボクはあの顔だけでテキーラ三杯はいけるねぇ！　テキーラぁあああ！」

「だよなぁ！　俺もあいつの顔を思い出すだけでマジでテキーラぁあああ！」

俺とミランは、やたらと気取ったポーズを取りながら、五百円玉を親指で弾いてスタッフに渡す。そしてスタッフもまたかっこよく五百円玉をキャッチして、すぐさまテキーラのショットを二つ出してきた。俺とミランは腕を組んで、互いの手のグラスからテキーラを飲ませ合う。心地よく喉が灼ける快感がとっても気持ちいいです！

「綾城さん！　わたしもあれやりたいです！」

「いいわねぇ！　でもあたしはあれね！　ごにょごにょ」

「きゃ――――――！　やりますぅ！　テキーラ一つぅ！」

楪はテキーラを頼み、そのショットグラスをなんと胸の谷間に挟み込み、綾城はそこに口をつける。

「ひゃははは！　バカ！　マジで馬鹿！　ひーははは！」

俺はスマホでその様を動画に撮る。素面になったら絶対に弄ってやるんだ！

「数学科のくせにまじでばかｗｗｗｗｗ！　ボクもちゅーちゅーしたいです！！！」

綾城と交代して楪の谷間のグラスからテキーラをチューチューするミラン。だから童貞臭いんだな！

「もう二人とも！　赤ちゃんですかぁ！　ていうかわたしこれじゃぁ飲めないじゃないですかぁ！　あはは！　あはは！」

テキーラは最高のお酒です！　てきーら！　てきーら！　てき――――ら――――――！

＊＊＊皆さんテキーラ入りました！　テキーラ！＊＊＊

ミランが楪にダンスのやり方を教えていた。俺と綾城は隣でベリーダンスを踊っている。

「いいかい？　重心は気持ち低くして」

「それって具体的にはどれくらいですか⁉　ちゃんと厳密な定義で答えてください！　この世界はすべて数字にちゃんと変換できるんですよ！」

二人は重心を低くしながら何かを言い合っている。どうせ馬鹿な話だ。俺と綾城はベリーダンスをさらにベリーにしていく。

「出たぁ！　理系ハラスメントだぁ！　ふぉう！　だからあれだよ！　あれ！　気持ちなんだって！　低い気持ちなんだって！」

「低い気持ち……。アハハ……わたしなんて……オタサーの姫にもなれない程度のぶちゃいくなんで……ははは、ひゃははははは！」

楪は陰キャな引き笑いを浮かべたと思ったらすぐにハイな笑みを浮かべる。俺と綾城はベリーダンスからヘッドバンキングに切り替えた。

「それ陰キャ！　低いんじゃなくて！　暗いやつぅ！　ひゃはは！　いいかい！　腰はこうだよこうだよ！　腰をｓｉｎ、ｃｏｓみたいなカーブ意識して魅せつけるんだよ！！！」

「あー！　わたしの数学ネタ取った！　わたしのキャラ取らないでくださいィ！　わたしから数学取ったらおっπしか残んないんですよ！　３・１４１５Ｐ！！！　３・１４１５Ｐ！！！」

「そこはゆとり仕様でいいでしょ！　３Ｐ！　３Ｐ！　３Ｐ！」

やっとこさ楪も腰の振り方がわかったらしい。二人はリズムに合わせて腰を振ってセクシーに踊る。ついでに楪はおっぱいも揺れる。ところで3・1415Pってどんなプレイ？　小数点以下の人は何者？　俺と綾城は社交ダンス風ヒップホップベリーダンスを踊った。せかいはこんらんしている！！！

＊＊＊世界がグルグルと回るような酔いっていいよね！＊＊＊

綾城がどこからか扇子を手に入れてきて、女子しか立ってはいけないお立ち台のところでソロダンスしている。男たちがめっちゃ群がってたがクラブのルールで触れるとアウトなので、みんな触らず近くで踊るだけ。

「バブルよもう一度！　国民一人一人に扇子を配ってバブルな扇子ダンスをやりましょう！　ボディコン！　肩パッドスーツにしゃぶしゃぶ！　ウーパールーパー！　スキー！　DJ！　懐メロプリーズ！」

ザ・綾城ゾーンって感じな空間が出来てた。そこだけ懐かしきバブルな日本の風景があるように感じられた。地雷系とかいう現代の闇ファッションを好んでいるくせに、昭和好きなのか？　あいつまじで謎である。そろそろあいつのことをもっと深く知りたいとそう思ったのだった。

＊＊＊恒例のネタ行ってみようか！＊＊＊

深夜三時を回ってきたくらいの頃だ。俺たちはテーブルに戻ってちびちびと酒を愉しんでた。さっきからやってた馬鹿なことを振り返る時間がとても愛おしい。

「人生で初めて陽キャになった気がします！　とても楽しかったです!!」

「そうね。楽しかったわね。楪は成長したわね。流石あたしの弟子ね。ほめてあげりゅぅ」

綾城は楪を胸に抱きよせてナデナデしてる。

「そういえば美魁も授業で男に声をよくかけられるんじゃない？」

「あー。うん。すごく多いね。困るんだよね。あはは。ボクけっこう授業は真面目に受けてるから邪魔で仕方ないんだよね。あいつ等のせいで女子たちにもなんか睨まれがちだしね。アハハ……いやわりとシャレにならないな……」

ミランが若干暗い表情を浮かべる。そんな顔を見ながら綾城は、ニチャニチャとした実に悪そうな笑みを浮かべる。

「そんなあなたにお薦めの商品がこちら！　常盤奏久くん！　マフィアがおぉおおん!!」

まるで可愛いライオンのように吠える綾城。そして胸に警報音が鳴る俺。

「美魁！　すぐに常盤の膝の上に腰掛けなさい！　そして腕をそいつの首に絡めて！　いますぐに！」

「う、うん!?　わかった。えーっと失礼します……！」

ミランはおそるおそる俺の膝の上に腰掛けて腕を俺の首に絡めてくる。膝のお尻の感触と俺に触れる胸の感触が柔らかか気持ちいい。

「いいわね！　どう楪⁉　いい感じでしょう⁉」

「あーこれはいいですねぇ！　ベガスで大勝ちした一匹狼アウトローとバニーちゃんみたいな感じでとてもグーですねぇ！　エロエモです！」

俺の属性がドンドン盛られていくよ。俺って頑張って大学デビューして彼女が出来たキョロ充くらいのポジションになるのが関の山だと最初は思ってたのにどうしてこうなった？

「美魁ちゃぁん！　ほらほら！　エッチな顔して！　はやくぅはやくぅ！　役者魂！　見せてみろぉ！　きゃははは‼」

スマホを構えた綾城はミランを煽る。

「言ったねぇ！　魅せてあげるよ！　ボクの演技を！　カナタくぅうん！　しゅきぃいいあへ！」

ミランは媚び媚びでとってもエッチな発情した笑みを浮かべる。なのにあいも変わらず清潔感のある、何処か矛盾した、だけどとても美しい笑みだった。これが天決先生の見込んだ才能である！

「いい顔よ！　はーいちーずぅううううう！」

パシャリとそのミランの笑顔と俺の姿があっさりと写真になってしまった。

「この写真で近寄る男たちを追っ払いなさい。ボクはこの人のダーリンなの！　ってね！」

綾城さんは俺のことを何だと思ってるんだろう？

「いいねそれ！　ボク、その写真ガンガン使わせてもらうよ！　アハハ！」

ミランは写真を見ながらケラケラと笑う。セフレ↓セカンド↓ダーリン。基準がよくわかりません！

「え？　ダーリンって女の人にも使えるんですか？　女の子ならハニーじゃないんですか？」

楪が首を傾げている。俺もそう思うのだが。

「ダーリンは女への呼びかけにも使うのよ。これだから理系は困るわね！　ロマンがないわロマンが！　きゃはは！」

「文系ハラスメントだ！　ふわっとした雑学許せない！　数学を勉強しろ！　三角関数を知らない人間なんて大嫌いだー！」

綾城の煽りは理系の俺たちには大ダメージだった。これだから文系は！　理系と文系はきっと相いれないのだ。

「さて、そろそろ出ようか。閉店は四時くらいだけど、それだと混んじゃうんだよね。その前に出ないとね……チラ」

「そっかー出なきゃ駄目なんですかぁ。すごく楽しかったなぁ。わたし、とっても楽しかったなぁ。でもこれでお終いですかぁ。ちら」

「そうね。全ての物事には終わりが来る。だけどきっと思い出は残るのよ。それにまだこの熱は消えない。そう消えてはくれない。ぱんちら」

女子たちが俺の方に何か期待するような眼差しを向けている。仲間になりたいのかな？もう仲間だよ。まあ要は二次会を期待しているのだろう。始発まで時間はあるし。

「そうだな！　踊ったし、次は歌うか！　カラオケにでも行こうぜ！」

「「いえええええええええええぃ！」」

正解だったらしく女子たちは楽し気にハイタッチしてた。こういう時は男がリードしないとね。そして俺たちはクラブを出た。

＊＊＊問題です！　円山町（まるやまちょう）の名物を答えなさい！　ヒント、カラオケ！＊＊＊

渋谷の街は坂だらけだ。アップダウンがなかなか足にくる。コンビニで持ち込み用の酒を買った後、俺は缶ビールを飲みながらカラオケ店の方へ歩いていった。女子たちがなんかの酒を飲みながらスマホを見て、何かお喋（しゃべ）りしていた。

「カラオケ屋を調べたらね。これが……」

「あ！　そう言えばそうだ！　たしかにカラオケもあるって聞いたことあるよ！」

「ひぇええ！　マジですかぁ!?　でもこの人数でも、え？　複数ってオーケーなんだ。3・1415P？」

「それに今からカラオケ行っても正味二時間くらいしかいれないわよね？　それははなはだわろしじゃない？　いとおかしく時間をすごしたいわ」

「文系ハラスメント！　たしかに六時で終わりらしいですし、でももっと歌いたいですよね」

「それに部屋も綺麗だし、ソファーもベッドもあるし、あり？」

「ありですねぇ」

「ありよね」

「「「ありありありありあり！」」」

何あの魔女会議？　なにを決めちゃったの？　そして楪がとてとてと俺の前まで歩いてきて。

「わたし、すごく疲れました……休憩したいです……！」

さらにミランも俺のそばにやってきて。

「ボク、落ち着ける場所に行きたいなぁ」

そして綾城が俺の肩を叩いて。

「さきっちょだけ！　さきっちょだけ！　天井の染み数えてるうちに終わるからさぁ！　なぁなぁ！　なんもしないって！　最近はあれだよ！　映画も見れるんだってカラオケもあるし！　ちょっと高い漫喫みたいなもんだって！　って感じどうかしら？」

とラブホの看板を見ながら宣い始める。ああ、まあ、ありますよねカラオケも。

「ほんとにカラオケだけ？　なにもしない？」

「しないしない！　大丈夫！　何もしないから！　ね？　ね？　いいでしょ⁉」

綾城はニチャニチャと笑ってる。楽しくて仕方がなさそう。下ネタ女王ならラブホには興味があるだろう。

「カナタさん！　わたしは！　今日！　トラウマを乗り越えます！」

そっかー楪は自分の力でトラウマを乗り越えちゃったかぁ！　強い子になったねぇ。

「これはあれだから！　役作りの一環だから！　別に何もしないって！　大丈夫だよ！　あれだから！　こんなのただのカラオケルームと変わんないよ！　アハハ！」

ミランさんの必死さが童貞臭い。やっぱり童貞を卒業できてなかった。いとあわれなりけり。

「まあ、今からカラオケ屋に行ってもあんまり歌えないしな。何もしないならここでもいいか」

女子ーずは無言でハイタッチをキメている。そんなに楽しみなのかラブホテル。まあ陽キャのグループとかは終電逃したときにラブホに泊まったりするって聞いたことあるし、そんなもんかもしれん。俺たちはそのまま近くのラブホに入った。とくに咎められることもなく部屋を取り、無事に部屋に辿り着いてしまったのである。

部屋に入った瞬間、綾城はテンション高めにベッドに向かっていった。

「ふぅ！　一番のりぃ！」

ベッドに仰向けに寝そべり足をジタバタさせて楽しんでいる。俺は瓶ビールを飲みほしながら動く足とはためくスカートを見ていた。だけどこの女いつだってパンチラだけは拝ませてくれない。どんだけ鉄壁なんだよこいつのスカート。俺はビールの瓶をテーブルに置いて、楪の方へ行った。

「キエエエエエエエ！　ここがラブホテル！　思ってたより地味ですね！　もっとギラギラに輝いてるんだと思ってました！　普通です！　メッチャ普通！　あはは！　あはは！　あー！　でも見てくださいカナタさん！　お風呂！　お風呂の壁！　透明ですよ！　いやん！」

楪は部屋のあちらこちらを探索してはうんうんと頷いて回り、最後に辿り着いたお風呂場でものすごく楽しそうに興奮してた。そして透明な壁の裏側に回り込む。俺とはちょうど硝子の壁越しに見つめ合うような状態になった。

「一発ギャグやります！　パントマイムしようとしておっぱいデカすぎて壁に手が触れられない人の真似！　チェスト――――！」

そう言って楪は壁におっぱいを押し付ける。手を一生懸命硝子の壁に向かって伸ばすが届かない謎の演技をはじめる。可愛らしくも壁に押しつぶされるおっぱいがなんかエロいので俺は笑ってしまった。

「とどかないよー！　なんでー!?　どうしてー!?　あれぇ？　おっぱいが邪魔だ！　でもこれ取れないよ！　壁に手が届かないよぅ！」

「ぶっ！　そのギャグズルい！　ひゃははは！」

当然これもスマホで撮ってる。素面の時にこれでいじめてやるんだ！

「ところで伊角さんはなんで、さっきからカナタさんの袖をぎゅっと握ってるんですか？」

パントマイムごっこをやめて、楪が俺のそばにちょこんともじもじ立っているミランに尋ねた。

「さっきさ……他のお客さんのカップルと廊下ですれちがったよね？」

「そりゃここはホテルだし、他のお客さんもいるし、すれ違うのは当たり前ですよね？」

「あのカップルが今頃、……エ……ッチ……してるって思うとなんかその……すごく恥ずかしいんだ！　ボクこんなに恥ずかしい気持ちは初めてだよ！」

ミランは両手で顔を覆っていやんいやんと首を振っている。

「「うわぁ、まじで童貞っぽい！　ぎゃははは！」」

俺と楪はミランの初心いを通り越してもはや童貞丸出しな仕草に爆笑してしまった。その時ベッドの方から綾城の声が響いてきた。

「みんな来てー！　とんでもないものを見つけてしまったわ！」

何となくオチはわかってるけど、綾城の方へと向かう。

「へぇい！　楪パス！」

綾城は何かを満面の笑みで放り投げる。それを楪はキャッチした。

「こ、これは！　いやん！　女の子なのにこんなのに触っちゃった！　伊角さんパス！　童貞のあなたにはこれが必要です！」

楪は顔を少し赤くして、それをミランにパスした。ミランは華麗にそれを受け取ってそれの正体を知って、あわあわと慌て始めた。

「こ、これってあれじゃん⁉　コンドーム⁉　嘘⁉　つけなきゃ⁉　ボクは童貞だからこれをつけないと！　ってボクにつけられるところはないよ！」

ミランは綾城の方にそれを投げた。そうそれはみんな大好きコンドームさん。まだ封は開けられていない。綾城はそれをキャッチして、何の戸惑いもなく開封する。そして俺がさっきまで飲んでいた瓶ビールの口に被せる。

「おい！　お前何処に被せてんだよ‼」

「あんたがビールで妊娠しないようにしてあげてるのよ！　ほらぁ！　咥えろ！　咥えろぅ！」

綾城はゴムが被せられた瓶ビールの口を俺に近づけてくる。実に楽しそう。こんなセクハラありですかぁ⁉

「何もしないって言ったじゃないですかぁ！」

「先っちょだけ！　先っちょだけでいいから！　おーほほほ！」

俺の頬っぺたにゴムのかぶさったビール瓶をツンツンと押し付けてくる綾城さん。こんな意味不明な状況は初めてです！　楪は近くでそれをスマホで撮ってる。

「カナタさん！　その顔いただきです！　後で待ち受けに設定しちゃおうっと！」

「や、やめろ！　そんなのが他の人に見られたら！　俺の大学生活が！　これ以上の悪評はノーサンキューだぁ！」

俺はビール瓶の口につけられたゴムを剝がして綾城にパスする。綾城はそれをキャッチして、そこにワインを少し注ぐ。

「いぇえい！　見てるぅ⁉　これが常盤君の処女を奪ったゴムでーす！　ほらぁ！　こんなに破瓜の血がべっとり！」

綾城はそれをキャッチしてきゃっきゃと楽しそうに指でつまんで楪のスマホに向かってドヤ顔決めてる。悪趣味極まりない！

「いいこと思いつきました！　どうせならそのコンドーム水筒でカクテル作りましょうよ！　芋焼酎いれまーす！　きゃはは！」

芋焼酎をワインに足す。それカクテルかな？　なんか違くない？　そしてそこに。

「ボクは童貞じゃない！　ジン！　決めてくれぇ！　インサート！　ほぉおおお！」

ボトルからコンドームさんにジンが注がれる。だからカクテルじゃねーよそれ。

「あは！　こんなにヤバい酒はじめて！　誰からイク？　じゃなかった飲む？」

コンドーム水筒がパンパンに膨らんでいた。なんだろうこのすげー間抜けな絵面。だけど果たしてこのコンドームくんに女性陣の口をつけさせていいものだろうか？　俺は激しく悩んだ。そして。

「俺行きますよ！　みんな見ててくれ！」

俺はコンドーム水筒に口をつけてその謎のカクテルモドキを一気に飲み干す。ぶっちゃけ不味（まず）い。なんというか普通に美味（おい）しくない。だけどアルコールの回ってくる感じと喉（のど）を適度に焼くような感じはよかった。

「ぷはぁ！　ごちそうさまでした！　あひゃ！」

コンドームくんはしなしなに空っぽになった。

「「ふぇえええええい！　かーなたくーん！　ロストヴァージンおめでとう！！！」」

「ありがとうみんな！」

何だろうこのノリ。まあいいや。だって楽しいもの。こうして二次会がスタートしたのである。

「マジでカラオケあるんですね。ふふーん。実はわたし……はじめてなんです……！」

ベッドの上に座る楪がどことなく恥ずかしそうに顔を伏せる。

「安心しなさい。美魁も初めての童貞だからね。そこで処女童貞同士大いに励みなさい！あたしは最後まで見ててあげるわ！」

ソファーに座る俺の太ももの上に、綾城は靴を脱いだ足を乗せていた。綾城はひじ掛けに背中を乗せてゆったりモードで缶チューハイをぐびぐびと楽しんでいる。時たま綾城は足の指先で俺のふくらはぎとかをなぞってくる。なにかピリッとするような甘い感触がそのたびに足に広がった。

「そっちの意味じゃないでしょ!? まあ、楪ちゃん、カラオケならボクにまかせてよ。……ちゃんとリードしてあげるからさ……！」

ミランは楪を後ろから抱きしめて、甘い声で彼女の耳もとに囁いた。しかしはじめてのカラオケがラブホとかやばくね？

「いやん！ ヅカボイスが子宮に響くぅ！ はいじゃあまずは伊角さんからお手本いっちゃってください！」

そして楪はカラオケ機を操作して曲を入れた。俺にとっては懐メロ。この子たちにとっては最近の流行りのアイドルの曲が部屋に流れ始める。最初はミランからだった。やっぱり上手い。そして歌詞の一番を歌い終わった後、マイクを楪にパスする。

「しゃ――――――!　しゃ――――――!　ちぇすと――――――!!!

紅葉(こうよう)蝶!　はじめてのカラオケ行きます!!」

「頑張って!」

蝶がその曲の二番を歌う。いつもよりもどことなく高くて、少し甘い感じの声だった。可愛らしくも、顔を少し赤く染めて頑張って歌っている。

「いいわね。(カラオケ)処女の初めてって……」

綾城はしんみりと曲に聞き入っている。実際蝶の歌は結構うまかった。ボッチあるあるだけど、いつかカラオケに誘われた日に困らないために、メッチャ一人で練習しちゃうの!　きっと蝶もそれだろう。いとはかなし!　そして歌い終わり。

「みんな!　ありがとう!　ありがとう!　わたしの歌を最後まで聞いてくれて!　ありがどうううぅうえええええええええん!」

蝶は感極まったのか、ボロボロと涙を流している。ボッチだった蝶にはいまや一緒にカラオケに来る仲間がいる。寂しくないのはいいことだと思った。

「ふふふ。良かったわね蝶。あたしたちの出会いはいいものになったわね。ええ、本当に良かった」

綾城は立ち上がって、蝶の傍に行き、彼女の頭を優しく撫(な)でる。そしてマイクを取って曲を入れる。

「ひゃっはー！　次はあたしのターンよ！　みなさま！　あたしが歌っている時は絶好のおトイレタイムですわよ！　おーほほほ！」

「それカラオケで一番いやなやつじゃん⁉」

カラオケあるある、陰キャが誰も知らないバラード系の曲を入れると、陽キャ系の奴らが一斉にトイレ休憩し始める現象。屈辱である。ちなみに綾城は普通に上手だった。なぜかやたらとコブシが表示されまくってたのには笑ったけどな。

「はい、常盤の番」

「おっしゃあああ！　まかせろ！」

俺はめっちゃ気合を入れる。楪はなんかワクワクしている感じに見える。綾城は相変わらずニチャニチャしてる。間違いなくなんかこけたら弄られる！　なぜかミランは心配げに俺を見詰めていた。そして。

「～♪……どうよ！　けっこう点数も高くない⁉　ありでしょ！　あはは！」

だが女性陣の反応がなんか微妙だった。楪はぱちぱちと手を叩(たた)いて。

「ジョウズデシタヨ！　ワタシハスキデス！」

なんか片言になってる⁉　笑みもなんかぎこちない。

「ああ、美魁……これは……あれよね？」

「あれだねぇ。音程はとれてるし、演技練習の時と違って声もいいんだけどね。……その曲なに!?　全然知らないんだけど！」

「なにって……俺が中学生の時はやってたバンドの曲だけど？」

「ギャップを感じるなぁ。世代じゃなくて男女の方！　上手いんだけど、その曲を知らなさ過ぎてノリづらいんだ！　芸はわかりやすくだよ！　せっかく演技力あるんだから勿体ないよ！　みんなが知ってる曲入れよ？　ね？」

棵がうんうんと頷いていた。綾城はやれやれと肩を竦めている。

「このままじゃあんたの曲の時がおトイレタイムになっちゃうわよ？　いいの？　んー？いいのかしら？　んー？」

綾城さんが俺を煽ってくる。望むところだこの野郎！

「おお？　この野郎！　棵！　俺と一緒にデュエットだ！」

俺は棵の隣に座り、カラオケの機械を弄る。

「デュエットいいんですか!?　わたしアニソン系なら自信が……」

「あっこれなら知ってる。どう？」

「いいですね！　入れましょう!!」

俺と棵はベッドの上に立って飛び跳ねながら歌った。その後はひたすらカオスなカラオケだった。飲んで歌って騒ぐ。

「横になりながら歌うのむずかしいわね！　きゃはは！」

「マイクにゴム被せたら破れちゃいました！　やだん！　デキちゃうぅぅううう！　わははは!!」

「ボク、やってみたかったんだよね！　マイクを二本同時に使うの！　ぎゃはは!!」

もうカオスである。普段のカラオケではできないことをありったけやりまくった。

＊＊＊ちょっと下らない小ネタ＊＊＊

綾城が額に手を当てて、ううっと謎い声を出して中二病ごっこを始めた。

「なに？　前世に目覚めた？　異世界行くの？」

「思い出したの！　この部屋の秘密を！」

「なに？　元カレと来たとか？　俺そういうの気にしないよ。あははは!!」

嫁元カレいっぱい。我そういうのいと慣れてるなり。ラブホ入り給いて、嫁のスマホＷｉ－Ｆｉ繋がることいと悲しす。慣れたる手つきにてベッド回りのスイッチを弄る様ははなはだわろし。

「カレシなんていたことないわよ。そうじゃないの！　この部屋！　人気ハメ撮りシリーズでよく使われてる部屋よ！」

「は？　なに？」

「エッチなビデオよ！　ほぉおおお！　まさかの性地巡礼となるとは！　上がって来たわ！」

良い子の皆は行ったラブホの部屋がエッチなビデオで使われたことに気がついても彼女には絶対に言わないようにしようね！　絶対だぞ！

＊＊＊からおけをたのしんだ！＊＊＊

＊＊＊そしてみんなはおやすみです！　ぐーぐー！＊＊＊

どれくらい歌い通しただろうか？　六時間から先は数えるのをやめた。みんなはしゃぎながら歌いまくって気がついたら、みんなでベッドの上で横になっていた。右に楪が抱き着いていて、左側にミランが寄り添っていた。綾城は俺のすねを枕にしてやがった。彼女らしいことだ。俺は天井を見ながら、彼女たちの息遣いを感じていた。ところどころに触れる柔らかさに高揚感と同時に安心感も覚える。俺が知る女の柔らかさと心地よさは嫁だけだ。それを思い出したときふっと怖くなった。あの柔らかな体は、一瞬にして裂かれて血まみれで息絶えた。懇願も、謝罪も、愛を告げられることも、もうなくなった。そして時は巻き戻り、別の柔らかさが今傍にいる。今日この瞬間の愛おしさは俺の行動の結果だ。じゃあ前の世界の結果もまた俺の行動の結果なのだろう。だから思うのだ。

この世界の彼女は何処へ至るのだろう。

その時に俺は何処にいるべきなのだろう？

俺がとりとめもない妄想に囚われていた時だ。太ももにふっとくすぐったい感触を覚えた。綾城の指が俺の太ももをなぞる。

綾城の青い瞳と目が合った。それはカラコンとは思えないほどに鮮やかで綺麗な蒼だった。

「ねぇ。とっても楽しかったわね。そうでしょう？」

彼女はそう問いかける。穏やかでとても美しい微笑を浮かべて。

「あたしは楽しかった。そして今この時も楽しいって思えるわ。あんたのおかげよ。ありがとう。だから聞きたいの。ねぇ。あんたはどうなの？」

俺はその問いかけに笑みを浮かべてしまった。答えなんて一つしかないのだから。

「ああ。俺も楽しかった。そして今も幸せだよ」

「そう。よかった。ならもう休みましょう。良かったら夢の中でもあたしと遊んでね。おやすみなさい」

綾城は目を閉じて穏やかな寝息を立てはじめる。俺もそれにつられて目を閉じる。願わくばよい夢が見られますように。そして俺は眠りについた。

起きてチェックアウトする時、ちょっとたまげるくらいの額を請求された。根が庶民の俺にはなかなか衝撃だった。ありがとう未来知識。君のおかげで株に勝ってなかったら、余裕の笑みを浮かべることなんてできなかっただろう。俺は颯爽とカードでラブホ代を精算して男のメンツを守ったのである。

楽しかった週末は終わり、いつもの日常が戻ってきた。変わったことと言えば、いつも昼食を一緒に食べるメンツが出来たことだ。あの三人と一緒に昼を過ごすのは楽しい。たまに嫁が俺の方をチラチラと窺っているような気はしたけど、心当たりがないのでスルーしてた。そして何よりもだ。

「葉桐が何をしようとしているのかが全くわからん……！」

授業が終わって部屋に戻り、いつもの日課である株式運用をしていた時だ。雇った探偵さんからの調査結果報告と未来の知識を書き写したノートとを見比べて葉桐のこともついでに研究していた。本来ならば無視するはずだった。だが気がついたらこのタイムリープ後の世界でも、嫁と葉桐の二人と関わってしまっていた。状況は前の世界よりもある意味ひどい。前の世界は嫁の浮気という、極論すれば俺個人の感情の問題で済むような話だったが、この世界では違う。楪とミランの二人のことが俺は心配だった。俺一人だったら逃げ切る自信がある。だけどあの二人は葉桐が相手だと絶対に逃げられない。二人を守れるのは俺だけなのだ。だから葉桐が何をしたがっているのか探りたかった。だけどさっぱりだった。探偵さんは葉桐のガードの堅さ故に調査が失敗、代わりに奴の持っているだろう資産についてのみ報告してくれた。未来知識にはあいつが嫁の幼馴染で初めての彼氏で将来的にベンチャーを起業してビリオネアになることくらいしかない。

「おそらくポイントは将来の商売の内容だが……わからない……昔の俺を殴りてぇ……！」

嫁を寝取られて初めて知った葉桐の存在に当時の俺は衝撃を受けてしまった。メガベンチャーの億万長者で有名人。それだけで男として負けたと思い、それ以上は何も調べたりはしなかった。向こうは浮気のことを素直に認めていたし、何かを調査する必要もなかったのだ。いや、それ以上を知って、嫁の愛が失われたことを思い知るのが怖かったのだ。

「くそ……やつの起業のネタがわかれば、それを横から奪うことだってできるのに……！」

俺も正直に言ってなりふり構っていられない。向こうは大学入学以前から行動している。向こうは過去の蓄積、こちらは未来の知識。アドバンテージを互いに打ち消し合っているようにさえ思える。奴の権力の源泉たる起業のネタさえ押さえて奪えれば勝てるのに。俺はそれを知りもしないのだ。俺はデスクに顔を伏せて溜息を吐く。現状は株式で金をちょろちょろと稼ぐくらいしかない。だけど銭をいくら積み上げてもあいつに勝てるビジョンが浮かばない。

「もう今日はいいや。寝よ……ふて寝してやる……！」

今日も株式はそこそこ勝てた。この調子なら将来的には大きな財産が築ける。俺自身にも夢がある。自分の建築事務所を持つこと。自分自身の芸術としての建築をこの世にいっぱい作りたい。金だの権力だのそんなものはいらない。美と愛だけが俺の欲しいモノなんだから。そしてベッドに横になって目を瞑(つぶ)ろうとした時だ、スマホが鳴った。画面には綾城(あやしろ)の名が出ていた。メッセアプリではなく、珍しく電話だった。俺はすぐに電話に出た。

『ごめんなさいね。夜遅くに』

「どうしたん？」

『単刀直入に言うわ。あんたの家に泊めて頂戴(ちょうだい)。終電逃して今、駒場(こまば)キャンパスにいるの』

「え？　まじ？　ミランのところに泊まるのはどうだ？　あいつは田吉寮だからキャンパス内だぞ」

『今日バイトで六本木のクラブに行くからだめって言われたわ。だからあんたのうちしか頼れないの。下北(しもきた)ならここからでも歩いて行けるもの』

「ええ……うーん。泊めてやりたいのはやまやまなんだけど……ぶっちゃけタクシーで渋谷(しぶや)の漫喫とかビジネスホテルに泊まることをお勧めするよ」

さすがに女の子を自宅に泊めることはできない。男女が一つ屋根の下にいたら、間違いくらいは起きるだろう。もちろん我慢は出来るけど、気分は良くない。

『ずいぶんはっきり言うわね。きっと同じ学部の男たちなら理解ある彼くんを気取って、あたしのことを紳士的に泊めてくれるわよ！　朝まで指一本触れずに泊めたことだけできっと満足してくれるでしょうに！』

「すまんな。俺は理解のない男なんだ。お前のような美しい女を泊めることはできないでござる」

『ふふふ。あんたのそういうところは好ましいわね。だからあたしも先に言っておくけど、もちろん泊めてほしいけど、ワンチャンは一切認めないし、誘い受けでもない。エッチは絶対しない』

「うわー。男女ってそういうことをあけすけには語るべきじゃないと思うんだよね。暗黙の了解ってやつ」

よく聞くよね。女が男の部屋に来て、エッチしないと逆に今後の関係がこじれるやつ。自分は何も言わずとも、男には強引に、だけど優しくリードしながら誘って欲しい。女はそういう風に男に求められたがっていると思う。少なくとも付き合い始めの嫁はそういうタイプだった。もっとも気がついたらポンコツになっていて、自分からも誘ってくるようになったけど。

『そういうハイコンテクストでノンバーバルなコミュニケーションは他の女と楽しみなさい。その代わりと言ってはあれだけど、明日(あした)の分の朝食と、昼のお弁当は作ってあげる。材料費はもちろんあたしが出す』

「ほう？　俺の舌を満足させられると？　そう申すのかね？　ん？」

綾城の食い下がり方に俺は興味を持ってしまった。なんというか色んな意味でストレートに来る女である。コケティッシュなのに媚びがないような変な奴。おもしれーなっていつも思ってる。

『もちろん。あたし、ぶっちゃけ料理メッチャ上手いわよ。余った材料でも美味しいし、こだわっても美味しい。何でも作れるわ。でもなんでもいいって言ったらぶっ飛ばすわ』

「肉じゃが食べたいです。ところで念のため聞くけど？　俺が狼に変貌したらどうするの？」

『その時はあんたを永遠に軽蔑する。それがいいならどうぞ狼になって頂戴！　一時の快楽のためにあたしから永遠に軽蔑されたいならどうぞ！　この体をいくらでも貪るがいいわ！』

あ、こりゃ無理だ。俺はこの女に勝てない。だってこの女を抱けないことよりも軽蔑されることの方がずっと辛いって思えたもの。俺は不思議なリスペクトを綾城に抱いている。ぶっちゃけ嫁の浮気以降女性不信気味な俺なのにね。

「お前に軽蔑されるのは耐えがたい。いいよ。俺んちでよければ泊まっていきな。いまキャンパスだよね？　中で待ってて。迎えに行く」

『いいの？　ならお言葉に甘えさせて。ありがとうね』

「いいよ。じゃあちょっと待っててね」

俺は電話を切って、すぐに部屋から出た。そして駐車場に停めてある車に乗り込み、駒場キャンパスに向かった。下北から駒場キャンパスはすごく近い。なのであっと言う間にキャンパスの前に着いた。車から降りて電話をかけて綾城を呼び出す。

「ずいぶん早いと思ったけど、車持ってたのね」

「ああ、最近買いました。どうよ？　イケてない？　ん？」

「4WDとは渋いわね。ぶっちゃけあんたが車を買うならスポーツカーみたいなチャラいのだと思ってたわ」

俺の車は大型のアウトドア仕様の四輪駆動車だ。荒い山道でもすいすい走れる、パワーこそ正義みたいな馬力が半端ないやつである。

「俺は他の男とは違うんだよ。くくく。まあ半分は趣味です。北海道の親父もこういう車に乗ってるしね」

もう半分は葉桐が持っている車がスポーツカーだからというのもある。間男と同じ車なんてごめんです！

「じゃあ今日はお邪魔させてもらうわね。ついでで悪いけど、スーパーかコンビニに寄ってちょうだい。女は寝るにも準備がいるからね」

こんなこと言ってるくせに、この間はカラコンさえとらずに寝てたよね？　目とか大丈夫みたいだけど。

「この間は平気で爆睡してたくせにな！　あはは！」

綾城は助手席に乗りこみ、俺は車を発進させた。家に戻る途中まだギリギリ閉まってなかったスーパーに寄り、綾城は化粧水やら歯ブラシやらお泊まりに必要なものを買っていった。あとついでに肉じゃがの材料も。本当に作ってくれるらしい。

「あんたのうちってワインあるの？」

酒コーナーでワイン瓶を片手に俺に尋ねてきた。

「ない。ビールしかないよ。逆に言えばビールだけなら、けっこう自信のあるラインナップが揃(そろ)ってる」

「そう？　うーん。じゃあ郷に入っては郷に従いましょうかね。おつまみは何がいい？」

なんかナチュラルに宅飲みの流れになってる。まあ俺は明日は二限からだから構わないけど。

「なんでもって言ったらぶっ飛ばされるんだよなぁ。チーズをなんか美味しく仕上げてください」

「わかったわ。楽しみにしてなさい。ふふふーん！」

適当にチーズ類をかごに放り込みさらに色々と放り込んでいく綾城さんはご機嫌に見えた。

＊＊＊ドライブ中だぞ！＊＊＊

俺の住んでいるマンションにはすぐに着いた。そして俺の部屋に綾城をお通しした。部屋に入るなり、綾城は俺の部屋を隅から隅まで見渡した。俺の部屋は何の変哲もないワンルームである。強いて自慢があるとすれば、防音性能だけは半端ない。このマンションは楽器をいくら鳴らしても全く問題ないし、いくら騒いでも大丈夫なタイプのお部屋だ。実際前の世界では大学卒業後も住み続けて、嫁がこの部屋に住み着いてエッチして大きな声出しても壁ドンは一回も来なかった。同棲が決まるまでずっとここに住んでいた。懐かしすぎて金が貯まっている今でも引っ越すに引っ越せない。そう言えば嫁以外の女が入るのは、前の世界まで入れてもはじめてかもしれない（ただし真柴を除く。あいつは嫌いなので女とはカウントしない）。

「驚いたわ。綺麗なのね。男の子の部屋って、普通散らかってるものじゃないの？　弟の部屋とかひどいもんよ」

「へえ、弟いるんだ。いくつ？」

「まだ幼稚園に通ってるわ。やんちゃ盛りで可愛いわよ。ふふふ」

けっこう年の差があるようだ。ご両親の仲がよろしいようだ。はは！　そんな夫婦に憧れるぅ！　自虐にしかなんねぇな。

「料理つくる前にシャワー貰ってもいいかしら？」

「おう。いいよ。石鹸とかシャンプーとかは好きに使っていいよ」

これがラブコメ漫画ならドキドキシーンなんだろうけど、わりとこういう状況に慣れてる自分がいることに気がついた。いやな女慣れだな。もっとピュアな気持ちが欲しい。綾城も綾城で堂々と振る舞ってるしで恥ずかしくなる要素がない。シャワーの音だけでドキドキしたい。そう思った。

＊＊＊シャワー中！＊＊＊

女の風呂は長い。定説どころか真理とか定理とか法則とかそんな言葉で言い表せるものだろう。その例にもれず綾城も風呂が長かった。

「お風呂いい湯加減だったわ。今日はすごく勉強頑張ったから気持ちよかったわ」

テレビを見ている俺の後ろから綾城の声が聞こえてきた。

「おう。出てきたか。風呂上がりのビールはいかがかな？」

振り向く前に少し覚悟を決めておいた。多分今の綾城はスッピンだろう。綾城はとても美人だが、もしかしたら化粧を落とすとそうでもないかも知れない。なんていう可能性は普通にありうる。嫁は化粧を落としても美人過ぎだったけど、万人がそうではないのだ。

そして俺は覚悟を決めて振り向く。

「そうね。ビールいただくわ。たまにはいいわよね。ビールも。うふふ」

振り向いた俺は綾城の青い瞳と目が合った。彼女は俺が貸した短パンとTシャツを着ている。ていうか瞳が青い？　ん？　普通風呂に入ったらカラコンは外さないか？　あれ？　あれれ？　俺は綾城の手に缶ビールを渡す。綾城はぐびぐびと缶ビールを飲み。

「ぷはっ！　くうぅう！　いいわね！　このキレの良さはワインにはないものね！　お風呂上がりはビール！　素晴らしい文化活動ね！　くくく」

スッピンの綾城はとても美人だった。うん。美人なの。でもね。いつもと顔が全然違うの！　彫りが深く鼻筋が高くすっと通っている。見たところ顔立ちが白人系っぽく見える。とすると瞳もカラコンじゃなくて自前だったわけだ。金髪もそうだろう。染めたにしては自然過ぎたしね。なるほど。だからカラコン外さずに普通に寝てたわけだ。納得である。

「なに？　あたしの顔をじろじろと見て。何か言いたいことでもある？」

「いや特に言いたいことはないけど。いつもと感じは違うけど君は相変わらず美人だよ」

でもよくよく考えたらどうでもいいような気がしてきた。人種とかどうでもいい。そんなものには興味がない。

「あらあら。その手の反応は初めてね。この顔を見て怪訝（けげん）そうな反応をしなかったのはあんたが初めてね。聞かないの？　そのお顔立ちは一体どこの人なんですかって？」

「え？　いや別に。それより早くおつまみ作ってくれよ。超期待してんだけど！　ビールに合うやつな！　たのむぜ！」

綾城のためにとっておきのお高め激うま地ビールを出しているのだ。それ相応のおつまみじゃなきゃ認めないぜ！

「……へぇ……ほんとにいつもと同じ反応。……ふふ……ええ。期待して頂戴な！　とっておきのおつまみを作ってあげるわ！　うふふ」

機嫌よさげに綾城はキッチンに立って料理を始める。その背中を見るのはなかなかに幸せな気分になれる。今日は楽しい宅飲みになりそうだ！


綾城が作ったおつまみをちゃぶ台に並べて俺たちは乾杯した。おつまみは和風だしのチーズフォンデュ。メッチャ美味い。パンにも野菜にもハムにも合う。綾城さんまじで万能。むしろなにが出来ないのか知りたいくらいだ。

「今日はどうして終電逃しちゃったの？」

「論文コンクールに応募しようと思っててね、それを知り合いの教授の研究室で書いてて、気がついたらこの時間になってたの。おまぬけな話よね」

「へぇ。論文コンクールねぇ。一年のうちから頑張ってるねぇ」

大学生向けの論文コンクールや討論会の類は沢山ある。就活目的だったり、サークル活動だったり、ＮＰＯ向けだったりと様々ある。ああいうのは労力のわりに実りがないから意識高い系（笑）の連中は大抵出場しない。本当に頑張ってる連中が出てくることが多いのだ。そしてビールを飲みながら綾城は微笑する。

「あんたほどじゃないわよ。最近いろいろやってるんでしょ？　美魁も楪もあの葉桐に狙われてるものね。戦うんでしょ？　あいつと」

「まあね。俺一人なら何とかなるけど、あの二人を放っておけないよ」

「そう。よかった。あたしはあの二人好き。だからあんたが守ってくれるのは心強いわね。ふふふ。ねぇ？　一つ聞いていい？」

「なに？」

「あんたと葉桐、そして五十嵐理織世にはどんな因縁があるの？」

「それは……すまん。言えない」

綾城には嘘をつきたくなかった。ちょっと前なら適当な作り話をでっち上げてやるつもりでいたけど。今はもうそんなことはできない。

「そう。そうね。あたしに仮説が一つあるんだけど、聞いてくれない？　じつはあんたはあの二人と幼馴染なの」

「はは。なにそれ？　漫画みたいだね。続けてよ」

「あんたはあの二人から忘れられてしまった、三人目の幼馴染。じつは五十嵐理織世と幼いころに結婚の約束をしていたのよ。だけど彼女は忘れてあんただけがそれを覚えている。それどころか結婚の約束を葉桐としたつもりでいたりする。なんてどうかしら？　葉桐に憎悪を、五十嵐理織世に愛憎を、あんたが向ける理由としてはつじつまが合ってない？」

「あはは！　いいね！　それ！　そんなんだったら！　そんなんだったら最高なのにな！

あはは！　あはははは！」

　俺は思わず笑ってしまった。テンプレラブコメの変化球としては面白い気がする。葉桐を主人公にしたラブコメのライバルが俺なら、このストーリーが一番いいと思う。だけど事実はもっと単純だ。結ばれなかった運命の二人がいて、そこにたまたま割り込んでいただけの男が俺なのだ。俺と嫁にはなんの運命もない。因縁もないし、宿命もない。視聴率が取れそうな素敵な恋物語もない。何もかもが平凡でつまらない出会いでしかない。俺が嫁を好きになった理由だって、陰キャなら誰にもありがちなものでしかないのだ。

「じゃああんたと葉桐と五十嵐理織世の物語はもっと単純で、それこそ退屈なものでしかないのね」

「そうだよ。わざわざ語るのが恥ずかしくなるくらいに退屈でつまらない物語しかない。運命や宿命なんてカッコいいものはない。俺個人の気持ちの問題でしかないんだ」

　俺が嫁への執着を捨てれば、それで終わりのお話でしかないのだ。

「なるほどね。なら聞かないでおくわ。あたしだって自分のことをあまり語らなかったわ。本当は多少は変に思ってない？　あたしが自分の出自や属性を隠していたことを」

「別に。女の子の化粧に文句つけるほど立派な男じゃないんだわ。お好きにどうぞ。でもネイルを変えて気づかなくても恨んだりするなよ」

「あはは。もしネイルの違いに気づかなかったら、猫みたいにひっかいてあげる！　にゃーってね！」

綾城は俺のほっぺたを右手の指を猫の手のように丸めて撫でてきた。くすぐったい感触がとても心地いい。

「あたしは母がヒスパニック系アメリカ移民の第一世代なのよ。ラテンアメリカの母国から両親と共に経済的理由からアメリカに移住したそうよ。そしてアメリカに留学してきた父と出会って結婚して日本に来たの。あっちこっち行ったり来たりして大変よね」

「へぇ。それはなかなか複雑な背景だね。自分のルーツを語りたくないのはそこらへんが理由なわけかな？」

「そう。話すのがめんどくさいの。あたしの複雑なルーツを普通の日本人に話してもわかってはもらえないもの。でも名前は気に入ってる。ヒメーナはスペイン語の名前よ。でも日本語でもあまり違和感がない」

「たしかにね。最初聞いた時アクセント以外は違和感を覚えなかったよ」

「ちなみにアルファベットの綴りはX・i・m・e・n・aよ。頭文字がエックスってかっこよくない？」

「中二病wwwwwふぁああああ！　綾城大先生にはぴったりじゃん！　あはは！」

「でしょ！　あははははｗｗｗｗ！」

二人でゲラゲラと笑う。そしてそこからはバカ話が続く。
＊＊＊酒入るってサシ飲みだと理屈っぽい話しちゃわない？　バカ話中！＊＊＊
「いい？　つまり法学とは人類の英知の結集なのよ！　だからパイ審員がいっぱいおっぱい！　して法律はちっぱいちっぱい!!」

「つまり裁判で半ケツすると有罪確定なわけか!!」

「そういうことよ！　そういえばうちの大学って近代的な建物と伝統的な建物が混在してるわよね。あれはあれでいいと思うの」

「そう。全てが交ざり合わさるんだ。すなわち大学とは学生たちが合体しに来る場所だ」

「合体ｗｗ！　勉強しに来なさい！　ゲラゲラｗｗｗ合体できない非モテたちに謝りなさい!!　あひゃははは！」

「ところで俺の車どう？　あれならキャンプとか余裕じゃね？」

「いいわねそれ。夏休みはみんなでキャンプしましょう！　ところで美魁がかっこつけて火を熾そうとして結局熾せなくて童貞臭い言い訳する方にテキーラ一杯賭ける！」

「賭けにならないｗｗｗミラン絶対火を熾せなくて、逆に楪がテキパキ火を熾して、文系ｗｗｗって煽られるに決まってる！　ゲラゲラ！」

「いとおかし！　ところで理系に聞きたいんだけど、宇宙に果てってあるのかしら？」

「すまんな。その答えは神様しか知らねえんだ。あと俺ってぶっちゃけ建築したいだけで理系やってるタイプだからなんちゃって理系なんだ。ガチでロマンある理系トークはハラスメントです！」

「そう言えばあんたってなんで建築選んだの？」

「それはな美大に落ちてな。それで高校出てからちょっとの間は札幌で建築作業員の仕事してたんだよ。その時たまたまかっこいいデザイナーズ物件の施工に携わってな。これだ！　って思ったんだわ。建築は芸術だと思ったんだ。それで建築作業員しながら予備校に通ってここに入ったんだよ」

「あらあら。立派だし面白いわね」

「だろ？　俺自慢じゃないけど、ショベルカーとか工事用の重機の免許持ってるぜ！　施工なら全部経験してて各種工事系の資格も持ってる！　自慢じゃないけど‼」

「メッチャ自慢じゃないの！　あはは！　でもがんばったんでちゅねーほめてあげりゅー！」

マジで馬鹿な話ばかりだ。気がついたら時刻は二時を回っていた。

＊

窓の向こう側にいる理織世はいつものようにぺらぺらとあっちへこっちへと話を飛ばしていた。僕と理織世の家は隣同士で、互いの部屋は窓に面している。その気になれば渡っていけるくらいには近い。中学生の頃まではこっち側に理織世が窓越しにやってくることが多かった。

「もうがっかりだよ！　大学入ったら数学とかないって思ってたのに、なんか教養数学って普通にあるんだもん！　ベクトルってただの矢印でいいじゃん！　なんでそんなにいっぱい計算したがるんだろう！　宙翔もそう思わない!?」

「まあ理系は数学必須だからね。というか数学ないって思ってたんだ。なんで建築にしたのさ……。大人しく文学部とかにしとけばいいって僕言ったのに」

理織世は数学が嫌いだ。計算が出来ないわけではない。成績もよかった。だけどいつも極限とか微積とかに文句ばかり垂れている。複素数に至っては『私の宇宙には存在しない』なんて語りだす始末だ。なのに理系に本人の意志で進んだ理由がよくわからない。僕はちゃんと文系に行けと説得したのだが、本人は頑として受け付けなかった。基本的には言うことを聞くのだが、たまに僕のコントロールから外れるのには辟易する。

「だからね！　計算のために関数電卓買ったんだけど、そしたら購買で偶然高校一年の時同じクラスだった加藤さんたちと会ってね！　じゃあお高い方の学食行かない？　って聞いたのに今日はパン屋さんに行くって言ってて！　私まだパン屋さん行ってなかったから丁度いいなって思って一緒に行ったら美味しかったよ！　メロンパンとアンパン！　あとプリン！」

「パン屋さんでプリン？」

「うん！　プリン美味しいよね！　いつかバケツでプリンつくりたいね！」

「じゃあゴールデンウィークの家族旅行の時に作るかい？　今年は山に行くし、河原で試してみる？」

今年のゴールデンウィークの家族旅行は、うちの家と理織世の家の合同旅行だ。僕は計画には関与していない。理織世の両親が僕と理織世をくっつけたがっているのは知っている。うちの両親も乗り気なようだ。

「え？　うーん。そういえばもうすぐゴールデンウィークかぁ。ねぇ宙翔。休みに入る前に常盤君と仲直りしないの？」

いやな人物の名前が出てきた。仲直りも何も元々友達でも何でもない。

「彼と僕は合わないよ」

「合わない相手でも上手く合わせるのが、いつもの宙翔じゃないの？　常盤君悪い人じゃないよ。いい人だよ」

女がいい人と言う相手はどうでもいい人だとよく言われるが、それでも理織世がそう言うのは珍しい。理織世は男子のことをあまり話題には出さない。恋愛や男には基本的に興味がない。だからこそ話題に上る常盤奏久は極めてよくない人なのだ。

「言ったろ？　彼はよくない人だよ。近づいちゃだめだ。ろくなことにならないよ」

「でも宙翔、このあいだの演劇の時、常盤君と美魁に会いに行ってたんでしょ？　常盤君に興味あるんでしょ？」

理織世は僕をからかうようににんまりと笑う。能天気さが羨ましい。こっちは入学式以来あの常盤奏久にペースを狂わされっぱなしなのに。

「伊角さんが心配だっただけだよ。彼からよくない影響を受けたら大変だからね」

一応釘は刺しておいた。いつでも僕は伊角美魁という貴重な人材を、取り戻す用意があるという意志は見せておいた。だが彼の近くにいるとどうしても物事の歯車が狂うのだ。

「あの時の美魁は綺麗だったね。だから心配はいらないのに心配したの？　バカみたい」

笑みは浮かべたままなのに、ひどく冷たい声で理織世はそう吐き捨てた。珍しい。伊角美魁相手に怒りを抱いている？　確かに彼女は僕のところから足抜けして、最近は理織世とは一緒にいない。理織世は伊角美魁を気に入っていた。要人との会食では二人で仲良くお喋りして過ごしていた。裏切られたと思っているのか？　それとも……？　いや詮索はやめておこう。理織世は気分屋だ。すぐに興味の対象が変わる。放っておいてもいいだろう。これ以上お喋りしても実りはないだろう。

「理織世。気がついたらもう夜の二時だよ。明日はチア部の朝練があるんだろう？　もう寝た方がいいよ」

「うーん。そうだね。じゃあおやすみね。ばいばい」

理織世は特にぐずったりすることもなくすぐに窓を閉じてカーテンも閉めた。僕も窓を閉じてカーテンを閉める。そしてデスクに向かいPCを起動する。

「ねぇひろ。なんでそんなに常盤なんかを気にしてるの？　あんなやつどうでもよくない？」

ベッドから声が聞こえた。友恵が起きてきて僕に後ろから抱き着く。どうやら友恵は寝たふりをして僕と理織世の話にずっと聞き耳を立てていたようだ。一応理織世の前に姿を見せないから、自分の立場を弁えてはいるようだが、不愉快ではある。

「話聞いてたの？　悪趣味だね」

僕は友恵を振り向かず、かといって抱き着かれたのを振りほどきもせずモニターに顔を向ける。そこには常盤奏久の各種身辺調査の結果と伊角美魁、紅葉楪との現在の関係を様々な角度から分析したレポートが映っていた。

「聞こえただけだよ。ていうか常盤なんか大した奴じゃないって！　医学部のひろを妬んでるだけの小物だよ！　サークルの悪口ぺらぺらとりりに吹き込んでくるんだよ！　本当まじでうざかった！　りりは優しいからすぐに真に受けちゃうんだよ。それだけ」

「でも彼が言うサークルの話は事実だけどね。あの医学部のインカレテニスサークルなんてただの出会いの場でしかない。いや市場かな？　男は医学部ブランドという社会的地位の高いステータス。女は自らの体という性的魅力とを引き換えにする極めてプリミティブな、サルの群れにも似た悍ましい配偶行動に過ぎない。馬鹿馬鹿しいよ」

「え……でもあいつはひろたちのことをバカにして……」

「どうでもいいよ。そんなことは。それに客観的に見れば愚かな人間は彼ではなくきっと僕だろう。自覚はあるんだ。夢に殉ずると決めてるんだからね」

　彼が僕に向ける瞳には確かにはっきりとした憎悪がある。よく理織世に恋慕した男が、僕にそういう瞳を向けてくる。彼もその一人だと思っていたけど、その割に彼は理織世に対しては酷く曖昧な態度しかとっていない。それが僕を苛立たせる。彼の行動原理が読めない。どうすればいいのか決めかねている。なのに僕が夢を叶えるために必要な人材が二人も彼の手元にいる。とくに紅葉楪の損失はかなりきつい。

「ねぇひろ。常盤は邪魔だよね？　ならさ。いつもみたいにスキャンダルをでっち上げようよ！　それで退学に追い込んでやれば……」

「それをやれば僕を確実に殺しに来るだろうね、彼は」

「え……。なにそれ。冗談……だよね？」

　友恵は戸惑っている。こういうところがわかってないなって思うのだ。勘が悪い女。だからこの子は理織世には勝てない。

「冗談ではないよ。彼はきっと僕が一線を越えてきたら、僕を暴力的な手段で即排除しようとするはずだよ。目を見て分かった。彼はまともじゃない。彼は自制している獣だよ」

だから僕と彼の戦いは互いに紳士的に、あくまでも合法的なラインでの潰し合いで収めないといけない。今までこんな相手と戦ったことはない。ヤクザや半ぐれ相手に危ない橋はいくつも渡って来たのに、彼の方がよほど危険度が高い。こういう奴を理織世はすぐに惹きつけてくる。

「理織世さえいなければ……こんなことにはならなかったのに……」

友恵にも聞こえないくらいの小声で僕は呟いてしまった。だけどそれが僕の偽らざる心境だったんだ。

*

少し目が冴えてしまっていた。最近はこういう夜がとても多い。だから宙翔と話して気分を紛らわせないと上手く眠れない。もっとも私のお喋りに付き合わされる宙翔からしたらたまったものではないのだろうけど。

「どうしていつも常盤君ばかり見ちゃうんだろう」

ここのところずっと彼のことを目で追いかけている自分がいる。ちょっと前は積極的に近づけたのに、それは出来なくなっていた。気持ちをどうしても持て余す。最初に彼を気にしたのは入学式の時。出会った時は特に何も感じなかった。隣にいた金髪の女の子の化粧がちょっとアレで怖かったくらいしか覚えていない。はっきりと彼の姿が目に映ったのは、宙翔を彼が苛立たせたとき。幼馴染の宙翔は多分カンペキな男なんだと思う。どんな女の子だって宙翔と付き合いたいって言っていた。勉強もスポーツもなんだって出来た。クラスどころか学校全体、地域全体、ううん、何処へ行っても人気者。きっと世間の女の子はそういう子が大好きなんだ。父も母も姉も妹も宙翔が好きだ。今度のゴールデンウィークの旅行で皆が何を期待しているかくらい私にだってわかってる。色んな男の人と比べたって宙翔に敵う人なんて多分いない。男の人とお付き合いしたことなんてないけど、宙翔という選択肢はきっと誰と比べてもベストなんだってことくらいわかる。だからいないと思ってた。そのすごい宙翔がわざわざ嫌いって思っちゃう人間なんて。

「宙翔に嫌われるってすごいよね。常盤君怖くないのかな？」

みんなの人気者の宙翔に本当に嫌われた人を初めて見た。私は驚いてしまった。だから興味を持った。意外に優しい人で、でも私には雑でぶっきらぼうでなんかムカついた。それでも楽しかった。だから宙翔には常盤君と仲良くして欲しかったんだけど。もう無理なのかな。すぐにゴールデンウィークが来る。そうしたら多分もう終わりが始まる。

「どうして私はなにもできないんだろう。こんなにもやもやするのに」

私は昔やらかしたバカな子だ。自分から何かをしていいはずがない。だから宙翔にお願いしたのに、やっぱり断られてしまった。常盤君とお喋りできる機会はもうそんなにない。もう少ししかない。

「でもこれでよかったんだよね。自分から何かしちゃったらまたきっと間違えるから……」

どうしようもないことをやらかした。私は償いようのない罪を犯した。それを知ったらみんなが私から離れていく。宙翔くらいだろう。いつまでも傍にいてくれるのは。一人で罰を受けるのは寂しいから。その日までは誰かと一緒にいたい。

「だから巻き込んじゃ駄目なのに。でも……でも……私が報いを受ける時は……」

私を待ってる未来の罰がどんな姿かはわからない。だけど一日たりとも忘れたことはない。だけどだけどだけど。もしももしももしも叶うなら。

「常盤君。あなたを巻き込んじゃ駄目かな？　見てよ、私を。罰を受ける私を……」

ワガママなんて言う資格はない。私にできることなんて何一つない。何も自分で決められない。私が決めればまた間違える。だから何も選べない。流されたい。流されて流されて早く罰を受けて。お終いにしたいんだ。私は目を瞑る。夢はいつも私を苛むけど。それでもこの夢を見続けよう。すべてが終わる日まで。

＊

　グビッと缶ビールを飲みほした綾城は手を挙げて、満面の笑みを浮かべながらはきはきとした声で言う。

「一発ギャグやりまーす！」

「ひゅー！　いいぞ！　すべれー！　ぎゃははは！」

　綾城はベッドの上で仰向けに寝そべって両手を頭の上に伸ばし。

「あたしマグロ！　あんたじゃイけな――――い！」

　両膝(りょうひざ)を折って開いた後、体をビチビチと跳ねさせる。

「マグロｗｗｗｗｗｗひゃははは！　ベッドの上のマグロガールとか駄目過ぎやろ！　ひー！　男の繊細ハートが傷つくｗｗｗ」

　さらにそこから綾城は両足をピンと伸ばして、両手を股(また)のところに持ってきて天井に向かって指を三角に組む。

「マグロからのイカ！　刺し！」

　綾城は両手の三角に組んだ指を腰の上でひたすら上下させる。

「やめろｗｗｗひゃはは！　イカ刺しとか言うなしｗｗｗ刺身と抜き差しを掛けたばかは初めて見たｗｗｗ」

「さあ次はあんたのターンよ！　すべれー！　すべれー！　ほっぉおおおお！」

こんだけバカ騒ぎしても隣に声が響かないこの部屋ってマジですごいと思う。だからこそ俺は本気を出す！　俺もベッドに上がり、壁に背を預けて座っている綾城の横に並ぶように寝そべる。

「はい！　これから童貞君の失敗やります！」

俺は一人で正常位っぽいスタイルになり、両手をベッドについて四つん這いになった。

「い、いくよ！　ふん！　ふん！　ふん！　ふん！」

俺は腰を振る代わりにその場で腕立て伏せをやる。綾城的にはウケたのか、飲んでいたビールを少し吹き出していた。

「ぶぅっ！　あははは！　ぎゃはっははは！　ウケるｗｗｗｗｗ！　やばい！　つぼ！　つぼった。ひぃーｗｗ！　腰振りなさいよｗｗｗなんで正常位で腕立て伏せｗｗｗｗまじでばかｗｗｗｗｗ」

童貞の一部にはまじでこういうミスをする人がいる。腰を振るのではなく、女の子の上で腕立て伏せをしてしまうのだ。なおそれは俺のことです！　腕立て伏せされてた嫁も爆笑してたよ。ひどい初体験だな。

「ふぅ……腕イったわー」

俺はぐでんとベッドに寝そべる。とても楽しい馬鹿騒ぎだ。

「あはは。楽しいわね。ほんと。すごく楽しいわ。あはは。ねぇ常盤。あんたもあたしと同じなの？　自分の過去を受け入れきれてない？」

綾城の顔を見ると、とても儚げな微笑を浮かべていた。どこか悲し気なニュアンスがある。

「今は楽しく過ごしてる。だけど昔のことは……うん。どうしても受け入れられないんだ」

「赦せないのね。あんたも」

俺はちっとも過去のことを赦せてない。嫁のことは当然だし、そんな事態を招いてしまった自分の弱さが一番赦せない。俺がもっと強い男ならあんなことにはならなかったはず。いつもそう思っている。自分には不足がある。それを埋めるために必死なんだ。じゃないと大切なものをすべて失う。それが怖い。

「綾城もなの？」

「ええ。あたしも赦せないことがある。どうしても赦せない。赦さなきゃ駄目だってわかってるけど。それでもだめ。駄目なのよ。ちょっとあれな話だけど、宗教が人を赦し、神は罪を赦すっていう意味が最近はわかる気がするのよ。自分じゃどうしようもないほどに罪というものは大きくて持て余して重すぎる。投げだしたくてもどこまでもどこまでも追いかけてきて。あたしたちを轢き潰してしまうの。赦せるその日までそれは続くの。地獄よね。だから神様なんてものを人は夢想した。神にすべてを投げ出さないと人はいつまでたっても辛いままだから」

綾城の言うことはわかる気がした。過去は取り戻せない。おかしな話だ。俺はタイムリープしたのに。過去がどこまでも追いかけてくるんだ。俺の過去は未来の話のはずなのに。時間が巻き戻ってもやっぱり過去は過去のままだった。罪も罰も消えてはくれない。俺は嫁の罪を赦せなかった。だから憂さ晴らしに罰を与えた。そうして新しい罪を背負った。もっとちゃんと向かい合わなきゃいけなかったのに。

「ねぇ。酔ってるから、いまなら言えると思う。お願い。いつかあたしが自分の罪と向かい合う時は。あたしの傍にいて手を握ってちょうだい」

綾城は俺の隣で横になった。彼女の左手が俺の右手をぎゅっと握る。そうか、綾城もきっと俺と同じで寂しいんだ。

「いいよ。その時は言ってくれ。お前の傍に必ず行くから」

「ありがとう。その代わり。あたしはあんたの過去を赦してあげる」

頭に柔らかな感触を覚えた。綾城が俺の事を胸に抱きよせた。まるで母親が子供を抱くようなとても優しい暖かさ。

「あたしはそばであんたのやってきたことを見てきたわ。みんなあんたがいたから幸せなのよ。それはきっと償いだって思わない？」

「わからない。だけど。みんなが笑ってるなら。俺も嬉しいんだ」

今日までの日々は楽しかった。不愉快なことも当然あった。だけど自分がいたから誰か

が笑顔になれた。それだけは自分を誇ってもいいってそう思うんだ。

「そうね。あんたは頑張った。とってもとっても頑張った。あんたはとてもいい子よ」

綾城は俺の頭と背中を撫でる。その心地よさに俺は身を預ける。だんだんと眠くなっていく。

「おやすみなさい。今日は一緒にいい夢を見ましょうね」

そして俺は眠りに落ちた。そうして見た夢はきっととても幸せなものだったのだ。

# エピローグ　First Bite

Epilogue Yomeuu

寝起きは最悪だった。寝る前に馬鹿なことを考えたからだと思う。他人から貰えるものじゃなくて、自分で考えて生きるからこんな不愉快な思いをしちゃった。

「はぁ。朝練めんどいなぁ……」

チア部はそろそろ行われる東京五大学野球に向けた応援のため練習をしていた。チア部にとっては大きな見せ場の一つ。

「でもどうせうちの大学負けるのに。なんで応援するんだろう」

お世辞にもうちの大学はスポーツには強くない。私大と違ってスポーツ推薦とかもないし、ぶっちゃけ弱いと思ってる。なのに応援しないといけない。意味が見いだせない。チアは高校から始めた。もともとやることがないから、宙翔に相談して勧められて始めた。当時は宙翔がサッカーしてたし、応援の意味もあったけど。今はどうなんだろうか？　やっていればみんなは褒めてくれるけど。

『まもなくホームに電車が到着します。白線の内側に……』

私の最寄り駅は吉祥寺だ。学校の皆にも出身は吉祥寺って言ってる。正確に言えば吉祥寺に一番近い練馬区の町に住んでるんだけど、千葉にある東京なんちゃらが許されてるんだから、私だってこれくらいはセーフだろう。みんな少しずつ嘘をついている。宙翔なんかもそうだ。最近は特にひどい。バレたらまずいような何かをやっているという確信があった。だけどどうせそれをなぁなぁで済ます自分もまた想像できた。何かしらやらかしてても、私がやらかしたことに比べたらきっと宙翔がやってることは大したことはない。そう思う。座席に座り取り留めもないことばかりぼーっと考えていた。

『下北沢です。お乗換えは……』

気がついたらもう学校の近くまで来ていた。いっそこのまま思考に沈んで終点までぼーっと乗っていたい。私は何も考えずに流されたい。流されていればきっと罰も楽になるのだから。

「あら？　あらあらあら⁉　これはこれはこれは！」

よく通る声が聞こえた。顔を上げるとそこには金髪碧眼の外国人の女の子がいた。私の顔を興味深そうにのぞき込んでいる。金髪の子はテレビで見たことがあるラテン系の人たちと顔立ちが似ているような気がした。けど人種なんてどうでもいい。私はこの人を知らない。

「Sorry, I can't remember you. Who are you? You had......」

とっさのことで、正直英語の表現に自信がなかった。通じているといいのだが、金髪の子は流暢な日本語で私に話しかけてきた。

「やめてちょうだい。英語で話しかけるのは。嫌いなのよね。そういうインテリ仕草。外国人に理解あるみたいな態度されてても腹立つだけなのよ」

「はぁ……。えーっと。私はあなたのこと知らないので……ちょっと困ってるんですけど」

金髪の子は私の隣に座ってきた。ニヤニヤした笑みを浮かべている。正直に言ってなんかこの子にはムカムカして仕方がない。

「あらぁ？　まあなんて冷たい女なんでしょうね！　ふふふ。綾城よ。ほら。入学式の時、常盤の隣にいた」

「……え？　あなたがあの？　え？　顔違くない？　ええ？」

言われてみると似ているような気がしてくるが。たまに金髪の子が常盤君の隣にいるのはキャンパスの中で見ている。そう思うとさらにムカムカ感が増してくるから不思議だ。

「ずいぶん朝早いのね？　部活？　チアだっけ？　野球の大会近いから？」

「そうだけど。あなたこそどうして？」

「今朝は教授とアポがあるの。だから準備も含めて早めにね」

「そう。でも何でジャージなの？　いつもは凝った服着てるじゃない。しかもサイズ合ってないし」

綾城さんはジャージを着ていた。サイズが合っていないのかブカブカだった。両手は萌え袖状態。両足は膝までロールアップしていた。

「ん？　これ？　昨日常盤の家に泊まってね。服がないからこれを借りたのよ。高校の時のジャージなんですって！」

「……えぇ？　……え……ウソ……」

ズキッと胸が締まるような感覚を突然抱いた。声も上手く出ない。

「いやぁ昨日は楽しかったわ！　とっても盛り上がったの！　うふふ」

盛り上がった。その言葉の意味を考えたくない。もう私だって子供じゃない。泊まって服を借りるような関係が何を意味するかくらいわからないわけじゃない。お友達にも大学に入って彼氏ができた子は何人もいる。中にはセックスを経験したことのある子だっていた。その時はなんとも思わなかった。そういう経験を私はしたことがないし、想像の外側だった。だけど今日は酷く生々しく聞こえる。

「見て見て！　ほらほら！　彼ったらこんな顔して寝るのよ！　可愛いでしょ！　うふふ」

綾城さんはスマホを見せてくる。そこには常盤君の寝顔が映っていた。まるで子供みたいにすやすや寝ている。それを見て心がすこし穏やかに暖かくなる。可愛いなって思った。だがその気持ちはすぐに吹き飛ばされた。綾城さんがスマホを指でスワイプして次の写真が映る。可愛い常盤君のほっぺたに綾城さんがキスしていた。私はすぐに目を逸らしてしまった。

「あら？　なんかすごく初心い反応ね！　かわいいわね、あなた。うふふ。これくらい大学生なら普通よ。ふ・つ・うなのよ！　ふふふ」

ニヤニヤと笑う綾城さんの顔が憎たらしく見える。

「こんな写真がなに？　私と常盤君は同じ学科のただの友達だよ。こんなの見せられても困るんだけど」

自分の声が自然と冷たいものになっているのがわかる。顔も硬くこわばっているのがわかる。だけど綾城さんはまったく動じてない。むしろ楽しそうにしている。

「あらあら？　そうなの？　ごめんなさいね。ちょっとからかいすぎちゃったわね。安心してちょうだい。べつにただ飲んでただけだからね！　宅飲みってやつよ！」

「宅飲み？　飲んでただけ？　ほんと？」

「くくく。そうよ。酒飲んでバカ騒ぎしてただけ。それだよ。あなたが期待しちゃってるようなことはなんにもなかったわ！　あはは！」

綾城さんは心底楽しそうに笑っている。からかっているつもりなのか。私と常盤君は別にただのお友達でしかないし、ただのお友達で終わる関係なのに。その先はありえないのに。なのに。どうして。私は顔を撫でる。柔らかくなっていた。それにどうして熱いんだろう。

「いいわね。その顔。とてもいいわ。ええ。素直な感情の吐露こそ人を美しく彩るものよ。あなたとなら常盤と一緒に3Pしてもいいわ」

サンピー？　なんだろう？　テレビゲームか何かだろうか？　常盤君と私とこの子の三人ですること？　でもどちらにせよ、常盤君と何かをするのはともかく。この子と何かをいっしょにやるのは嫌だった。

「私は嫌。あなたと何かを一緒にしたくない」

「あら残念。フラれちゃったわね」

そして電車は駒場皇大前駅に着いた。改札を潜ってキャンパス入口の前に出た。その時綾城さんがふっと呟いた。

「あいつはまだ寝てる。だから後から来るわよ。真面目だから二限が始まるより前には、来るんじゃないかしら？　ここにね」

「だからなに？」

この子が何を言いたいのかわからなかった。常盤君がそのうちここに来るからなんだというのか。

「それはあなたが決めなさい。どういう意味付けをするのか？　そしてどう行動するのか？　それはあなたの自由よ」

それだけ言って綾城さんは、颯爽とキャンパスの中へ消えて行った。私は一人駅前に残った。

「練習行かなきゃ……」

　私はスポーツバッグを持ってキャンパスに向かおうとした。だけどその前に宝くじ売り場が目に映った。

「……そうだ。いつもみたくくじ買わなきゃ。うん。運試ししないと。今日の運勢は大事だもん」

　私はくじを買うことにした。チア部に遅刻してても別にかまわない。それ以上に大事なことが多分。今ここにあるんだ。

＊

　大学生の醍醐味（だいごみ）って二限からの授業だと思う。この適度に余裕のある朝ってホントマジ最高。まあ遅刻は嫌だし、大学の授業って基本的には面白いので、俺は早めに行くけど。

「あー飲み過ぎてかったるいわー！　マジ上げ過ぎたわー！」

　大学生っぽいのかラノベ主人公っぽいのかよくわからん声を上げながら駅を出た。そしてキャンパスに向かって歩こうとした時だ。ふっと視界に宝くじ売り場が見えた。そしてその横に何故か嫁の姿が見えた。

「ふぁ⁉　え？　え？　なに？　ええ？」

人間驚き過ぎると声がバグる。だって意味がわかんない。何と嫁が宝くじ売り場のカウンターのすぐそばで、スポーツバッグの上に座り込んで本を読んでいた。前の世界でポンコツ化した嫁の奇行は何度か目にしたけど、今日のこれはなかなかにシュールだ。これスルーしたらいけない気がする。実際道行く他の学生たちは怪訝な目を向けているし、宝くじ売り場のおばちゃんも迷惑そうにしてるもの。俺は意を決して宝くじ売り場に近づいて嫁に話しかけた。

「何やってんの……？」

「あっ……おはよう……常盤君」

顔を上げた嫁は読んでいた建築デザインの本を閉じて膝の上に置いた。

「常盤君この間の演技、すごく大根だったね」

いきなり失礼なことを、優し気な微笑を浮かべながら宣ってきた。

「はぁ？　いきなりなに？　ていうかなんでこんなとこいんの？」

「だってくじ引きたかったから」

さっぱりわかんない。この女が言っていることがよくわからない。嫁は立ち上がった。

「そう言えばさ。私まだあの高い学食行けてないんだよね。ほら常盤君がこの間、断っちゃったから行けなくなったわけでしょ？　私すごく行きたかったのに」

「ナチュラルに俺のせいにすんなよ。別にあんなところいつでも行けるだろ」

「そうかな？　いつでも行けるのかな？　私はそんな気がしないよ。あそこのメニューはお高いからさ……ハードルがとても高いんだ……私にはね……」

嫁はどことなくソワソワしてる。何かを言い出そうとして言い出せないような感じ。こういうところは昔と変わらない。俺の知っている昔の嫁だ。

「そうか。ふーん。うん。そう。……まあ少しお高いもんな。抵抗はあるよな」

俺は話を続けることにした。嫁は普段はぺちゃくちゃしゃべるけど、時たまこうやって何かを言い出しづらそうにしている時があった。それは大事なことだったり、あるいはどうでもいいけど恥ずかしいことだったりした。聞き逃してはいけない。だから彼女が言い出せるように、促してあげて、ちゃんと待ってやらないといけない。

「そう！　そうだよ！　なんか抵抗感あってね！　だからね！　いいこと思いついたの！二人でくじを引こうよ！　それで当たった方がそのお金で奢（おご）るの！　どう？　……いいと思わない……？」

どことなく縋（すが）るような、寂し気な笑みを浮かべて彼女はそう言った。これは俺の知らない顔だった。ああ、俺の知らない顔をしているんだ。それを今初めて知ったんだ……。俺は目を瞑（つぶ）る。昔の、俺が共に過ごした嫁の姿を思いうかべる。同じところはいっぱいある。そして違うところもあったんだ。今日それをはっきりと自覚した。

今目の前にいるのは同じなのに、新しく出会った女の子なんだ。
そうだ。そうだったんだ。この世界は巻き戻ってしまった。
彼女の罪を赦せなくて、
だから行き過ぎた罰を与えて、
新しく俺が罪を背負って、
そして彼女と共に過ごした愛しい思い出はこの世界からすべて消え去った。
この世界に俺が理織世と共に過ごした思い出はもうどこにも残ってないんだ。
愛された記憶とその証明は、もうどこにもないんだ。
そうか。
時を巻き戻してやり直すことが、
すべての思い出が俺の心の中にしかないことが、

俺への罰だったんだ。

「どうかしたの？　気分悪いの？　大丈夫？」

五十嵐理織世が俺の顔を覗き込み、頬を撫でる。柔らかい。よく知っているのに、何処か知らない彼女の手の感触。

「私、変なこと言っちゃったね。ごめんね。今言ったことは忘れ……」

「いや。忘れない。忘れるなんてできない。いいよ。やろうよ」

俺はカウンターのおばちゃんからスクラッチを二枚買う。そしてそれを五十嵐の前に差し出す。

「好きな方を引きな」

「え……そこから引いてもいいの？　そのくじは常盤君のだよ」

「いいよ。かまわない」

このやり直しの世界で初めての共同作業。何かをするなら一緒にやってみたかった。前の世界の過ちの日から何も一緒には出来なかった。だから一緒に。一緒に何かをしたかった。

「……そっか！　うん！　じゃあ引くね！」

五十嵐は俺の左側に立って俺の手にあるくじをジーッと見て、一枚選んだ。そして俺が財布から十円玉を取りだして銀紙を削ろうとした時。

「あっ待って！」

その声で俺は手を止める。五十嵐は満面の笑みを浮かべて。

「はい！　それとこのくじを交換しようよ！」

彼女が選んだくじが俺の方へ差し出される。

「交換？　それ意味あるのか？」

「うん！　あるよ！　私が選んであげたのを常盤君が！　常盤君が選んだのを私が引くの！　もしかしたらいいことが起きるかも！」

俺はその提案に思わず笑ってしまった。くじはカウンターから買った時点で当たり外れが決まってる。理屈はそうだ。だけど五十嵐が言っていることに俺は不思議と心が温まるような気持ちになったのだ。

「わかった。じゃあ交換だ」

「うん。交換ね」

俺たちは互いのくじを交換した。そしてその銀紙を削る。

「え……？　うそ？」

「おっ！　まじか！」

二人とも当たっていた。五百円の当選。二人合わせてちょうど千円。

「ほんとなの？　これ？　夢じゃないよね!?　うそ！　やった！　やったあああああああああああああああああああああああああああああ！　当たったあああああああああああああああああああああああああ！　きゃあああああああああああああああああああああああ！」

五十嵐は両手を上げて叫んでいた。

「大げさだなぁ。たかが五百円なのに」

「たかがじゃないよ！　だって初めてだよ！　はじめてくじが当たったんだもん！　やったよ！　すごい！　すごい！　あはは！　あははははは！」

五十嵐は当選したくじをパシャパシャと写真に撮っていた。そんなに嬉しいのか。さらには当たりくじと一緒にセルフィーなんかも撮りだす始末だ。

「常盤君！　常盤君もいっしょに入って！　ほら！」

彼女は俺の左ひじを取って引っ張る。

「あ、おいちょっと！」

「いいからいいから！　ハイチーズ!!」

五十嵐は最高の笑みを浮かべ、俺はどことなく硬く戸惑った、だけど笑みを浮かべた写真が撮れた。

「いやー！　すごいね！　常盤君！　私にくじを当てさせるなんて強運だね！」

「うん？　うーん？　まあそうかも知れないな」

タイムリープ後の俺は運がいい方だったと思う。優しい人たちに出会い、面白い日々を過ごせたのだから。

「うんうん！　すごいね！　常盤君はアゲチンなんだね！」

俺たちはくじをその場で換金した。ピカピカの五百円玉を五十嵐はウルウルとした目で見つめて、胸にぎゅっと抱きしめていた。

「……おい。ちょっと待て。いまなんつった？」

「アゲチンだよ！　運がいい男の子のことをそう呼ぶんでしょ？　友恵が言ってたよ」

あの鯖女め！　おかしな単語を五十嵐に吹き込んでやがる！　女の子とセルフィーを撮るたびにひどい渾名が増えていく。セフレ↓セカンド↓ダーリン↓アゲチン。なんだこの変化！　酷過ぎる！

「それは誤用だ。あとでネットで意味を調べろ。お前とんでもないこと言ってるからな」

「え？　そうなの？　わかった。でもゴロがいいけどなぁアゲチン常盤！　かっこいい！」

ないです。それは絶対にないです。

「ところでさぁ。引き分けだった時はどうすんの？」

「あー決めてなかったねー。どうしようかなぁ？　うーん」

その時だ。二限の開始を知らせるチャイムが鳴った。

「えー。今から行っても遅刻じゃねえか。あーやっちゃったぁ！」

「……これは……サボりのチャンス!?　常盤君！　二限はサボろう！　どうせ教養数学だよ！　一回や二回サボったたって大丈夫でしょ！」

「まあ大学の授業はそんなもんだけど」

「憧れてたんだ！　サボりって！　高校だとサボりは出来ないし！　はじめてだよ！　なんか不良になったみたい！」

「あー。そういうお年頃ですか……そうだな。まあたまにはいいか」

一回や二回サボったところで単位を落とすほど大学の授業はきつくはない。それに今の楽しそうな五十嵐を見てると醒めるようなことは言いたくなかった。だから俺は自然とこう言ったのだ。

「ならお高い方の学食行く？　五百円あれば半分くらいは払えるから、お高くは感じなくなるかもよ」

「あ！　それいいね！　行こう！　行こう！　今の時間ならきっと空いてるから二人占めできるよね！　わー楽しそう！　ふふ！」

俺たちは連れ立ってお高い方の学食へと向かった。俺の左側を歩く五十嵐は楽しそうに鼻歌を歌っていた。

この先がどうなるのかはもうわからない。いつかは道を違えてしまうのかもしれない。だけど今だけは二人きりで同じ時を楽しく過ごしたんだ。


（完）

# あとがき

私が描きたかったのは神話の再興である。時間も空間も溶け合い縺れ合いすべてが曖昧なままでありながらもくっきりとした輪郭を持った物語世界を求めていた。

日の下に新しきものなしとはよく言ったもので、すべての物語はつねに神話を反復する。私もまたその多くの反復の波の一つとなることができた。

本作は私なりに現代の神話として描いた物語だと自負している。人は物語がなければ、自己のアイデンティティを規定できない生き物だと私は信じている。物語は人の営みを空想に投影した人の祈りである。人は物語があって初めて自分や他者の存在を許容し赦し合うことができる。

もし私の物語を読んで何かしらの感情を生起させられて、それによる行動がその人の人生の良き何かに繋がれば作者としてこれほどの喜びはないだろう。

謝辞

イラストレーターの黒兎ゆう様

理織世のキャラデザを最初に見たときに期待をはるかに超える美しさを感じました。作品世界が大きく広がった瞬間を味わえました。ありがとうございました。

精神科の主治医の先生

私が酷い鬱（うつ）と強迫性障害で人生の暗黒期間を過ごしていた絶望の時期から救ってくださってありがとうございます。もしあなたがいなければ、社会復帰はおろか、今こうして作者として偉そうにあとがきを垂れることさえできなかったでしょう。ありがとうございます。

某ＩＴ会社代表様

私の人生に大きなチャンスをくださり、ありがとうございます。一度は諦（あきら）めていたエンジニアリングの楽しさに再び目覚めさせてくれて、今でも社会で希望を持って仕事をしていけるのはあなたの御陰です。ありがとうございます。

最愛の父へ

病気で人生を失いかけても、社会からドロップアウトしても息子の私を見捨てずにフォローしてくれたことで、ようやく自分の人生に一区切りつけることができました。ありがとうございます。

最愛の母へ

私に祈りと他者と違うアイデンティティを与えてくれたことで本作は生まれました。ありがとうございます。

広島に住む某友人様

筆者が鬱病が酷かった時でさえも離れていかなかったことに感謝しております。今はお互いに別の仕事をしておりますが、いつかはエンジニアリングの方で共に仕事ができればなと今でも思っています。ありがとうございます。

担当編集様

生粋のトラブルメーカーな自分を上手く導いてここまで連れてきてくれたことに感謝いたします。

本作に関わったすべての出版関係者の皆様

本が人の手に届くまでには色々な仕事がありますが、そのすべてがなければ私の本は読者様には届きませんでした。ありがとうございます。

ウェブ版から読んでくださっている読者様

本作をウェブ版から読んでくださっている方々に改めてお礼を申し上げます。本作のような闇鍋（やみなべ）作品を読んで面白いと言っていただけたから、ここまで来ることができました。ありがとうございます。

新規の読者様

新たに手を取ってくださった読者様に感謝を申し上げます。ありがとうございます。

本作を手に取ってくれたすべての人に幸あれ。

園業公起

# 読者アンケート実施中!!

**ご回答いただいた方の中から抽選で毎月10名様に「図書カードNEXTネットギフト1000円分」をプレゼント!!**

URLもしくは二次元コードへアクセスしパスワードを入力してご回答ください。

https://kdq.jp/sneaker

**[ パスワード：ekbd6 ]**

●注意事項

※当選者の発表は賞品の発送をもって代えさせていただきます。
※アンケートにご回答いただける期間は、対象商品の初版（第1刷）発行日より1年間です。
※アンケートプレゼントは、都合により予告なく中止または内容が変更されることがあります。
※一部対応していない機種があります。
※本アンケートに関連して発生する通信費はお客様のご負担になります。

---

## スニーカー文庫の最新情報はコチラ!

新刊 / コミカライズ / アニメ化 / キャンペーン

**公式X（旧Twitter）**

[ @kadokawa sneaker ]

**公式LINE**

[ @kadokawa sneaker ]

友達登録で特製LINEスタンプ風画像をプレゼント!

# 嫁に浮気されたら、大学時代に戻ってきました！

著　園業公起

角川スニーカー文庫　24608

2025年4月1日　初版発行

発行者　山下直久

発　行　株式会社KADOKAWA
〒102-8177 東京都千代田区富士見2-13-3
電話　0570-002-301（ナビダイヤル）

印刷所　株式会社暁印刷
製本所　本間製本株式会社


Printed in Japan　ISBN 978-4-04-116151-7　C0193

**★ご意見、ご感想をお送りください★**
〒102-8177 東京都千代田区富士見 2-13-3
株式会社KADOKAWA　角川スニーカー文庫編集部気付
「園業公起」先生
「黒兎ゆう」先生

# 角川文庫発刊に際して

角川源義

第二次世界大戦の敗北は、軍事力の敗北であった以上に、私たちの若い文化力の敗退であった。私たちの文化が戦争に対して如何に無力であり、単なるあだ花に過ぎなかったかを、私たちは身を以て体験し痛感した。西洋近代文化の摂取にとって、明治以後八十年の歳月は決して短かすぎたとは言えない。にもかかわらず、近代文化の伝統を確立し、自由な批判と柔軟な良識に富む文化層として自らを形成することに私たちは失敗して来た。そしてこれは、各層への文化の普及滲透を任務とする出版人の責任でもあった。

一九四五年以来、私たちは再び振出しに戻り、第一歩から踏み出すことを余儀なくされた。これは大きな不幸ではあるが、反面、これまでの混沌・未熟・歪曲の中にあった我が国の文化に秩序と確たる基礎を齎らすためには絶好の機会でもある。角川書店は、このような祖国の文化的危機にあたり、微力をも顧みず再建の礎石たるべき抱負と決意とをもって出発したが、ここに創立以来の念願を果すべく角川文庫を発刊する。これまで刊行されたあらゆる全集叢書文庫類の長所と短所とを検討し、古今東西の不朽の典籍を、良心的編集のもとに、廉価に、そして書架にふさわしい美本として、多くのひとびとに提供しようとする。しかし私たちは徒らに百科全書的な知識のジレッタントを作ることを目的とせず、あくまで祖国の文化に秩序と再建への道を示し、この文庫を角川書店の栄ある事業として、今後永久に継続発展せしめ、学芸と教養との殿堂として大成せんことを期したい。多くの読書子の愛情ある忠言と支持とによって、この希望と抱負とを完遂せしめられんことを願う。

一九四九年五月三日